U0540443

神山星火

劳罕　邢宇皓　王斯敏　卢泽华　著

浙江人民出版社

引言

五百里井冈，处处，感人故事铸就！

我们写的神山村，尽管是这里的一个普通村落，一展开，却是一部风云激荡的中国百年乡村变迁史。旧中国，这里燃起的革命星火，最终燎原成全国河山一片红；新时代，这里播撒的脱贫攻坚星火，已然催生出赣鄱大地山乡蝶变。

村落很小很小，瑟缩在层峦叠嶂的罗霄山脉的褶皱里；村落很穷很穷，山陡沟深，交通闭塞，耕地紧缺——连产量很低的冷浆田也少得可怜……

世世代代，村民们面朝黄土背朝天，挖呀挖，刨啊刨，却赶不走饥饿的阴影，人们始终生活在水深火热之中……

霹雳一声震天响，工农红军上井冈。从此，神山村的天亮了！"红米饭那个南瓜汤啰，嘿啰嘿；挖野菜那个也当粮啰，嘿啰嘿；毛委员和我们在一起啰，嘿啰嘿；餐餐味道香、味道香，嘿啰嘿……"

土地革命时期，这里是井冈山根据地的一部分。毛泽东、朱德等老一辈无产阶级革命家，都曾在村里住过：为群众解疾苦、教群众学文化、帮群众发展生产……而当"黄洋界上炮声隆"的时候，村里的男女老少冒着生命危险为红军送过军粮、削过竹钉、缝过军装……至今，村后的那座小山包上，还安眠着七位当年的红军阿哥。

"军爱民，民拥军，军民团结如一人。""山下旌旗在望，山头鼓角相闻。"瞧！哪怕"敌军围困万千重"，最终难逃"宵遁"。

是啊！在军民铸成的铜墙铁壁面前，国民党的一次次"进剿""会剿"，怎能不溃败！

新中国成立后，这个村和全国千万个乡村一样，经历了站起来、富起来、强起来的恢宏历程。

如今的神山村，早已拭去了贫困的阴影：一座座漂亮的二层小楼，一辆辆崭新的小轿车，农家乐门楣上那别致的霓虹灯……无不倾诉着时代馈赠给人民的温暖和幸福。

神山村的百年嬗变，是中国近现代山乡巨变的缩影。它是一个例子，更是一面镜子——映照着共产党人"一切为了人民"的永恒初心，见证着党和人民的血肉深情，传承着"坚定执着追理想"的红色血脉，彰显着共产党带领人民改天换地的力量，昭示着中国未来光明灿烂的前景！

探寻神山村百年嬗变的密码，作家袁鹰在《井冈翠竹》中的这段话，给了我们启示："我们的老一辈无产阶级革命家们，正是用井冈山毛竹做的扁担，把这关系全中国人民命运的重担，从井冈山出发，走过漫漫长途，一直挑到北京城。"

革命永远无穷期！如今，新一代的领导人，正接过这副重担，带领14亿中国人民健步向前……

近年来，我们一次次走进神山村，住农家，走田埂，沐山风，浴晨露，和一户户村民"碰头打脸"，力图用心去感知这块红色土地的脉动，力图用笔去丈量山乡走过的百年风雨历程。

于是，便有了下面这些文字……

目 录

一 长夜漫漫无尽时

初识神山村 　　　　　　　　　　　　1
神山村的前世今生 　　　　　　　　　2
赖甲龙"逃抓丁" 　　　　　　　　　　5
祠堂里的抗争 　　　　　　　　　　　9
左桂林投奔了"马刀队" 　　　　　　　13

二 红军来到神山村

毛委员上了井冈山 　　　　　　　　　17
同心拱卫根据地 　　　　　　　　　　27
家家户户分了田 　　　　　　　　　　34
神山村成了"大后方" 　　　　　　　　36
挑粮小道寄深情 　　　　　　　　　　43
"走路"是门大学问 　　　　　　　　　47

三 青山有幸埋忠骨

血战黄洋界	52
无名红军墓	57
白狗子反攻倒算	60
左桂林英勇牺牲	62
军号交给了左光元	68
红军亲人回来了	70

四 一山放出一山拦

彭长妹自由恋爱了	73
国家惦记着老区人	75
老支书漫忆神山往事	80
村里第一次有了路	86
家家户户用上了电	89
咱老区人知道啥轻啥重	91
与自然抗争	93
把救济让给别人	98
冷浆田,咋就拿你没招	101

五　一石激起千层浪

　　春风吹醒了原野　　　　　　　　　　109
　　人不糊弄地，地就不糊弄人　　　　　117
　　原来生活可以这样甜　　　　　　　　120
　　打工成了新风尚　　　　　　　　　　123

六　脱贫攻坚不停歇

　　教的不是抡刀砍竹子　　　　　　　　127
　　在竹筒上雕花、刻字、写"神山"　　　131
　　破碎的"菌菇梦"　　　　　　　　　　138
　　无论如何要修路　　　　　　　　　　145
　　看到更多的是差距　　　　　　　　　151

七　和美乡村迎蝶变

　　冲锋号再次吹响　　　　　　　　　　158
　　不一样的"贫"，需不一样的"扶"　　159
　　首创"三卡识别"　　　　　　　　　　162
　　精准扶贫大会战　　　　　　　　　　165

八　总书记来到咱身边

特殊的农历小年　　　　　　　　　170
希望乡亲们日子越过越好　　　　　174
人人走上"幸福路"　　　　　　　177
家家住上"安乐窝"　　　　　　　180
眼瞅着村庄越变越美　　　　　　　182
户户捧起"聚宝盆"　　　　　　　184
致富门路越来越宽　　　　　　　　188

九　贫困一去不复返

做好"山水文章"　　　　　　　　191
织起"保障网"　　　　　　　　　197
传承红色基因　　　　　　　　　　201
让每个人都"最美"　　　　　　　205
率先脱贫"摘帽"　　　　　　　　212
又在谋划大事情　　　　　　　　　213
"小缩影"印证"大道理"　　　　215

十　为红军烈士寻亲

求之不得的线索　　　　　　　　　220

不同寻常的墓葬　　　　　　　　224
解开"成村"之惑　　　　　　　227
提灯,照亮烈士回家路　　　　　231
关键词透露的信息　　　　　　234
这份厚厚的名单　　　　　　　238

十一　神山又有新变化

神山村来信　　　　　　　　　243
集思广益的"碰头会"　　　　　246
十八洞村的启发　　　　　　　247
浪漫的"树屋""蛋屋"　　　　　250
提质换挡的农家乐　　　　　　251

十二　寻亲,道阻且长

DNA检测带来新希望　　　　　254
漫长的等待　　　　　　　　　257
《光明日报》的寻亲专班　　　　259
社会各界密切关注　　　　　　262
希望又一次落空　　　　　　　264
"拉网式"DNA比对　　　　　　267

十三　神山再上新台阶

　　为民解忧的村"两委"　　　　　　270
　　干部争当"山小二"　　　　　　　273
　　群众纷纷争"最美"　　　　　　　275
　　最是环境能塑人　　　　　　　　277

十四　首位烈士终确认

　　柳暗花明　　　　　　　　　　　280
　　几十年前的一处修改　　　　　　282
　　黄渭波的身世　　　　　　　　　285
　　庄严肃穆的认亲仪式　　　　　　287

十五　神山星火正燎原

　　神山仍在谋攀爬　　　　　　　　289
　　面临新挑战　　　　　　　　　　292
　　"神山效应"处处显现　　　　　　293
　　瞧，赣鄱大地那一个个"新神山"　302

后记　薪火相传　生生不息　　　　314

一　长夜漫漫无尽时

初识神山村

第一次去神山村，是2022年的盛夏。

不知翻过多少座山，转过多少道弯，才抵达这个藏在深坳里的小山村。

偏僻，实在是太偏僻了！亏得司机路熟，那一样的山峰，一样的郁郁葱葱的修篁，一样的山间隘口，陌生人来此，恐怕兜转几天，都很难发现它！

未达神山村，已给了我们这么一个印象。

不过，又过了一个隘口，眼前陡然一亮，心里也陡然一喜，大家脱口而出四个字：太漂亮了！

这就是神山村：青翠的山峰逶逶迤迤围出一块不规则的椭圆形谷地，山脚是修直的水杉、合抱粗的香樟、形如宝塔的雪松，从山腰到山顶全是密密匝匝的翠竹。山脚的平地上，一座座白墙红顶的小楼鲜艳夺目，私家车井然有序地停在各家门口。村道无论宽窄，都做了水泥硬化，两旁的行道树织出一排排浓荫。房前屋后的小花坛，花团锦簇，一些不知名的花儿茂茂地

开着。一条清澈的小溪从村中流过，一架硕大的水车大模大样骑在溪上吱吱扭扭唱着欢歌。正值暑假，一群孩童挽着裤管在水车旁互相撩水嬉闹。

泉水激石声、风拂竹叶声、蝉噪鸟鸣声汇奏成一曲乡野大合唱；裹着淡淡花香的清风，有一搭没一搭地掠过脸庞；几户标着"农家乐"的房舍上冒着袅袅炊烟，烟和淡云搅在了一起，犹犹疑疑飘在半空不肯离去……

好一幅恬静、安然、惬意、舒缓的夏日乡居图！

大家伙儿旅途的疲惫，顿时消去了大半。

我们此行的目的，是来采访神山村脱贫经验的。

来前，我们做了功课：江西省井冈山市茅坪镇下辖的这个只有70户人家的小山村，因为奇峰陡立，交通闭塞，耕地稀缺——人均不足五分冷浆田，曾经是远近闻名的贫困村，如今，却成了全国知名的富裕村。

我们分头住下来后，已是暮色四合。

神山村的前世今生

彭夏英是我们的房东之一。这个神山村土生土长的大姐，五十四五岁的模样，端庄大方，举手投足透着干练。她是神山村第一个"吃螃蟹的人"——开了全村第一家农家乐。

那天，吃过晚饭，我们便迫不及待地缠着她给我们讲村庄的过往。

经过几个小时的交谈，我们大致了解了这个村庄的前世今生。

旧社会多灾多难，遇到打仗、饥荒年，人们在老家活不下去，便往人烟稀少的地方迁移。村里的先辈就是这么迁来的。

"井冈山归江西管，但又贴着湖南，很多小道就在两省的边界上，走路不小心跌一跤，就会从湖南一下子跌进江西。现在村上很多人家，就是这样从湖南'跌'过来的。"

我们仔细翻阅了从北京带来的《井冈山市志》《宁冈苏区志》等史志，彭夏英的话得到了进一步的印证：明末清初的百余年间，附近各省民众大量迁入井冈山地区。这种迁徙的直接原因，是老百姓为了躲避官府、豪绅政治上的重压和经济上的盘剥。有些地方的平民百姓，无力抵御官府、豪绅的横征暴敛，迫于生计，只得离乡背井，向那些人烟稀少的地域迁移。

井冈山市委书记傅正华是我们的老朋友，从井冈山市委市政府所在地茨坪赶过来看我们。他也是记者出身，曾当过"新闻官"。

他口中的井冈山，更加形象立体：这里山连着山，陡峰林立，很少有成块的田地，民谚说："八山一水一分田，其中一半是斗笠田。"所谓"斗笠田"，也就是斗笠大小的田块。虽然这话有些夸张，但田块面积小，却是不争的事实。这些田块，按照大小依次称为：坪、井、冲、坑、窝、眼……从当地地名就

能看出端倪，譬如，大井、小井、朱砂冲、马源坑，等等。

地势较高，山地起伏，使灌溉变得异常困难。尽管井冈山雨水充沛，但由于山地地形的特殊性，极易形成极端气候：或连旬暴雨，遇到山洪、泥石流肆意奔突，别说留住庄稼，连田块也会被冲得无影无踪；或数月干旱，烈日炙烤，地上禾木尽枯焦……

这样的自然环境，别说过上衣食富足的日子，不饿肚子已属不易。出于职业的本能，我们对了解的一切仍不满足，依旧在"打破砂锅问到底"。

"你们要想听村子的过去，去找村西头的赖福洪。他一肚子掌故呢。"彭夏英家上客了，她为我们联系了赖福洪。

赖福洪很热心，亲自上门接我们。老汉看上去60多岁的模样，皮肤黝黑，很瘦，但说话时中气甚足，身板也很硬朗。一搭话，他告诉我们："虚岁81喽！"

他在前面走，我们在后面跟得气喘吁吁，哪里像80多岁的老人！

沿途不少人家养狗，见到我们，吠声不绝。赖福洪让我们别害怕，说："我们村里的狗，精着呢，只咬坏人不咬好人。"说着，他哼起了一首歌："井冈山啊山连山，哨口隐蔽在山间。反动白狗子来进攻，有命来哩没命还……"哼完一曲，赖福洪还不忘幽上一默："不过，我们村里的狗，可不是'反动白狗子'哟！"

说完，他朗声笑起来，我们也跟着笑起来……

"白狗子这个词，在我们小时候啊，吓人得很嘞！淘气，不睡觉，大人就会吓唬我们：再不睡觉，白狗子来喽！"

赖福洪缩起膀子，故意做了一个打寒战的动作。

赖福洪来之前，已经约了两个老哥们儿在家候着我们了。

那位穿得像乡村教师、拾掇得干干净净的50多岁的汉子，自报家门，叫赖发新。他说，他的姨姥姥是袁文才的老婆。

我们从史料上知道，袁文才是井冈山革命根据地的创始人之一。

另一位叫赖仲芳，和赖发新年龄相仿，是赖发新的邻居。他告诉我们，他的伯公是袁文才的亲姐夫。

泡上一壶酽茶，坐在院坝里那棵大樟树下，三位神山村的贤达，为我们讲起了那段风雨如磐的岁月。

赖甲龙"逃抓丁"

这是1926年的一个冬夜，大雪纷纷扬扬地下着。

离村庄三里许一座陡峭的山峰的半山腰，如果细心看，偶尔会看到一丝亮光。这里藏着一口山洞，尖利的冰凌一茬茬悬在洞口。

赖甲龙和一众村民就躲在这里。寒风灌了进来，贴着岩壁

发出"呜呜"的怪啸。很多村民没有棉衣，只能盖几层蓑衣御寒。

"甲龙叔，咱都躲了好几天了，白狗子该撤了吧？"赖辛生牙齿"咯嘣"地打着战，小心翼翼地问道。这个16岁的小伙子，已经两天没有吃东西了。

"甲龙，实在饿得顶不住了。咱回去吧！"一位年长的村民低声发出请求。

"咱回去吧！""咱回去吧！"大家伙儿七嘴八舌。

"不行！白狗子狡猾着呢，他们白天扑了空，晚上说不定会来偷袭。隔壁坝上村的十几个乡亲，就是这么被抓走的！"赖甲龙蹲在洞口，额头上落满了雪，他朝山下望去，整个山村像口深不见底的黑潭，看不到一点亮光。

赖甲龙，是赖福洪的爷爷。从赖福洪记事起，爷爷就是他心目中的大英雄——井冈山革命斗争时期，他是村暴动队队长，帮红军摆过"竹钉阵"，造过纸……

"逃抓丁"，赖甲龙不知经历过多少回。那时候，四邻八乡的男人们很少能逃脱被抓壮丁的命运。如果你逃跑被抓回，白狗子轻则让你坐"老虎凳"，重则"点天灯"。

一年年抓，一年年抓，有的村子就成了"寡妇村"。

颇有点文化根底的赖发新说，他看过一些当地的史料：辛亥革命后，军阀陈光远、蔡成勋、方本仁等相继盘踞江西，军阀刚刚被赶走，国民党再生战乱。混战不休，兵源不足，就强行征兵。一开始是三丁抽一，后来变成五丁抽二，最后成了三丁抽二。

"逃抓丁"，成了神山村男人们的日常。"千山竹，万山木，走路不见天，烧火不见烟。"这困窘了山民世世代代的大山，如今成了后代保命的屏障。

赖仲芳告诉我们，他小时候曾见过那个"逃抓丁"的山洞，洞深几十米。洞口藏在一块陡起的岩石后面，洞口上方一棵上百年的老藤垂下密密的枝蔓，外人即使从洞口走过，也不会发现这里竟有一个如此隐秘的所在。

只要没人告密，白狗子一般发现不了这个洞穴。大家担心的是，如果白狗子赖在村里不走，补给就会跟不上。

那些藏在山洞里的日子，赖发新听长辈讲过：

当时奶奶刘玉凤也和乡亲们一起藏在那个山洞里。几天过去了，大家带的那点粮食已全部吃完了，几个伢崽饿得"哇哇"直哭。

刘玉凤对赖甲龙说："甲龙哥，大人好说，再这样下去，伢崽们可受不了。要不我们几个姐妹先下山看看。如果白狗子走了，就通知你们下山。如果白狗子还在，他们是来抓壮丁的，不会对我们妇女怎么样。"

让女人下山打探情况，赖甲龙心中十分不忍，但还能有什么更好的办法呢？

赖甲龙嘱咐了一遍又一遍："到了山下先不急着进村，四处

看看再说。如果不小心被白狗子抓住了,就大声叫喊,我们会冲下去。就是死,也要拉几个垫背的!"

刘玉凤和几个妇女走出了山洞。

山道逐渐平缓下来,她们终于走到村口!

整个村庄静悄悄的,一点声息也没有。皑皑白雪压着树木、压着低矮的土坯房。

这种静谧的气氛,让刘玉凤感到不安——上山前,村民在村口拴了狗,现在,不仅不见了狗的影子,连狗叫声也听不到。

她机警地招呼姐妹们停下脚步。

就在这时,旷野里突然亮起了十几个火把,十几个手持长短枪的白狗子吼叫着围了过来。

刘玉凤低声叮咛姐妹们:"莫慌!你们都莫说话,我来对付。"

"怎么是几个堂客?!害老子在这里挨冻!"火把的余光里,刘玉凤看到,狗被打死了,尸体就扔在她家的墙脚。

这支狡猾的"抓丁队",在村里守株待兔好几天了。

赖发新说,丧尽天良的白狗子想要逼迫奶奶她们说出村里男人们的下落,使尽了各种招数,可她们一口咬定,男人们到外村走亲戚去了。白狗子蹲守了几天,早已饥肠辘辘,只好悻悻地准备离开。

走出几步,又不甘心,一个军官模样的围着刘玉凤她们看了半天，命令两个士兵："把她们的棉袄给我扒下来！扒光了，我看她们还怎么往外跑，冻死她们！"几个凶神恶煞的白狗子扒下了妇女们身上撂满补丁的破棉袄，挑在枪尖上，大摇大摆地走了。

几个妇女穿着单衣，蜷缩在土房一角"嘤嘤"哭成一片……

祠堂里的抗争

赖甲龙他们从山上下来，还没有安生几天，大地主谢冠南的收租队又进村了。

谢冠南是茅坪一带势力最大的地主。每到年关，他就派出家丁挨家挨户索要地租，交不起地租的人家，或被牵了牲口，或被抢走妻女抵债。

这天，十几个谢家家丁组成的收租队来到神山村，通知村民到赖家祠堂前集合。

在祠堂前的空地上，为首的家丁骑在一匹高头大马上，说："这两天总看不到你们影子，估计是'逃抓丁'去了吧？躲得好！你们都被抓去当壮丁了，我找谁要田租？今年的租子和去年的'青苗钱'，还有好多户人家没交呢。"

"青苗钱"，是一种高利贷盘剥方式。村民急用钱又借贷无门时，只好把自己未成熟的稻谷预卖给地主，秋后交粮。预卖

的稻谷，只能得到实价的一半。茅坪一带的农田，"三天无雨一块铜，落雨三天一包脓"，一旦借了"青苗钱"，农户就像签下了卖身契，旧账摞新账，永远还不完。

"青苗钱"这种残酷的剥削方式，在井冈山地区尤为严重。这与当地的土地情况有关——只占人口5%的地主豪绅阶级，却占有60%以上的土地。中共湘赣边界特委书记杨克敏在《关于湘赣边苏区情况的综合报告》中写道："边界的土地平均65%在地主阶级手里。永新、宁冈、莲花60%在地主手中。遂川的土地最集中，约70%在地主阶级手里。茶陵、酃县的土地在地主手中的亦在60%以上。"

拥有大量土地的地主阶级，将土地分割成若干小块，租给无地或少地的农民，以榨取高额的地租，从而形成了三重矛盾——土地高度集中与用地极其分散的矛盾、地主高额盘剥与农民承受剥削痛苦的矛盾、土地广种薄收与经济发展迟缓的矛盾。

神山村所在的茅坪一带，土地集中更是严重。据《宁冈县志》记载：1928年苏区进行土地革命前，茅坪地主和富农共计9户，占总户数的3.86%，拥有土地970亩，占土地总面积的62.99%，户均107.78亩。据记载，当地地租一般都在土地收获量的50%以上。神山村的地租，有时能达到70%，村民称之为"倒三七"。他们辛辛苦苦劳动一年，把租一交，境况便是"禾镰挂上壁，锅里冇米煮"。

除了地租，农民还要承受名目繁多的苛捐杂税。且不说从清朝末年沿袭下来的田房契约税、杉木税、油税、牙行税、纸棚税等，新增加的捐税就有几十种，什么门牌捐、屋梁捐、人头捐、水利捐、警察捐，等等。

农民交不上，就只好向地主豪绅借高利贷。地主的高利贷年利三分至五分，有的还利上加利，借一担，连本带利还几担，农民称之为"阎王债"。借了"阎王债"，情形可想而知。有民谣唱道："葛根半年粮，睡觉进祠堂，蓑衣当被盖，十家九逃荒。"

井冈山一带许多农民因为背上了"阎王债"，无法还清，被迫背井离乡。有的只能落草为寇，啸聚山野。

生活在井冈山最贫困村子之一的神山村，村民们背负的"阎王债"更重，几乎家家户户被谢冠南压榨得喘不过气来。没钱还债，村民们只好四处躲避。谢冠南便把神山村当作眼中钉、肉中刺，经常派家丁过来堵门。

这天，一定是得到了线报，知道赖甲龙他们已回到了村里，家丁们便突然闯进了村。

此时，雪又下起来了，风也越来越大。家丁们叫嚷着要到祠堂躲雪。祠堂，是供奉祖先的场所，外姓人不许进。

练过武的赖荣坤脾气火暴，忍不住要上前阻拦，结果被一个家丁一把推了个趔趄。这家丁还挑衅似的，一脚踹开了祠堂的大门。

几个年轻的后生火了，准备冲上去理论，被赖甲龙劝住了。

那个为首的家丁，大模大样坐在祠堂正中的靠背椅子上，厉声说："有七户人家，田租已经欠了两年了，这次再不交，休想过年！"

赖甲龙上前解释说："连续两年碰到大旱，好多家庭靠挖野菜、吃树皮过日子。现在就是把我们的皮扒了，也凑不够数啊！能不能再缓一缓？"

"还要缓？！我问你，上次交代的事情办得怎么样了？"

"不是已交了100多只吗？"

"100多只哪够？我要的是200只！"

这时，赖荣坤忍不住上前说道："这冰天雪地的，抓200只，就是神仙也做不到！"

原来，上个月，谢家来催田租时，特别加了一项"利息"——强令村民一个月内抓200只石蛙，声称给谢家老爷做药引子……

这种石蛙非常罕见，赖荣坤常年在山里打猎，一年也没见过几只。但是，为了延期交租，村民们只好硬着头皮先应承下来。

赖荣坤话还没有说完，那个家丁一口啐在他脸上，恶狠狠地骂道："田租交不上，药引子也抓不到，让老子回去怎么交差？给我砸！把祠堂砸了！"

这帮家丁抄起棍子，"乒乒乓乓"就是一顿乱砸。赖氏祖宗的牌位全被砸碎在地上。

对村民来说，祖宗牌位比自己的命都重要！这一砸，村民们长期被压抑的怒火，火山般喷发出来。大家冲上前，和家丁们厮打起来。

在愤怒的村民们面前，家丁们色厉内荏的本性暴露无遗。虚晃了几招，拔腿就逃。

左桂林投奔了"马刀队"

那帮家丁鬼哭狼嚎般逃回去复命。为首的家丁火上浇油般向谢冠南告状："老爷，亏得您今天没去，那帮孙子说了，如果谢冠南来，我们定要卸他一条腿。老爷，干脆您让我多带些人，把他们村子给烧了！"

谢冠南气得原地转了几圈，但又颓丧地一屁股坐回到椅子上。因为他听说，神山村的人与"马刀队"有联系。

清末民初，内忧外患，民不聊生，很多人被逼无奈，只好"占山为王"。五百里井冈，有好多支绿林武装。其中，袁文才的"马刀队"是山民们心中的救星。

袁文才，出生于江西省宁冈县茅坪马源村一个贫苦农家。为了改变命运，父母省吃俭用，把他送进茅坪私塾读书。后来，他又进了永新县的新式学堂。中学没毕业，因为家贫，只好辍学。

1917年，父母为19岁的袁文才完婚。谁知，新婚不久，袁

文才的妻子被谢冠南的儿子谢殿一霸占。谢家还与军阀勾结，杀害了袁文才的母亲。

走投无路的袁文才，被迫选择"落草为寇"。

当时，湘赣边界各山区县绿林武装甚多，活跃着朱孔阳、唐光耀、杨左山等大大小小20多支。他们各自盘踞在自己的山寨，专门到富豪人家掳人，换取赎金，江湖黑话称"吊羊"。

其中，离茅坪不远的半岗山上，有一支被称为"马刀队"的绿林武装，深受群众欢迎。因为这支武装不骚扰贫苦百姓，"吊羊"的对象是地主豪绅。投奔"马刀队"后，袁文才凭借着出众的才干，几年后成为"马刀队"的首领。

他带领"马刀队"专门替老百姓伸张正义，土豪劣绅畏之若虎，对"马刀队"恨得牙根痒痒。老百姓却对"马刀队"箪食壶浆，视为自己的队伍。

1924年，袁文才率"马刀队"攻进宁冈县城，将县衙付之一炬。江西省政府派官兵分路"进剿"，袁文才凭借对井冈山地形熟悉，忽东忽西，巧妙周旋，让"进剿"之敌疲于奔命，无功而返。从此，袁文才和"马刀队"在井冈山声名大振。

尽管谢家父子恶焰滔天，但随着"马刀队"一天天壮大，谢家父子对袁文才也越来越忌惮。

神山村村民左桂林，是"马刀队"的成员。神山村另一位村民、中医世家出身的赖章达是袁文才的姐夫。知道这个背景，谢冠南一时间还不敢对神山村下死手。

一　长夜漫漫无尽时

左桂林，湖南湘乡人，为了躲避战乱，逃到了神山村。他本想在这群山笼罩、与世隔绝的地方度过余生，没想到，就连如此偏僻的地方也充斥着压迫，充斥着不平。

他在山腰处开了一块荒田，不承想，水稻还没长出来，地主就来收租了。

儿子左光元曾问他："爹，明明是咱们自己开垦的地，为什么要给别人交租呢？"

左桂林答不上来。

有一年，神山村整个夏天滴雨未降，土地颗粒无收，但地主照样按标准收租。左桂林无奈，只能向谢冠南借贷。当时，神山村一带的借贷方法是"九去十归外加三"——即借9元钱，还10元钱的息，另外加本息的三成，算下来，一年连本带利要还24.7元。

这次借贷，让左桂林背上了一座沉重的大山。父子俩没日没夜地干，一年的收成连利息都还不起。谢冠南扬言，再不还债，要把父子俩丢进大牢。

无奈，左桂林决定带着儿子"落草为寇"。

那些只晓得风高放火、月黑杀人的匪帮，左桂林打心里瞧不起。只有袁文才的"马刀队"，他才高看一眼。于是，左桂林一跺脚，带着儿子投奔了袁文才。

当神山村村民和谢家父子起冲突的时候，左桂林正随袁文才四处征战。

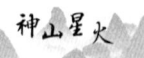

听说半年多来白狗子和谢家父子交替来村里骚扰,村民只能躲进深山里,左桂林向袁文才告假,回神山村看看。

村里的景象让他大吃一惊:家家户户都是残垣断壁,整个村庄杳无人迹!他知道村民藏在哪里,于是将马拴在村后山一棵老树下,朝半山腰爬去。

村民们果然躲在那个山洞里。

左桂林父子的到来,让村民们精神为之一振。然而,大家心里明白,仅靠他们这几十个人、几把镰刀斧头和左桂林腰里那把驳壳枪,想和谢冠南的民团武装硬拼,无异于以卵击石……

那天,神山村的三位贤达,讲得惊心动魄,我们听得津津有味。很想知道后面的结局,可夜已经太深了,村民们第二天还要忙地里的活计,我们只好作罢。

二 红军来到神山村

毛委员上了井冈山

清早六点半,晨雾里的神山村美得不可方物,山峦间的茶园,披上了一层白纱,连枝叶也被镀上一层奇异的奶油色。

村民们已经在田间劳作了,有的挥动锄头在除杂草,有的蹲下身子在覆压地膜,还有的挽着裤管埋头修补田畔的排水沟……

一位头发花白、有点儿驼背的老汉正在锄茶叶地里的杂草。我们问他当年村民"逃抓丁"的那个山洞在哪里,他撩起脖子上的汗巾擦了把脸,放下锄头,直起腰,手搭凉棚朝东北方向看了半晌,指了指半山腰:"喏,大致在那个地方,小时候村里的很多孩子去过。那时,洞口的木荷树和樟树还没有这么高。后来修路,为了安全,村民就把洞口封了。"

没能看到洞口,我们多少有些失望。

当年躲进洞里的村民,后来到底怎么样了?故事的结局一直揪着我们的心。

那天晚上,我们又"缠"上了赖福洪。

　　三位贤达很热心,继续给我们讲从长辈那里听来的故事。

　　就在左桂林来的那天下午,突然洞外有人喊:"左桂林!左桂林!知道你就在附近,快出来!"

　　莫不是左桂林把白狗子引过来了?大家都愤怒地看着左桂林。

　　左桂林也有些疑惑。他拔出驳壳枪,匍匐着朝洞外爬去。

　　他看到两个"马刀队"里的弟兄正站在不远处。他直起身子走了过去。

　　"老左,文才说你单枪匹马回村子里了。现在有任务,让我们回来叫你。"

　　"你们怎么知道我藏在这个洞里?"

　　"看到了你那匹马。村子里一个人影也没有,我们便顺着你踩倒的草窠摸了过来。兄弟,你大意啦,要是白狗子跟在后面,还不把你逮个正着?"

　　左桂林把乡亲们躲避谢家父子的事儿,告诉了这两个弟兄,说:"我走了,乡亲们怎么办?"

　　"嗨!快让乡亲们下山吧!红军来了,谢冠南那狗东西,早跑得没影了。"

　　这些天,村民们藏在山里,过着提心吊胆的日子。他们不知道,山外的世界,正在发生剧变。

　　1927年春夏,国民党反动派悍然发动四一二和七一五反革命政变，血腥屠杀共产党人和革命群众，白色恐怖笼罩全国。

轰轰烈烈的大革命失败了。

不屈的共产党人，从地上爬起来，擦干了身上的血迹，掩埋好同伴的尸体，英勇地举起了武装斗争的旗帜。

1927年8月1日，南昌起义爆发。

以周恩来为书记的中共中央前敌委员会，率领国民革命军贺龙、叶挺部两万余人起义。南昌起义部队向城内的国民党守军发起进攻，一举歼灭守敌3000多人。

南昌起义，打响了武装反抗国民党反动派的第一枪，宣告了中国共产党人不畏强暴、坚持革命的坚定决心，标志着中国共产党独立领导革命战争、创建人民军队和武装夺取政权的开始。

起义不久，党中央在汉口召开了八七会议，决定进行土地革命和武装斗争，号召各地农民进行秋收起义。会上，毛泽东提出了著名的"枪杆子里出政权"的论断。

八七会议后，中共中央决定派毛泽东以特派员身份前往长沙，改组省委，发动湖南的秋收起义。

"军叫工农革命，旗号镰刀斧头。匡庐一带不停留，要向潇湘直进。地主重重压迫，农民个个同仇。秋收时节暮云沉，霹雳一声暴动。"1927年9月9日，震撼全国的秋收起义爆发。

面对数倍于我的湘赣之敌，起义受挫。危急时刻，"上山"，成了共产党人的必然选择。

中共党史中，最早明确提出"上山"概念的，就是毛泽东——1927年6月，毛泽东在武汉召集"马日事变"中从湖南出来的同志开会，号召大家回到原来的岗位，"在山的上山，靠湖的下湖，拿起枪杆子保卫革命"。

7月4日，中共中央政治局常委会召开第三十四次会议。毛泽东在这次会议上更加明确地提出了"上山"思想，认为"上山可造成军事势力的基础"。这是他长期从事农民运动、深刻认识中国革命斗争的长期性和复杂性的结果。只有"上山"，才能"保存武力"，才有办法和希望。

现在，正是到了当机立断的时候——上山！毛泽东写信建议湖南省委立即停止无胜利把握的省城暴动，并以前委书记名义通知各路起义部队到浏阳文家市会师。

9月19日，各路起义部队齐聚文家市。当晚毛泽东主持召开了前委会会议。会议否定了余洒度坚持的"取浏阳直攻长沙"的原定计划，作出了向农村、山区进军，以保存实力，再图发展的战略决策。

为了激励部队的斗志，鼓舞大家胜利的信心，毛泽东打了一个生动的比喻：我们现在力量很小，好比是一块小石头，蒋介石好比是一口大水缸。总有一天，我们这块小石头，要打破蒋介石那口大水缸。

会后，在毛泽东率领下，起义部队开始了向罗霄山脉中段进军。10月3日，在古城召开前委会议，决定到井冈山安家。

二 红军来到神山村

为什么选择井冈山？毛泽东在《井冈山的斗争》一文中给出了令人信服的答案："以宁冈为中心的罗霄山脉的中段，最利于我们的军事割据。北段地势不如中段可进可守，又太迫近了大的政治都会……南段地势较北段好，但群众基础不如中段，政治上及于湘赣两省的影响也小些，不如中段一举一动可以影响两省的下游。"

的确，作为当时湘赣"两不管"地界，敌人统治力量薄弱，进可以攻，退可以守，"密林森森，可伏千万兵马"。

红军选择井冈山，还有一个重要原因，就是这里的群众基础好。井冈山一带，群众受尽了军阀、地主盘剥之苦，最容易播下革命的火种。

不久，毛泽东带领起义的队伍来到江西省永新县三湾村，完成了著名的"三湾改编"。

井冈山就在眼前，"上山"却遇到了一个棘手的问题：井冈山地区有两股地方武装，似乎并不欢迎红军的到来。

这两股地方武装的首领分别是袁文才和王佐。袁文才驻扎在山下——宁冈茅坪，王佐则在山上——井冈山茨坪，山上山下互成犄角，交相呼应。袁、王二人也义结金兰，唇齿相依。

很多人主张武取——两支队伍，百八十人、几十条枪，消灭他们，并非难事。

毛泽东反对。在他看来，这些"山大王"是被国民党反动派、土豪劣绅"逼上梁山"的，完全可以引作同盟军。毛泽东

还有更深层次的考虑：经了解，这两股地方武装深得群众拥戴。我们共产党人打天下，就是为了劳苦大众。消灭了他们，就等于失去了群众，工农革命军在井冈山也就站不稳脚跟了。

"三湾来了兵"的消息，很快传到宁冈。

在"是军是匪，无人探悉"的情况下，袁文才当即将农民自卫军从砻市撤至茅坪，加强了戒备。他没有料到的是，毛泽东给他来了一封信，主旨是与他合作，共谋大业。

1927年9月底的一天深夜，住在茅坪梅树山的龙超清，突然被袁文才派来的两个"马刀队"队员叫醒。

龙超清是本地人，1925年加入中国共产党，是中共宁冈支部书记。

龙超清跟袁文才有旧，曾与袁文才结拜。据《井冈山革命根据地史》记载：1926年7月，龙超清受中共江西省党组织派遣，回县从事农民运动。10月，袁文才率县保卫团起义，龙超清等发动工农暴动密切配合，一举攻下县城新城。

袁文才率部起义获得胜利，成功夺取宁冈县政权。保卫团也随即改编为宁冈县农民自卫军，袁文才被任命为宁冈县农民自卫军的总指挥。经龙超清介绍，同年11月，袁文才加入了中国共产党。

龙超清来到袁文才住处才知道，原来是商量如何回复毛泽东这封来信。

袁文才把毛泽东的信递给他，龙超清打开一看，信的意思

二 红军来到神山村

是，工农革命军要来宁冈一带落脚，请宁冈县党组织负责人和袁文才的代表前去接头，落款是"毛泽东于永新三湾"。

看完信后，龙超清惊喜交加。他认为，如果真是毛泽东的队伍来了，湘赣边界的革命烈火一定能够重新燃烧起来。

袁文才的司书陈慕平也告诉袁文才：毛泽东是共产党的中央委员，是他在武昌农民运动讲习所学习时的老师，前不久在湘东赣西领导了秋收起义。

对于红军的到来，袁文才心怀戒惧。尽管他的队伍行侠仗义、劫富济贫，但作为绿林好汉的他，心中仍然摆脱不了"占山为王"的念头。

龙超清认为：礼尚往来，既然人家来了信，就理应去接头。

然而，袁文才在犹豫：摸不清对方底细，别来个"鸠占鹊巢"。思谋再三，袁文才修书一封，拜托龙超清转交毛泽东。

根据文献资料，袁文才托龙超清转交给毛泽东的信的内容如下：

毛委员：

敝地民贫山瘠，犹汪池难容巨鲸，片林不栖大鹏。贵军驰骋革命，应另择坦途。

敬礼！

龙超清、陈慕平等人，受袁文才委托，来到了三湾村，在三湾"协盛和"杂货店，见到了毛泽东。

毛泽东与龙超清、陈慕平等人交谈了整整一个上午，详细询问了许多情况。晚上，毛泽东与龙超清又单独谈了很久。

回到茅坪，龙超清转达了毛泽东对袁文才的问候，并向袁文才详细介绍了工农革命军的情况。

龙超清的到来，更坚定了毛泽东通过做深入细致思想工作说服袁文才、王佐加入革命队伍的决心。

在三湾与龙超清见面不久，毛泽东在宁冈古城召开了一次会议，决定以茅坪为后方，在湘赣边界开展工农武装割据斗争。龙超清是出席会议的唯一的地方党组织负责人。

会议结束后，龙超清连夜赶到茅坪，安排毛泽东与袁文才会面。

此时的袁文才，心里的疑虑仍没有彻底打消。不见肯定不好，但是，这种会面是不是一场"鸿门宴"呢？他心里直犯嘀咕。

按照约定，会面地点被安排在茅坪与古城之间的大仓村林家祠堂。

会面那天的清晨，左桂林和20多个"马刀队"队员接到指令，预先带着枪埋伏在林家祠堂里。按照约定，一旦袁文才发出信号，这些人将立刻投入战斗。

会面从上午十点一直持续到太阳快挨山边，袁文才一直没有发出信号。后来，左桂林才知道，袁文才被毛泽东的豪气干

二 红军来到神山村

云和雄才大略深深折服了！

两个人越谈越投缘，惺惺相惜，临别时，依依不舍。毛泽东赠送给袁文才100条枪，袁文才也以几百块银元相赠。

历史这样评价"大仓会见"：一场"鸿门宴"变成了"同心宴"。井冈山接纳了红军。在袁文才的帮助下，工农革命军在茅坪安下了家。从此，以宁冈为中心的罗霄山脉中段政权的创建工作拉开了序幕。

红军将要进驻茅坪的消息，在"马刀队"传开了。对于红军的到来，别人作何想不得而知，左桂林首先想到的，就是神山村的父老乡亲们，再也不用怕谢家父子了，再也不用担心白狗子来抓壮丁了，再也不用躲进山洞了。

"红军上了井冈山"的消息，也迅速传到了神山村。听说还有一支红军队伍要住进村里。起初，乡亲们心里敲小鼓：自古当兵的有几个是好的？今后的日子怕是又要难过喽！

这时候的左桂林和儿子左光元，已随"马刀队"加入了红军。他受部队派遣，回村里打前站。他反复地跟乡亲们讲："红军和咱们一样，都是穷苦人出身，是咱的亲兄弟！"

任务布置下来后，村民们腾出一些不用的空房子，架床板、打地铺、铺稻草，供部队住宿。村民们听说还要来一个很大的官长，赖家祠堂的厢房比较宽敞，就安排在那里吧。刘玉凤带着村里几个妇女把住处里里外外打扫干净。

明天，红军就要来了。乡亲们怀着忐忑不安的心情迎来了天亮。

这是一支50多人的队伍。左桂林要把大家带到收拾出来的房间。

一位红军干部笑着对左桂林说："老左，咱是红军，不扰民是铁的纪律，不要单独住在为我们收拾出来的房间。就这样'插花'着住在群众家里吧！哪怕是住在牛栏、屋檐下都行。这样，咱还可以帮老百姓干点家务活儿。"

红军战士还带来了红薯、南瓜和红米，委托左桂林和赖甲龙分给了乡亲们，还特别叮嘱："我们自己带有干粮。听说乡亲们为了躲避地主讨债，已经在山上躲了好些日子，估计家里早没吃的了。"

这天下竟然还有不抢老百姓、反而给老百姓粮食的队伍！乡亲们感慨万千。

村民们心中的不安彻底放下了。

渐渐地，村民们和红军熟络起来。

多好的年轻人啊！他们出操回来，就帮老乡挑水、扫院子，有的还卷起裤管帮老乡犁田。有个戴眼镜、脸白得像大姑娘的小伙儿，经常趴在祠堂门口的石桌上，教村里的伢崽们识字。有个叫大老李的，当兵前是做纸的好把式，一有空闲就到纸坊帮老乡干活。

左桂林的感受，又比村民们深了一层，因为在"马刀队"，他是号手,算是半个军人。他注意到,这支队伍除了天然地同老百姓亲近之外,最让他佩服的是铁一般的纪律,还有内部的民主制度——官兵之间没有高低贵贱之分,官长从不打士兵,与士兵吃一样的饭菜,穿一样的服装。

同心拱卫根据地

一天,左桂林正在张罗部队上的事情,有人敲门。开门一看,门口站着两个人。一位是他早就熟悉的李筱甫——袁文才的副手。另一位是个身材颀长、30多岁的年轻人。他穿一身灰布军装,头发很长,双目炯炯有神。

左桂林拍一下脑门,立刻想起了他是谁:那一天,他和一位战友到茅坪为部队领给养,见这个年轻人正站在一个石墩上,给一群赤卫队队员讲话。边上的人告诉左桂林,他就是毛泽东。

左桂林简直不敢相信自己的眼睛,毛泽东就站在自己面前!

左桂林赶紧招呼客人坐下。李筱甫介绍:"毛委员要在村里搞调查,老左,你对村里的情况熟悉,你给毛委员当向导吧。"

左桂林忙不迭地点头答应。

毛泽东亲切地问左桂林:"老左,你是哪里人?"

一听对方的口音,左桂林便以湘乡话回答:"我是湘乡的。"

"喔,我屋里是湘潭的。隔得好近呐,论起来我俩是老乡啊！当年我在那里的东山学堂读过半年书。"

这时，村东头的赖老爹来串门，知道面前站的是毛泽东，赶紧请教了一个问题："听说毛委员要带穷人闹革命，么子革法？像我们这么苦的家庭，田无一丘，山无一片，还翻得了身吗？"

毛泽东没有直接回答，拉着老人的手，和颜悦色地问道："老人家，你在村里可抓过狗鱼？"

老人回答："抓过，抓过。穷人嘛，啥都得拿来填肚子。"

毛泽东接着道："你们说狗鱼靠吃小鱼过活，这是鱼中的恶霸，应该打。土豪劣绅靠剥削我们穷人过活，是人里面的狗鱼，是吃人的人，我们更要打倒他，一定能打倒他！"

老人家说："听说国民党有好多人马嘞，你们只有几百杆枪，打得赢吗？"

毛泽东露出欣慰的笑容："老人家，你这个问题问得好。"他从旁边的柴垛上拿出一根细柴，"啪"的一声折断，把两根柴并在一起说："一根柴容易断，两根柴并在一起断就难，如果再把三根四根八根十根都并在一起，能折断吗？革命也是这样，只要普天下的老百姓都抱起团和国民党干，国民党就是再多的人马，我们也能消灭掉！"

毛泽东在村里住了下来。本来，左桂林把他安排在了赖家祠堂那间宽敞的厢房里，毛泽东说："我是农村出来的，知道在乡亲们的心里，祠堂是重地，外人是不能进入的，就在祠堂旁边给我搭个寮棚吧!"

于是,在神山村的那十多天,毛泽东就住在寮棚里,每天早晚和老乡们拉家常。他的调查研究非常细致。在调研赖六发的造纸作坊时,毛泽东仔细看了沤料、打浆、过滤、制纸、烘干等全部生产工序。随后,他又请来其他纸棚的十多个工人进行座谈。

他向工人们问了多方面的情况,从他们的劳动收入到家庭生计,包括纸产品的销售。

他和村民们谈话,除了探究造纸作坊和神山村手工业发展的情况,还时常拉几句家常,在家是做什么的?自己或亲人有没有参加革命队伍?甚至问他们对革命的认识,对目前形势的看法。

一天,毛泽东又早早地来到了赖六发的造纸作坊,一位新来的工人没见过毛泽东,以为他也是新来的伙计,就说道:"你再到溪沟里挑几担水。"

毛泽东二话不说,挑起水桶就走。

等毛泽东挑水回来时,左桂林也赶了过来,他对那位工人一顿埋怨:"你知道吗?他是咱们的毛委员!"

毛泽东笑着回答:"冇得关系,冇得关系!老乡教我造纸的门道,我帮他们挑几担水,大家都不赔本嘛!"

在调研时,赖六发向毛泽东诉苦:"世道太乱,到处都是关卡,这个也要税,那个也要税。现在城里时兴洋法造纸,咱这

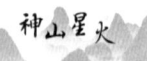

个土法造的质量确实不如人家。看来，这祖上传下来的手艺，怕是要荒废喽！"

正是因为这次调查，毛泽东及时制定了保护工商业的正确政策，还指示部队打掉了肖家璧靖卫团的三道税卡，得到了造纸工人和中小商人的拥护。

本来对红军存有疑虑的神山村人，现在把红军当作自己的亲人。赖甲龙、赖荣坤这些喜欢热闹的老表们，只要红军下了操，他们就过去和红军泡在一起，成了一起干活、无话不谈的兄弟。1927年冬天的一个多月时间里，红军和神山村人一起，修整了进村的小路，清理了河道，把原先几十块坡坡洼洼的零田碎角平整成了几块大田。

神山村到处都是有关毛泽东的故事。毛泽东曾经帮谁家挑过水，给谁家孩子起过名，跟哪位老表聊过家常，又抽过哪位老表的旱烟……村民们谈起来有声有色。

这个冬天很冷，村民们却觉得从来没有这么暖和过。这不，冬天终于要过去了，茅坪河已经解冻，潺潺的流水唱着欢歌。那在泥土中孕育了一冬的竹笋，在春风中迅速出土、拔节、再拔节……

红军的到来，让湘赣边界的革命之火越烧越旺。

国民党政府为之震惊，急令江西省政府主席朱培德迅速派兵镇压，扑灭这团"赤色火焰"。

二 红军来到神山村

1928年2月上旬，朱培德下令驻吉安的国民党杨如轩第二十七师一部，进攻万安，威逼遂川；派出另一部进占宁冈新城，向红军发动了第一次"进剿"。

新城，西连砻市，南通茅坪，北扼宁冈至永新的通道。敌人如果占此据点，将对根据地的武装割据造成严重威胁。

为了保卫根据地，宁冈县党组织根据前委的指示，组织地方武装和人民群众，日夜袭扰敌人。

2月中旬，工农革命军第一团悄悄返回宁冈茅坪。此时，袁文才、王佐率领的部队被改编为工农革命军第二团。两个团拧成了一股绳。

17日，前委在茅坪攀龙书院召开军事会议，决定：攻打新城！

战斗在深夜打响，红军集中优势兵力合围新城，派出三支精锐猛攻新城东门、南门、北门，独独在西门开了一道口子。兵法推崇"围三阙一"，敌人果真中计，想从西门逃跑。袁文才率领第二团第一营早就埋伏在这里。

左桂林就是伏兵之一。左光元也积极要求参战，袁文才没有批准："伢崽，你还小，多练练军事技能。现在队伍壮大了，日后仗有得打。有毛委员指挥，咱天天打胜仗。"

这是左桂林第一次打这么大的硬仗。以前跟着袁文才"吊羊"，多是干些打家劫舍的营生。而现在，面对的是国民党的正规军，他不免有些紧张。敌人从西门溃逃出来时，他连续打了

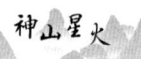

几枪，可是一枪也没有打中。他很懊恼。

不过，这场战斗他还是立下了功劳，那股从西门逃出来的敌军，慌不择路，大多被追赶的红军擒获。左桂林发挥地形熟的优势，一个人逮了三个白狗子。其中，一个白狗子估计也是当地人，熟悉地形，体力也好，三窜两窜便没了踪影。左桂林的犟脾气上来了，加快了步子，很快，离那个家伙只有几十丈远。

那个白狗子，的确是个狠角色，又加快了脚步。左桂林紧了紧绑腿，束了束腰带，心里狠骂了一声，也加快了脚步。两人一前一后，或奔小道，或爬山岗，或越溪涧……终于，那个家伙一个狗啃屎栽倒在地。左桂林跌跌撞撞冲上去，一脚踩在了他的背上："跑啊，跑啊！"

是役，红军俘虏白狗子100多人，活捉敌县长张开阳，史称"新城大捷"。

打下新城后，前委开始筹备建立宁冈县工农兵政府。毛泽东提议，新成立的县工农兵政府设在砻市。从此，砻市成为湘赣边界红色政权的第一个新县城。

1928年2月21日一大早，宁冈县的贫苦农民，像潮水般涌入砻市河东的大河洲上。宁冈县工农兵政府成立大会的会场，就设在这里。临时主席台是用十几个禾桶架着门板搭建起来的，上面悬挂着一块长长的红布，红布上写着"宁冈县工农兵政府成立、审判反动县长张开阳大会"二十几个大字。

工农革命军战士和宁冈的赤卫队、暴动队队员，工农群众

二　红军来到神山村

近万人席地而坐，气氛热烈而又欢快。

毛泽东、张子清、宛希先、何挺颖、袁文才、龙超清等军队、地方领导人出席了大会。

毛泽东在会上作了热情洋溢的讲话。他说："今天的大会，是个胜利的大会。从此，宁冈人民有了自己的政府，贫苦工农要自己当家作主了！"毛泽东的讲话掷地有声，赢得台下军民阵阵掌声。

有了根据地，建立了政权，头等大事就是巩固政权。巩固政权从何做起？要赢得人心。怎样才能赢得人心？必须搞清群众所思所盼。

毛泽东开始进行调查研究。农家出身的他，深谙社情民情，深深知道土地之于农民的重要性。他的调查，从湘赣边界的土地状况入手。

通过深入细致的调查，他全面了解了宁冈县各个地区有多少户、多少人、多少地，地主有几户，贫农有几户，雇农有几户，地主有多少土地，祠堂有多少土地……

摸清了情况，毛泽东开始了一项伟大的革命实践：实行土地革命。

他告诉农民：田是农民开垦的，却被地主、富农占去多数。这不公平！要夺回来。共产党、红军就是要打土豪、分田地，要让土地回老家。

就这样，宁冈茅坪等地开始了分田。

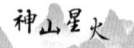

家家户户分了田

彭长妹老人正一手拿着喷壶,一手持着剪刀,侍弄着自己心爱的花儿。

她是村里最年长的老人之一。尽管眼睛有些昏花,耳朵也有些背了,但向我们讲起当年的情景,她的思路依然是那样清晰。

她说,听母亲讲,1928年——也就是她出生的那年,神山村村民分到了土地,翻身做了主人。

在这之前,村里不少婴儿因为饥饿而夭折了。而她出生时,家里已经开始有一些存粮。在那个饥寒交迫的年代,像她这样,出生时家里能有粮食吃的,太少太少。这多亏了村上来了红军。

"每到过年,祖辈们都会给我讲当年红军给咱农民分田时的开心光景!现在的年轻人不愁吃不愁喝,可能不晓得对咱农民来说,有一块自己的田,那是多大的事——田,就是咱的命根子啊!"

"无产阶级只有分了田,才有饭吃有衣穿""一切土地归农民"……如今,彭长妹依然记得儿时保留在家家墙上的这些标语。

"听爹爹讲,就是在那块地上,红军带着村民烧了田契借据。"彭长妹指着窗外那块茶田,边说边哼起了儿时父亲教她的歌：

"过新年，过新年，今年不比往常年，要活捉肖家璧，要消灭罗普权。过新年，过新年，你拿斧子我拿镰，高举红旗开大会，打了土豪分了田。"肖家璧、罗普权都是群众痛恨的民团团长，二人于1949年被解放军剿匪部队活捉，经群众公审后枪决。

我们在井冈山革命博物馆，看到了一份1928年宁冈县农民缴纳土地税的记录清单。

这张长方形的土黄色毛边纸清单，详细记载了1928年宁冈县新城区桥上乡农民上交谷物的数量和时间。它是当年井冈山革命根据地人民支援革命战争的历史见证。

毛泽东摸清湘赣边界土地状况后，便决定实行土地革命，抽调大批干部，深入宁冈、永新等地指导分田。

1928年的一天，毛泽东来到离神山村不远的白银湖乡。乡政府院子里挤满了人，乡政府秘书正低头写分田牌，双眼通红，累得已握不住毛笔。经了解，这个秘书已经两天两夜没合眼了。毛泽东心疼地要过毛笔，一笔一画地给农民写起了分田牌。

1928年7月，湘赣边界各县的土地分配基本完成。1928年12月，《井冈山土地法》正式颁布施行。

《井冈山土地法》是中国共产党制定的第一部成文的土地法。这部土地法第一次用法律的形式肯定了农民分配土地的神圣权利，明确规定了没收土地的范围和归属、分配土地的数量标准和区域标准、土地税的征收和支配等一系列具体政策，向彻底否定封建地主土地所有制迈出了开创性的一步。

这部土地法一经颁布，就受到了群众热烈欢迎，群众编了歌谣表达自己的欣喜之情："土地回老家，合理又合法。分了田和地，穷人笑哈哈。跟着毛委员，工农坐天下。"

拥有了土地的农民，生产积极性空前高涨，1928年井冈山革命根据地普遍获得粮食大丰收。农民踊跃交税交粮，用朴素的方法支持革命。

神山村村民们获得了世世代代梦寐以求的土地。

分到田地的神山村村民，爆发出了火热的革命激情，他们一方面竭尽全力稼穑耕耘，另一方面积极投身革命。每个村都组织了农会、赤卫队、青年团、妇女会、儿童团……协助红军开展工作，保卫胜利果实。还有不少青壮年积极要求参军。

中国革命的根本问题是农民问题，而农民问题的核心是土地问题。正如后来毛泽东在延安对美国记者埃德加·斯诺所说："谁赢得了农民，谁就赢得中国，谁能解决土地问题，谁就赢得了农民。"

神山村成了"大后方"

一大早，赖福洪就来到了我们的住处，神秘地说："走！带你们去看个稀罕的地方。"

他带我们沿着村旁的小溪，探险般往前走。小溪躲在山的夹缝里，溪两旁长满了各种叫不上名字的大树。因为千百年水的冲刷，溪水奋力地下潜、下潜，两旁的石壁便非常陡峭。在回水处，偶尔会出现一个台地。水从一个台地跌向另一个台地时，形成一道道瀑布，发出雷鸣般的轰响。

台地有大有小。大的台地，集聚的腐殖质便较多，所以植被长得异常茂盛，除了各种粗大的阔叶、针叶树木，地面上还长满了密密麻麻的灌木，连石壁上也爬满了藤蔓植物。

走啊走，深一脚浅一脚地往前走，也不知走了多久，当我们满头大汗、气喘如牛，再也迈不动步子的时候，赖福洪终于停住了脚步。他指着十多米深的溪沟旁的一块较大的台地说："你们看到灌木丛里那些断墙了吗？那就是当年红军药库的遗址。"

红军扎根茅坪后，白狗子一次次"进剿""会剿"均告失败，便采取了铁桶般的封锁政策，在根据地四周，处处设卡，不让任何物资流入井冈山。

毛泽东在《中国的红色政权为什么能够存在》一文中写道："食盐、布匹、药材等日用必需品，无时不在十分缺乏和十分昂贵之中……有时真是到了极度。"在他的另一篇文章《井冈山的斗争》中也有这样的记述："永新、宁冈两县没有盐吃，布匹、药材完全断绝，其他更不必说。"

各种物资中，最短缺的，当数药品和医疗器械。

红军刚入驻茅坪时，有一批伤员安置在攀龙书院。这座书院，位于井冈山市茅坪乡茅坪村南路口，始建于清朝同治年间，是一幢三层土木结构的楼房。在宁冈县党组织和袁文才的协助下，井冈山革命根据地第一所红军医院就设在这里。

有了医院，还必须有医生。袁文才请姐夫赖章达出山。

赖章达生于清光绪十八年（1892），出身中医世家。孩童时代就阅读了大量医书，并掌握了祖传秘方。

悬壶积年，他的医术达到了很高的境界，被当地村民称为"神医"。

他不仅医术精，为人更是宅心仁厚。为乡邻治病，他只收很少的诊费。遇到鳏寡孤独，常常免费治疗。

袁文才"马刀队"时期，队伍上的医疗事务，便由赖章达负责。

有一次，袁文才对他说："我是把脑袋拴在裤腰带上讨生计的，你和我姐去湖南躲躲吧，小心受连累。"赖章达笑笑："你们做这一切，都是为了穷苦百姓。我虽不能和你们一起上阵搏杀，也想尽一份兄弟的义气。"

赖章达愉快地接受了袁文才的邀请。他带上徒弟来到了攀龙书院，将这些年收集的药材全部捐献给了红军。

当时，攀龙书院的小膳厅是中医医疗室，轻伤员、担架队住楼上，床铺摊在楼板上。医院的医疗设备极其简陋。很多医疗器械都是医护人员自己动手做的。譬如，用竹子制成镊子、软膏刀、软膏盒等,用消过毒的剃刀代替手术刀,用土布代替纱布……

药品,更是奇缺。没有凡士林,就用猪油代替。用食盐消毒,已成为奢侈的事情。

药物奇缺,又面临重重封锁,赖章达就想到一个方法——就地取材!发动周围各村的乡亲们上山采集中草药,为战士们疗伤。

采了中草药,往哪里放?

有一天,赖章达把左桂林叫来,提出了自己的想法:在神山村建一座药库。

左桂林一听,觉得这个主意很不错,说:"敌人不断'进剿',药库离医院太近,容易被敌人捣毁;离得太远,用药又不方便。设在咱们村再合适不过了。咱们村翻过山梁就是茅坪,山高林密,即使敌人进来了,也不容易被发现。"

"那么,建在咱们村哪个位置呢?"赖章达问。

"有现成的好地方呀!"左桂林卖起了关子。

赖章达猜了几个地方,都被他否定了。见赖章达有点儿急了,他才慢悠悠地说:"设在清水庵,如何?"

赖章达一把攥住了他的手:"太好了!没有比那儿更隐蔽的地方了。"

清水庵是一座废旧的寺庙,建在溪沟的回水处,周边密林环绕,仅有一条半米宽的小道隐隐约约掩在树丛中。过去,村

民们偶尔会来烧香。前几年,主殿塌了,几间偏房被村民赖六发改作造纸作坊。

"让赖六发把作坊搬走,他能愿意吗?"赖章达心里没底。

"放心吧,我的神医。这事儿包在我身上。"

左桂林找赖六发讲了自己的想法,又讲了一番红军为穷人打天下的道理,赖六发爽快地答应了。

就这样,红军在砻市原"刘德盛""玉堂春"两家规模较大的药店以及大陇、滩头等小药房的基础上,在坝上村茶山源和神山村清水庵分别设立了储存药材的药库。

清水庵药库的设立为红军医院医治伤病员提供了药材保障,为伤病员治疗、休养提供了一个相对稳定的医护场所,也为后期在小井村创建中国工农红军第四军医院奠定了基础。

红军刚上井冈山时,指战员们大多没有棉衣。秋去冬来,许多战士只好穿单衣御寒。晚上两三个人合盖一条薄毯子。有的人连毯子也没得盖,只好盖上一层稻草。

革命歌曲《毛委员和我们在一起》里面有这样几句歌词:

红米饭那个南瓜汤啰,嘿啰嘿;挖野菜那个也当粮啰,嘿啰嘿;毛委员和我们在一起啰,嘿啰嘿;餐餐味道香、味道香,嘿啰嘿。

干稻草那个软又黄啰,嘿啰嘿;金丝被那个盖身上啰,嘿啰嘿；毛委员和我们在一起啰，嘿啰嘿；心里暖洋洋、暖洋洋，嘿啰嘿……

稻草被称为"金丝被"，就是这样来的。

井冈山的冬天，阴雨连绵，稻草又湿又冷。有时候，战士们实在冻得睡不着觉，就起来练刺杀、跑步。

天长日久，不少人的手、脚和耳朵都生了冻疮，发肿、发痒、发痛，甚至溃烂，队伍战斗力下降。

解决部队的被服问题，刻不容缓。

1927年11月，红军在一次战斗中，缴获了一批棉花、布匹和缝纫机，便雇请了二三十名裁缝师傅，在茅坪坝上村组织了临时性的被服生产，赶制了一批棉衣和棉被。

随着部队的壮大，被服的需求量也不断增加，临时加工的办法已不能满足需要。于是，由余贲民（秋收起义时任工农革命军第一军第一师副师长）负责筹建了被服厂。被服厂就设在离神山村不远的张家祠堂。这是工农革命军建立革命根据地后的第一个被服厂。

听说被服厂要招工，神山村的妇女们纷纷报名。她们心里也急啊！寒冬腊月，毛泽东和战士们一样，仍穿着单衣。他脚上那双鞋，补丁摞补丁……

神山村的妇女，大多进了被服厂。佩戴着镰刀斧头图案袖章的妇女们，从早到晚有使不完的劲。

没有染料，被服厂办了一个简易染坊，把茶籽壳、黄栀子、稻草灰、烟墨、杨梅树皮等混合在一起配成染料加染。大家给这种染料取名"井冈山墨青"。刚开始只能染黑色，后来也能染灰色、蓝色等几种颜色了。

生产的产品主要有军衣、八角帽、绑腿、挎包、米袋、子弹袋等。衣服的式样为中式对襟，上装有两大两小无袋盖的口袋、五个布结扣子，下装为无插手袋的直筒裤。

有一天，毛泽东来到被服厂。他详细询问工厂的生产和工人的生活情况。

当毛泽东看到闲置在祠内的几架缝纫机时，便问手工做活的几个神山村妇女为什么不用缝纫机。她们回答说：别说用缝纫机，过去见也没见过。毛泽东当即写信从第三十一团调来六名会踩缝纫机的战士。从此，工厂的生产效率和产品质量大大提高。

部队的规模不断扩大，被服厂天天加班加点。往往是东方已露鱼肚白，祠堂里的煤油吊灯还吐着亮光。

为了保证战士们的棉衣供应，被服厂展开了劳动竞赛。通常以往每人每天手工缝制一套军衣，多的缝两套。现在，每人每天缝制三套军衣，最高纪录是一天五套。

已是隆冬，神山村的许多妇女还穿着单衣，被服厂厂长余贲民特意给她们批了一批冬装，被妇女们谢绝了："还是留给前方的战士们吧！"

不管余贲民怎么做思想工作，神山村的妇女们没有一个人领取。

有了药库、被服厂，神山村成了红军的一个重要后勤基地。

挑粮小道寄深情

1928年4月，毛泽东率领秋收起义的部队与朱德率领的南昌起义的部队在砻市会师，创建了中国工农革命军第四军，6月改称中国工农红军第四军。这是中国现代史上的一个伟大事件，它发展壮大了井冈山革命根据地，开创了湘赣边界"工农武装割据"的新局面。

左桂林随部队一起编入红四军第三十二团，担任号手。

那天，他随朱德来到了神山村。朱德是到药库和被服厂检查工作的。村子里至今还传颂着朱德爱民的片段。

见赖福洪的奶奶在院里舂米，他接过杵杆干了起来。有人劝他歇会儿，他乐呵呵地说："我也是穷人家出身，这些活计，我当兵前都干过。"

见一位老大娘背着柴草从山上下来，他走过去接过柴草，扛在自己肩上，并搀扶着老人送到家门口。见家里只有老人一人，他亲切地问："老人家，家里怎么只有您一个人呢？"老人告诉他，老倌儿前些年去世了，儿子也被抓了壮丁，都七八年了，也没个音讯，不知是死还是活。

朱德的眼睛湿润了。他走进老人家那间既是客房也是厨房的房间看了又看，然后，挑起水桶出了院子。左桂林和警卫员都要抢着去挑水。他不让，一连到溪沟里挑了三担水，把老人的水缸和能盛水的盆盆碗碗都装满了，才停了下来。

他搬了个小凳子，坐在老人跟前，拉着老人的手说："您，让我想起了我的母亲。我家是佃农，世世代代靠租种地主的地过活。我的母亲非常热爱劳动，家里人口多，兄弟姊妹八个，一家子里里外外全靠她操持。我四五岁时，便帮她干农活，割猪草、砍柴，什么活都能干。老人家也非常贤惠，生我之前的一分钟，还在灶上做饭……"

说到这里，朱德的嗓子有些哽咽，老人也抹起了眼泪，慈祥地轻轻拍着朱德的手背："伢崽，莫哭，莫哭！"

朱德接着说："我的母亲，也像老人家您这样慈祥，日子再苦，过得再艰难，也从不呵斥我们，也没有和任何人吵过架。碰上灾荒年，她吃糠咽菜，却把仅有的那点米给子女、老人吃……我的母亲……我想念我的母亲。参加革命以来，怕连累老人家，我已有十年没和家里联系了……不知我的母亲怎么样了……老人家，您多多保重！您多多保重！"

老人松开了手，轻轻地帮他拭去了眼泪……

周围的人无不动容。

井冈山根据地山陡沟深，只有少量的冷浆田，年产谷不满万担。

会师后，红军人数增长很快，摆在大家面前亟待解决而又十分棘手的是吃饭问题——三个师九个团，加上后勤人员，总人数过万，每月要消耗粮食40多万斤。

仅靠井冈山的产粮，很难解决吃饭问题。节衣缩食，部队已做到了极致——从军长到伙夫每人每天只有五分钱的伙食费，一样吃红米饭，喝南瓜汤，甚至用野菜充饥。

毛泽东在5月2日以工农革命军第四军军委书记名义给中共中央写的报告中，感叹"吃饭大难"。

为了解决给养，只能从产粮较多的宁冈挑粮上山。

红四军官兵都参加了挑粮活动。毛泽东、朱德身先士卒。于是，便有了传颂至今的"朱德的扁担"的故事。

1928年11月中旬，红军集合在宁冈新城、砻市、茅坪等地，进行冬季训练。由于湘赣两省故军的严密封锁，井冈山根据地同国民党统治区几乎断绝了贸易往来，根据地军民生活十分困难，所需要的食盐、棉花、布匹、药材以及粮食奇缺，筹款也遇到很多困难。为了解决眼前的吃饭和储备粮食问题，红四军司令部发起下山挑粮运动。

红军战士挑粮，一天往返50公里，光是空手上山下山都很吃力。但朱德的两只箩筐每次都装得满满的，走起路来十分稳健利落，年轻力壮的小伙子也常被他甩得老远。战士们从心眼里敬佩朱军长，但又心疼他。从井冈山茨坪到山下的宁冈，山高路又陡，实在难行。尤其是从桃寮到黄洋界那一段路，就是空着手走也累得难受，肩上挑着几十斤的担子，那就更吃力了。当时，朱德军长已经40多岁了，但他常随大家一同去挑粮。大家看到朱军长晚上要计划作战的大事，白天还要参加劳动，生怕累坏了他，便劝他不要挑粮。朱德却说："我身体好，军事工作可以安排早晚时间处理，挑粮不能不去！"

怎么办？大家一商量，就把他的扁担藏了起来。

朱德没了扁担，心里很着急，他让人到老乡那儿买了一根碗口粗的毛竹，做了一根扁担。为防止战士们再藏他的扁担，就在上面刻了"朱德记"三个大字。从此，"朱德的扁担"的故事传开了。井冈山军民为了永远纪念朱德这种身先士卒、艰苦奋斗的精神，专门编了一首歌赞颂他："朱德挑谷上坳，粮食绝对可靠，大家齐心合力，粉碎敌人'会剿'。"

从宁冈新城挑粮至井冈山，沿途要经过鹅岭、柏露、六合亭、黄洋界等地。这条挑粮小道，像一根纤细的白线，在丛林中蜿蜒穿行。有的路段甚至是在石壁上凿出的，仰望是耸立的陡壁，俯瞰是斜劈的断崖，杂草与人争路，稍一闪失就会坠下崖去。

六合亭就在神山村村口，是当时红军挑粮的必经之地。

亭子建在半山腰，何年建的已不可考。据村民说，亭子是由六个不同姓氏的人一起建造的，故名六合亭。毛泽东和朱德带领红军战士挑粮经过这里时，常坐下来歇息一下。他们如果见到神山村的乡亲们在地里干活,就热情地招呼乡亲们过来聊天。当时神山村的乡亲,无论是大人还是孩子,都曾是毛泽东、朱德的聊伴。

六合亭再往前走,要转过一个又一个山坳,有的山坳前有几个岔口。井冈山各山头的植被大体相似,战士们在岔道口很容易迷路。起初,红军挑粮,常常因为路不熟而走了岔道,一耽搁就是小半天。

那时候,村民赖辛生还是个十八九岁的小伙子。看到这种情况,他替红军哥哥着急,就找了村里几个年龄相仿的小伙伴,想为红军修条路。

他们从茅坪河里找来鹅卵石,一筐筐挑到六合亭,然后,劈开榛莽,将鹅卵石一块一块嵌在地面上。足足花了两个多月时间,一条一米来宽的小径铺成了。顺着小径走,就不再迷路。

90多年过去了,今天我们在神山村采访,依稀能在丛林中辨识出这条小道。

"走路"是门大学问

在采访中,赖福桥老人从自己家的箱柜里拿出了一个用红布裹着的物件。物件被裹了一层又一层,他小心翼翼地打开,脸上透着虔诚。

我们凑上前去一看：这是一枚竹钉，大拇指粗细，五六寸长。

见我们不解，他说："当时红军没有地雷，也没有铁丝网，就发动群众削制这样的竹钉，埋在敌人经过的路上，用来阻挡敌人的进攻。"

他听父亲赖辛生讲过这些竹钉当年立下的一次次"战功"。

1928年8月，朱德率领红四军主力出击湘南，毛泽东率领一部分红军前往湖南桂东，只留下少量部队守卫井冈山。湖南和江西的国民党军趁此机会，联手向井冈山发起进攻。

8月30日晨，黄洋界保卫战正式打响！

茅坪苏维埃政府给赖甲龙下了一道命令：军情紧急，连夜赶削竹钉，在阵地前沿布下"竹钉阵"。

这是神山村的一个不眠之夜：上到年迈的老倌、阿婆，下到刚能拿动篾刀的细伢崽，都"乒乒乓乓"地削起了竹钉。削满一筐，就迅速转走。又一筐满了，又被迅速转走。

这些竹钉被转往黄洋界阵地前沿，村里的青壮年男女，正在红军指导下布设"竹钉阵"。通往哨口的所有小路上，都布下了密密麻麻的竹钉，加起来有两三里长。竹钉，两头是尖的，一头埋在土里，一头露出地面。露出地面的这一头，不但又尖又硬还被浇了粪便。如果白狗子踩上去，脚就会溃烂。

两三里长的"竹钉阵"，得需要多少颗竹钉啊？削制竹钉的父老乡亲们，又有多少人磨破了手掌？今日已无从查考，但神

二　红军来到神山村

山村满山的翠竹和巍然屹立的黄洋界，会告诉人们当年发生的一切。

村民们还告诉了我们，从长辈那里听来的当年那道特殊的"防线"。

那时候，经常有特务潜入根据地，摸排红军布防情况。如果设置复杂的通行暗语，大多不识字的村民就读不懂。于是，在每条小道的拐弯处拉起一条隐蔽的绳子（一般是用稻草秸秆编织而成），并安排一名红军战士值守。外出做生意或者需途经此地的村民，只需拨动小绳子，哨兵就会放行。若是敌特贸然踏入，会被当即逮捕。这个方法简单实用，敌特潜入的情况大大减少。

这时的神山村，已经是远近闻名的"全红村"。筹军粮、修工事、抬担架、护理伤病员，全村人人争先。还有好几个年轻伢崽，参加了红军。

左桂林的儿子左光元，只有16岁，却已是老资格了——军龄将满一年。他是红四军第三十二团第一营的一名号兵。

这名"老资格"的号兵很幸运，多次见过毛泽东。多年以后，他还给村里的年轻人们讲起了毛泽东当年的教诲。

一次行军中，有位战士抱怨：我们天天在山沟里走来走去，有么子用，还不如去城里和反动派干他一家伙。

毛泽东笑着解释：小同志，这种思想要不得！井冈山，虽然它磨破了我们的脚，爬酸了我们的腿，但是，它给我们存粮食，给我们作根据地，便于我们机动，便于我们打击敌人。等我们壮大了，就不是到城里干他一家伙，而是今天干明天干后天干，一直不停地干下去，直到解放所有的城市，解放全中国。

他还讲到"走"的问题，说，走路，可是一门大学问喽！从前井冈山上有个"山大王"，叫朱聋子。他和当时的统治者斗了好几年，总结了一条经验：不要会打仗，只要会"打圈"。朱聋子前一句话不对，后一句是对的。我们改它一下：既要会打仗，又要会"打圈"。"打圈"就是"走"。朱聋子"打圈"是消极的，不是为了歼灭敌人，而是为了逃命。我们的"打圈"，是为了避实击虚，迷惑敌人，进而歼灭敌人。强敌来了，先领他兜几个圈子，兜得他筋疲力尽，兜得他丢盔卸甲，等他的弱点暴露出来了，就狠狠打他一家伙。搞得干净利落，要缴到枪，抓到人。打仗也像做买卖一样，蚀本的不干，打得赢就打，打不赢就走。每次打仗都赢，咱们的根据地就会不断壮大。

左光元多次领略了毛泽东的"打圈"战术：在这山打了胜仗，便翻到那山休整；等白狗子跌跌撞撞追到那山，红军则以逸待劳，趁他们喘息未定，"哐啷"搞他一家伙，打他个措手不及。敌人还没缓过神儿，红军又迅速地转移到山的另一面，练兵和发动群众去了。

"打圈"，最终带来了什么结果呢？毛泽东在《井冈山的斗争》一文中，这样写道："割据地区一天一天扩大，土地革命一天一天深入，民众政权一天一天推广，红军和赤卫队一天一天扩大。"

左光元看到了这一天。遗憾的是，他的父亲左桂林却没能看到这一天……

三 青山有幸埋忠骨

血战黄洋界

1929年1月，湘赣两省军阀的6个旅18个团，约3万兵力，向井冈山革命根据地发动第三次"会剿"。此时，根据地的红军不过四个团，兵力悬殊。怎么办？

1月4日，红四军前委在宁冈县柏露村召集会议，讨论如何迎击"会剿"。

毛泽东冷静分析了当前形势：在敌我力量如此悬殊的情况下，凭险死守不利于我。加上寒冬季节已到，我军物资菲薄，虽有群众援助，但难以取胜。但是，井冈山革命根据地又不能放弃。要保住经营年余的井冈山根据地这块红色政权，绝不能死守，必须采取积极的行动。敌人从这边打来，我们就从那边打出去，迂回敌后，求得在外线消灭敌人的有生力量，从而打破敌人的"会剿"。

会议一致赞同毛泽东提出的内线作战与外线作战相结合的策略方针，实行"围魏救赵"。

会议决定：由彭德怀、滕代远率领红五军主力和红四军第三十二团防守井冈山。毛泽东、朱德率红四军大部出击赣南，吸引敌人，返身从敌后打来，共同"破围"。

红四军主力出击赣南那天，正下着大雪。神山村村民们拿出家里最好的食物和衣服、鞋子，一件件往红军包袱里塞。他们将红军送到村外，含着热泪望着他们远去的背影……

按照部署，左桂林所属的红四军第三十二团将留守根据地。刚满17岁的儿子左光元要跟随红军一起进军赣南。

多年后，左光元回忆起与父亲分别时的场面：左桂林将一只布包塞给左光元——里面装的是部队新发的一双棉鞋。

左光元打开布包一看，把鞋子拿出来，塞还给父亲："爹，你瞧你脚上的鞋，已张嘴了。"

左桂林不由分说地把鞋又塞回了布包："怎么？翅膀硬了，爹的话也不听了！你们要到外线作战，条件更艰苦。爹就在家门口，还能没得穿的？！"

左光元的眼里含满了泪水。

"大小伙子了，哭什么哭？有毛委员领导，咱一定会胜利！跟着毛委员好好干，爹在井冈山等你！"

这是父子俩的最后一次对话。这一走，竟是永诀。

湘赣两省的敌人铁桶般一步一步向井冈山围逼，并不断增加兵力，总兵力达20多个团。而我方守山的红军主力加上赤卫队，只有2000余人。

为了鼓舞士气，彭德怀在柏露村召开了全体留守干部会议。

这支留守部队大多是平江起义后随彭德怀上的井冈山。有同志说："军长，我有个问题，我们啥时候回平江去呀？"

彭德怀笑了笑，说："想回家乡了吧？是呀，金窝银窝，不如自家的草窝，哪个不想自己的家乡啊！可是井冈山是全国的革命根据地，政治上军事上都需要我们留在这儿。"

他的表情严肃了起来，说："我是从旧军队过来的。有句老话，无湘不成军。意思是，咱们湘人英勇善战。现在，大家都是革命军人，更应该拿出不怕牺牲的革命英雄主义气概。战斗打响，所有的干部和党员，一定要身先士卒顶在第一线。我和代远同志都会亲临一线指挥。"

1929年1月16日，敌军迫近井冈山革命根据地。26日，辎重等各项准备就绪后，敌军从各个方向同时向井冈山各哨口发动进攻。一时间，枪炮交加，山鸣谷应。

一拨敌人被打退了，又一拨敌人涌了上来。阵地前密密麻麻躺满了敌军的尸体。

三昼夜过去了，敌人还在潮水般向各个哨口涌来。密集的炮弹在我方阵地上爆炸，横飞的弹片将哨口的树木全部削断，我军工事几乎全被炸塌。战士们伤亡惨重，手中的弹药也几乎告罄。

情况十分危急，彭德怀亲率军部所有勤杂人员和井冈山红军学校的几十个学员来到阵地前沿。大雾弥漫，黑压压的敌人嚣叫着向山上冲。彭德怀提着驳壳枪迎着密集的子弹，边向敌人射击，边冷静地指挥战斗。

三 青山有幸埋忠骨

敌人躲在摞起的尸体后面架起机枪,朝我方阵地横扫。尽管我方已伤亡过半,但是敌人始终未能突破我军阵地。

这时正值严冬,天降大雪,高山积雪尺许,红军用炒米和着雪块充饥。神山村的群众在暴动队队长赖甲龙带领下,冒着枪林弹雨为红军送来热饭,抬运伤员。

在黄洋界哨口,狡猾的敌人见正面难以突破,便设法从侧面偷袭。1月28日,敌人在黄洋界下的斜源村,用200块银元收买了一个叫陈开恩的农民。

陈开恩因长年累月在山上捕蛇、抓石蛙、采中药材,对地形非常熟悉。29日晚,他带领700余名敌兵,沿着他平时捉石蛙的一条小溪,翻过棍子坳、金狮面,插到了背后的龙潭口,从峡谷里摸到小井村,绕到了红军的身后。

黄洋界腹背受敌,难以支撑。

敌人不仅突破了黄洋界和八面山阵地,还攻破了桐木岭哨口,直逼茨坪。继续死守,已毫无意义。

彭德怀、滕代远商量后作出决定:向赣南方向突围,去寻找毛泽东。

神山村的左桂林参加了黄洋界哨口那场最后的战斗。

他守的那个哨口,红军不到200人,敌军却有三个团。最揪心的是,战斗最激烈的时候,战士们的弹药已经耗尽。

连长说:"同志们,如果敌人攻上来,我们就用刺刀刺,用枪托砸，如果枪也砸坏了，就抱着敌人跳崖！"

突然间，周围竟安静了下来。这是怎么回事？大家心里直嘀咕。

原来，奸细陈开恩带着白狗子从后面摸了上来。

敌人从背后发起了突然袭击，架起机枪朝着红军横扫。左桂林身边的同志一个接一个倒下。

连长急忙命令剩余的同志，抓着藤蔓向山下滑。左桂林还没有来得及找到藤蔓，一个矮个子白狗子已经冲到他面前，不等对方扣动扳机，他一个滚身来到对方脚下，然后一个扫堂腿，将敌人扫倒在地。他挥起枪托，狠狠地砸在敌人的脑门上。敌人手脚在地上抽搐了几下，便没了动静。

又一个高个子敌人，端枪朝他刺来。他身子往下一矮，左臂格开敌人的步枪，右臂顺势一捞，将敌人掀翻在地。还没等他捡起地上的步枪朝敌人砸去，两个白狗子已一左一右站在他面前，不等两人挺枪刺来，他突然跃起，一手抱起一个敌人，朝崖下跳去。滚到半山腰，他顺势抓住了崖壁上的一棵小树。攀着那棵小树，他跳到另一块凸起的岩石上。然后，他揪着岩石边的杂草，慢慢向下滑动。一点一点滑，一点一点滑，双脚终于踏到了地上。

刚刚站起身，左桂林却发现身边有人影晃动。有几支枪同时对准了他。他以为又碰到了敌人，从地上捡起一根断枝，做好了和敌人拼死一搏的准备。

对方没有开枪，一直在打量着他。他已经全然豁了出去，朝对方喊："爷爷是红军，给点痛快的，朝我胸口打！"

那几支瞄着他的枪全放了下来。一位挎驳壳枪的人来到他面前："同志，我们也是红军。"

这是团县委的一个武装班带着部分红军伤病员，听说黄洋界告急，赶来支援。

左桂林讲了山头的情况。那位挎驳壳枪的同志说："我们紧赶慢赶还是来晚了。"

前面的道路已被敌人封锁。熟悉周围地形的左桂林带领大家转移。

这些同志中有不少受了伤，有的还是重伤，转移到哪里去呢？茨坪、大井、小井都传来了枪声——看来那里均被敌人占领了。左桂林决定带大家去神山村。

尽可能避开有人烟的地方，大家在人迹罕至的密林中穿行。稍一有动静，便在树丛中匍匐不动。有几次，搜索的敌人就从他们身边走过。整整走了一天一夜，终于回到了神山村。

无名红军墓

待夜深人静，他将这批伤兵悄悄藏在了赖家祠堂。

经过一番颠簸，有几个重伤员已危在旦夕。

红军医院所在的小井方向，枪声一阵紧似一阵。这可怎么办？必须去药库取中草药。

太巧了，那天，赖章达正好来药库取药。左桂林匆匆说明情况，两人带上药品回到了神山村。

赖章达开始对重伤员进行抢救。几个暴动队队员的家属也做了些吃的送进祠堂。

赖甲龙让各家各户盘点了一下，村里的余粮仅够伤病员们吃几天。药库里的药材也快见底了。

那位挎驳壳枪的同志说："山下还有一处补给库，存有粮食和药材，估计还没有被敌人发现。"

赖甲龙决定带村民们去搞些过来。

战士们说他们一起去。赖甲龙说："这时候，白狗子肯定设了很多关卡。我们是当地人，随便找个理由就能搪塞过去。你们都是外地口音，一张嘴就露馅了。"

那位挎驳壳枪的同志给赖甲龙讲了那处补给库的具体位置。赖甲龙对这里的角角落落太熟悉了，一听就明白了。他带领乡亲们很快就找到了补给库。补给库里的药材和粮食，足够支撑一段时间。可怎么将粮食和药材运回去呢？

果真不出所料，在来的路上，他们发现，白狗子设置了一道又一道关卡。

这些关卡一时半会儿不会撤掉，红军伤病员也需要休息一段时间。

看来，得从长计议，一次不能运送太多补给。万一露出破绽，被敌人发现，所有的努力将会化为乌有。

山下那处补给库，离神山村有十多里路。为了躲避搜查，赖甲龙和暴动队队员们想了很多办法：有时候把竹篙打通，里面装满米，假装上山砍竹；有时把米用油布包好，放进牛粪中，假装挑牛粪去田里施肥；有时还把米装进裤管里，把裤管背在身上，外面罩上披风，假装背着孩子……

有了药材，在赖章达悉心照料下，不少红军伤员的病情开始好转。

从小井红军医院传来的信息，却让他肝肠寸断。

在黄洋界失守前夕，陈开恩带着的那股敌军袭击了小井红军医院。来不及转移的130多名重伤员和医护人员，不幸落入敌人之手。

伤员们和敌人展开了殊死搏斗，终因寡不敌众，全部被俘。敌人对伤员们威逼利诱："只要你们说出红军主力的去向、粮食和武器埋藏的地点，就能活命。"

但是，没有一个战士屈服。恼羞成怒的敌人架起机枪，向战士们扫射，130多位红军战士全部壮烈牺牲。

知道了消息的赖章达，一次次痛哭：这130多位烈士，每个他都是那么的熟悉。有好几个，都是他从死亡线上硬拽回来的，前些日子还闹着要出院上前线，可竟这样走了……

在神山村赖家祠堂养伤的这批伤员，大部分渐渐康复了，但有七位重伤员医治无效，不幸牺牲……

神山村满山的翠竹和山坡上那几棵傲立的青松见证了这庄严的一幕：

有些村民拿出家里给老人准备的棺木，有些村民把自己的门板、床板贡献出来，赶制了棺材，将七位不知名的烈士安葬在村后的一座小山坡上……

为了防止被白狗子发现后掘墓，全村男女老少立下誓约：如果有哪个人把红军墓的情况报告给了白狗子，就等于背叛了整个神山村，全村男女老少都有义务诛杀之！有神山老表的生命在，就有红军墓在！

白狗子反攻倒算

根据地各哨口相继失守，坚守井冈山的红军彭德怀部突围而去，井冈山斗争陷入极端困难时期。

白狗子还乡团、挨户团开始了反攻倒算。"茅草要过火，石头要过刀"，当年的"全红村"和暴动队队员、赤卫队队员、红军家属都成了清算的对象。

据《宁冈县志》记载：1926年，宁冈县原有9万余人，屠杀过后，锐减至3.5万人；永新县原有30万人，屠杀过后，只剩下约20.04万人；原有200多人的茨坪，被残杀64人；大井村被害人多达136人，占全村人口的2/3……

在屠杀百姓的同时，百姓辛辛苦苦盖起的民房也被付之一炬。永新的小江地区，被焚烧了七昼夜后，烧毁2/3的房屋，共计近2600栋；宁冈的茅坪、大陇、乔林等乡，被烧房屋均在半数以上；黄洋界下的源头村，50多栋房屋全部被烧；坝上村有房屋20栋，被烧13栋；成村、周山两村原有房屋33栋，被烧25栋……

神山村已被烧成了一片焦土。牲畜被白狗子牵走了，那几条倔强的狗被白狗子枪杀在村头。茅坪河的回水处，到处漂浮着尸体……

富有斗争经验的赖甲龙，在白狗子进村前，已组织群众躲进了山里。

为了防止白狗子破坏红军墓，他将木头做的墓碑悄悄移去，藏在了自家的夹墙中，又用蒿草、树枝将坟头遮得严严实实。做完这些，他还不放心，趁着夜色，又在周围山坡上堆了几座疑冢。

神山村暴动队队长赖甲龙的家，首当其冲被还乡团烧毁。烧了房顶，这帮坏家伙还不解气，那个为首的说："暴动队的队长，肯定没少分浮财，看看墙的夹壁里面有没有藏东西。"

白狗子打开夹壁，发现了那块木质墓碑。"啊？有红军墓，掘了它！"

白狗子找到了村里生了重病没能撤往山里的赖彭氏老奶奶，问红军墓在哪里。老人淡定地回答："村里家家都是本本分分的种田人，没听说过什么红军墓。"

"老家伙，你说不说？不说给你两下子。"一个白狗子晃了晃手里的枪托。

老人轻蔑地"哼"了一声，背过脸去。

"真不愧是'全红村'，连你这样的老东西也被赤化了。"那个白狗子用枪托朝老人腰上狠狠捣了两下，便悻悻地朝门外走去。

他们在村子周围的田里，到处搜寻新坟。终于发现了赖甲龙不久前堆起的那几座疑冢。他们连着刨开两座，却什么也没发现。这几个坏家伙累得满头大汗，骂骂咧咧地走了……

左桂林英勇牺牲

在赖家祠堂养伤的那批红军，大部分伤势痊愈后，由那个挎驳壳枪的同志带领，去赣南找大部队了。十几个伤势尚未痊愈的，随左桂林躲进深山打游击。

其中，有位姓黄的年轻伤员也是部队的号手。这个来自湖南平江的伢崽，和他儿子左光元同岁，长相也有几分相像。经过这些天的相处，左桂林和小黄的感情如同父子一般。

1929年的冬天，特别寒冷。由于白狗子旷日持久的封锁，左桂林和他的游击小队已多天没吃一粒粮食，靠挖冬笋、抓田鼠、摸溪沟里的鱼勉强支撑了下来。几个重伤员急需用药，有两位同志高烧一直不退，已经神志不清了。

左桂林决定，冒死到药库去搞些草药。前不久，赖甲龙他们从山下搞来的那批草药没有用完，一部分就藏在了那里。

他决定一个人去。小黄不放心，说啥也要和他一起去。另两位年轻战士也要求一同前往。

左桂林装作生气，板起面孔："你们这是添乱！我路熟，碰到情况，能迅速躲避。你们去干啥？"

"我们去，能帮你呀！你想想，你一个人去能背多少药材？我们年轻力壮，咱们一起去，多背些回来。"

这三个年轻人丝毫不让步。最后，左桂林只好妥协了。

天黑下来后，他们借着灌木丛掩护，悄悄朝药库摸去。

白狗子在各个路口都设了哨卡。凭着路熟，左桂林他们顺利地一一绕了过去。

离药库还有200多米，这里有一块凸起的岩石。左桂林示意大家停下来。他低声对三位年轻战士说："你们躲在岩石后面。我先去药库探探路，如果没有白狗子，就学猫头鹰叫，你们再过去。如果中了埋伏，你们千万不要管我，迅速撤回去。我路熟。伢崽们，记住，一定要听话。"

左桂林来到了药库附近。

他没有贸然打开药库，先是伏在草丛里，学了几声斑鸠叫，听听周围的动静。

四周静悄悄的。那条平时汹涌流淌的小溪，因天冷已结了厚冰，也丝毫听不到一点声响。他仍不放心，又摸了一块石头，朝药库边上的竹林砸去。

几只宿鸟惊叫着"扑棱棱"飞了起来。片刻之后，周围又恢复了宁静。左桂林再次投出一块石头。这一次，连惊鸟声也没了。他放心了，这才背起枪，朝药库走去。

这个药库他太熟悉了，没有灯光，他依然知道什么药放在什么柜中。他正要学猫头鹰叫，招呼几个年轻人过来，突然，四周传来一片狂叫声："不许动！共匪，你已经被包围啦。缴枪不杀！我们也优待俘虏。"

左桂林暗叫一声"不好"，但他并没有惊慌。他知道，别看白狗子叫得凶，但没人敢贸然过来。他不慌不忙摸黑装了满满一背篓药材，轻蔑地喊道："哪个不怕死的，就过来！"

他伏下身，单腿跪地朝外瞄准。

白狗子煞有介事地不断拉动枪栓，却始终没有人敢上前。

双方就这样僵持着……

左桂林的脑子在飞快地运转。他从周围的狂叫声中判断出白狗子至少有一个班。现在贸然冲出去，十几支枪会一起向他开火。但是，就这样一直僵持着，待到天亮就更不好脱身了。

他更担心的是那三个伢崽！怕他们冲过来救他。

他要给那三位战士传递一个信息，大声朝外喊："听这动静，白狗子，你们至少有一个班吧？听拉枪栓声，除了步枪，你们还有一挺捷克式轻机枪。"

"一个班？我们比一个排还多。今天，你就是插上翅膀，也休想跑掉！"

"太小看爷爷了！这里的一草一木，都知道爷爷姓甚名谁。只要爷爷想走，谁也困不住。"

他这样和白狗子七搭八搭着，是为那三位战士安全撤退争取时间。

又过了大约一袋烟的工夫。他心想，如果这三个伢崽撤退的话，应该已经到了安全距离。但他又担心，如果他们不放心他，仍埋伏在原地，这可如何是好？

他想了又想，决定孤注一掷。他假模假式朝外喊："想明白了，想明白了，你们人多，我降了，我降了。把枪给你们。"

可是，没有一个白狗子敢过来拿。

"你把枪扔出来。"一个狡猾的家伙大声喊道。

药库里，除了药柜，就是草药。拿什么扔出去？他想起了背上背着的军号，便把军号放到了门外的地上。

"你去拿！""你去拿！""妈的，你去拿！"这帮家伙，你推我，我推你，始终没人敢过来。终于，有两个家伙嘴里嚷嚷着，相互壮着胆走了过来。"可别开枪啊！""千万别开枪啊！""开枪我们会把你打成筛子！"

不等他们走到跟前，左桂林"啪啪"就是两枪。

趁着敌人一片混乱，他抓起地上的军号，便冲出了药库。

来的方向是密密的丛林。如果他趁着夜色先钻进药库边上的灌木丛，然后顺着那条秘密小径钻进丛林，哪怕白狗子再多也休想抓住他。但是，如果那三位战士还没有撤走的话，就有可能使他们陷入险境。

他要引开敌人。

他故意露出身形，跑到结冰的溪面上，用脚使劲跺了又跺，冰发出"咔咔"的脆响。敌人的注意力全被吸引了过来，他这才朝相反的方向跑去。

敌人叫着，一窝蜂朝他冲来。他继续往溪的下游跑，他尽可能跑远，越远，那三位战士便越安全。

敌人从后面不停地朝他开枪。他只觉得左臂一麻，"当啷"一声，军号掉在地上。他右手放下枪，捡起军号，迅速塞进了怀里。

有两个敌人已冲到了他的跟前，他单手擎枪，朝着离他最近的那个敌人"当"的就是一枪，只听"哎哟"一声惨叫，那个家伙栽倒在地上。

另一个家伙显然吓坏了，"妈呀"一声，扭头便往回跑。

其他的几个家伙也不敢往前冲了。

这时，离药库至少有两三里地了。那三位战士肯定已经脱离了危险。

然而他依然不放心。趁着白狗子愣神的间隙，左桂林冲上了溪流的左岸。那三位战士所在的地方是溪流的右岸。

左桂林拼命往左岸的山林里面冲。回过神的白狗子又追了过来,"乒乒乓乓"一齐朝他开起火来,一枪打在了他的腰上,另一枪击穿了他的大腿。他一下子失去平衡,扑倒在地上。因为背着草药,他不能就地十八滚避开子弹,只能匍匐着往前爬。又一枪,击中了他的肩膀。

好在,这时他已经避开了敌人的射程。鲜血浸透了棉衣,他只觉得身上的热量在一点一点散去。他仍在顽强地往前爬、往前爬……

他摸了摸怀里,那只军号还在!

就在他快要失去知觉的时候,三个人影冲到了他跟前——是那三位年轻的战士……

等他醒来,已在宿营地了。

躺在小黄怀里的左桂林,挨个看了看战友们的脸,露出了欣慰的笑。他断断续续地说:"你们……你们……一……一定……一定……要坚持下去。"

停顿了一下,他拼尽最后的力气,对小黄说:"如果……你们……突围出去……找……找到了……大部队,请把我怀里……这把军号……交给……一个叫左光元的战士。他……他是……我的儿子……"

说完,他头一歪,闭上了眼睛。

这位神山村的好儿子,就这样长眠在了生他养他的家乡怀抱里……

军号交给了左光元

此时的左光元，正随毛泽东在瑞金革命根据地，与"围剿"的敌人进行一次又一次的搏杀。

他在战斗中成长，入了党，在第一次至第四次反"围剿"的战斗中三次负伤。后来，任红军三军团随营学校特务连政治指导员兼连长。

一天，一位十八九岁的高个儿红军战士找到他："你是左桂林的儿子左光元？"

他笑了笑，点了点头："怎么？你认识我父亲？"

那人使劲地攥住了他的手。

他迫不及待地问："我爹，他还好吧？"

那位战士眼泪夺眶而出："左叔……他……他……他……"

左光元眼泪"唰"地流了下来。他转过身，揩了揩眼角，口腔里一股腥咸的东西涌了上来。

这些年，他从枪林弹雨中一路冲杀过来，那么多的亲密战友倒在了前进的路上。他已有了心理准备。但是，当这一刻真的到来的时候，他仍觉得万箭穿心般难过。他使劲平复了一下心绪，拍了拍那位战士的手背："别……别说了……我……我知道了。"

那位战士从背包上解下一把军号，军号的喇叭口上被弹头穿了个圆孔,他说:"左叔牺牲前,嘱咐我们黄连长,一定要把这把军号交给你。我们连长半年前牺牲了,牺牲前,他把这件事嘱托给了我们司号班的老姜头。老姜头前几天也牺牲了,他把这个任务交给了我……"

1934年10月,中央红军第五次反"围剿"失利后,被迫长征。左光元随部队进至湖南边境的赖村时,受到敌人重兵阻击。他带领随营学校特务连的战士们主动请缨,顶在了最前沿,与敌人展开了殊死搏斗,打退了敌人一次又一次进攻,为大部队成功突围赢得了时间。

而他,再负重伤,被送到于都红军第七医院治疗。伤病尚未痊愈,他要求重返前线。首长认为,他的伤情已不适合在一线拼杀,任命他为第七医院党总支书记。

红军主力北上抗日后,国民党军窜入中央苏区大肆烧杀。此时,于都的红军第七医院亦被围困,拖着伤腿的他,在突围中被冲散。

危急中,他把党证裹在伤口处,躲过了敌人一次又一次搜查。一天,他正在乞讨途中,又碰上了敌人搜捕。敌人怀疑他是失散的红军,对他进行严刑逼供。他坚称自己只是一个腿有残疾的乞丐。敌人把他关在牛栏里,准备带回去进一步审问。

趁敌人吃饭,他在群众掩护下,在墙上挖了个洞逃走了。然后,他一路乞讨,回到了神山村。

一时没能找到党组织,但他没有忘记一个共产党员的职责,

将村里赖甲龙等暴动队队员组织起来，继续与白狗子进行斗争。

红军北上长征后，井冈山的革命形势愈发艰难。

当年毛泽东在井冈山时，神山村的墙上写满了革命标语——"镰刀割断旧传统，斧子劈出新世界""无产阶级只有分了田，才有饭吃有衣穿""打倒国民党反动派""打土豪分田地""中国共产党万岁"等。白狗子占领井冈山后，要求将这些标语统统铲掉。

左光元带领乡亲们和敌人斗智斗勇，用泥巴将标语淡淡地刷上一层，下过一场雨，墙上的字迹便又露了出来。敌人恼羞成怒，不允许群众再用泥巴涂标语，强迫必须刮去。左光元就暗中叮嘱村民们，用刀顺着笔画刮，刮得越深越好。这样一来，那些标语更加醒目了。

每一年的清明，他都会带着乡亲们到村后偷偷给红军烈士扫墓，鼓励乡亲们："红军一定会回来的，我们一定要坚持住！"

红军亲人回来了

侵华日军被赶走后，国民党却罔顾民生，发动了内战。

20世纪40年代末的井冈山，风雨如磐。虽然气数将尽，但国民党仍不放弃垂死挣扎：抓丁、拉夫、强行征粮，妄图与人民对抗到底。

左光元对村民们说:"神山村的人,是红军的人,咱们决不能当国民党的兵。"

每当乡公所抓丁的进村,他就把村里的青壮年组织起来,躲进深山。每年稻子收割的时候,他组织村民连夜将稻谷舂打完毕,迅速藏进山上那个洞里。反动派一次次抢粮,一次次空手而归。

……

1949年的一天,村口来了一支队伍。村里的年轻人以为是国民党又来抓壮丁,纷纷躲进了深山。

每家每户也按照惯例,锁住了房门。

这支队伍进村时已是黄昏,他们没有进村民的院子,而是打开随身携带的背包,睡在了村民的屋檐下。

有几个老人踟蹰了半天,走上前怯生生地问:"你们是哪里来的队伍?"

当兵的和蔼地说:"我们是解放军。"

"解放军?不是蒋光头的队伍?"

"老人家,我们是毛主席的队伍,也就是从前的红军。"

"红……红军?毛委员的队伍?"老人们激动得话都说不出来。

得到肯定的回答后,老人们颤颤巍巍走到村头,对着山上大声呼喊:"伢崽们,快回来吧!毛委员的队伍回来了!咱们的红军回来了!"

左光元带着青壮年奔跑着下了山。他嘱咐乡亲们："快快快！快把家里最好吃的拿出来。快把过年的东西，都拿出来！"

招待完解放军，左光元拖着那条残腿跳进了茅坪河，摸了整整一大盆狗鱼。他亲自下厨，又煎又炒又烹又炸，做了一桌狗鱼宴，又打了两斤米酒，桌上放了两副碗筷，从那个破旧的柜子底层，拿出一个红包裹，放在他爹的画像前，然后双腿一屈跪了下来："爹，您瞧见了吧？咱们红军……不，现在叫解放军，终于把全中国的'狗鱼'通通消灭了。"

他用劲嚼着狗鱼，连鱼骨都吞进了肚里，然后灌下两大碗米酒，小心翼翼展开那个红包裹——里面是爹爹那把有个弹孔的军号。

他拿着那把军号来到红军墓前，整了整衣襟，昂首挺胸，吹起了冲锋号！

多少年了，他只能把那把号藏在箱底，睡梦里都在想着哪一天能把号角吹响。

此时，他终于实现了愿望！

他吹了一遍又一遍，连嗓子都喑哑了，他还在吹……

吹完，他对着满山的修篁、对着天空飘过的祥云、对着欢唱的茅坪河、对着神山大地所有的生灵，大声喊："爹爹，您听见了吗？神山村的天，亮了！全中国的天，都亮了！"

四 一山放出一山拦

彭长妹自由恋爱了

天亮了！金色的太阳把世界东方这块天际，映照得光彩夺目。藏在五百里井冈褶皱里的神山村，也被这神奇的光芒照亮。

70多年后的今天，当彭长妹老人回忆起那时节刻骨铭心的欢喜，她浑浊的眼中，一下子有了神采，一下子湿润、清亮起来，仿佛那神奇的光芒从未消散，正从悠远的岁月长河里泅渡而来，将珍藏的记忆点亮。

严重的耳背，让彭长妹习惯了把想说的话大声"喊"出来。她就这样激动地"喊"着，我们就这样静静地听着。一字一句，带着岁月沉甸甸的分量，砸进我们的耳中，也砸进我们的心坎……

井冈山解放了，神山村解放了！21岁的彭长妹，归心似箭地从几里外的桃寮回来了。

14年了，她无时无刻不盼望着这一天啊！14年前，家里的生计实在撑不下去，为了减少一张吃饭的嘴，父母忍痛把她送

给了桃寮一户张姓人家做童养媳。

"婆家"来接人了，瘦弱得像只猫儿的小长妹哭得撕心裂肺，抱着母亲的胳膊不肯撒手："姆妈啊，别撵我走，我能干好多活，每餐喝口汤就行……"然而，泪流满面的父母还是狠下心，掰开了她的手，转身离去……

旧时的童养媳，过的完全是粗使丫头的日子。每天从早到晚连轴转，伺候完家里的，又要伺候地里的。忙倒不说，还要忍气吞声、接受无休止的责骂，小小年纪就浸泡在白眼里、泪水里。这样的寄居生活，更让小长妹日夜思念那个尽管破旧却温暖的家。

终于，红军回来了！那些天，面容和蔼的解放军女干部常常进家入户，宣扬妇女解放、男女平等的道理，要求废止童养媳等陋习。

她激动得浑身颤抖，泪，止不住地往下流……

她可算获得了天天想、夜夜盼的自由！心像鸟儿"扑棱棱"地飞起了——回家去！一家人，就要齐齐整整在一起！

她跌跌撞撞赶回神山村后，记忆中的温暖却被眼前的情景冲散：一间间歪歪斜斜的土坯房，缀在长满杂草的羊肠小道旁，乡亲们身上的衫裤，辨不清底色，补丁㩜补丁……

不过，看到每个人脸上的神采，她的心又润了起来。

"以前，哪见过这么多笑脸？男男女女、老老少少，一个个脸色不再凄惶了，都好亮堂哟，腰杆也挺得直直的，走起路来像跳采茶戏一样轻快嘞……"老人眯起眼，陶醉地回忆着。

回村后，彭长妹很快便投身生产，并和同村青年黄珍勤谈了一场自由恋爱，之后，顺理成章地结婚、生儿育女，跟父老乡亲们一道，在这片红土地上过起了阳光灿烂的日子。

充满感恩的欢歌代替了昔日苦闷低沉的劳动号子，一曲曲从他们心中、口中流淌而出——

木梓打花连打连，今年开得格外艳。哥哥报名当红军，老妹送你到村边……

井冈山头连青天，汪洋大海不见边。比起恩人毛委员，高山嫌低海嫌浅……

国家惦记着老区人

此时的神山村，在走出了连年兵燹与动荡不安之后，在旧日压迫全中国的"三座大山"被推翻之后，在人民当家作主、精神面貌焕然一新之后，贫困依然摆在他们眼前。

贫困问题，横亘在5亿多刚刚从屈辱中站起来的中华儿女面前。

此时的中国，内是满目疮痍、一穷二白，外有虎狼环伺、孤立封锁。旧世界被打破了，新世界才刚刚开始建设。怎样让约占世界总人口1/4的中国人吃饱肚子，是新生的共和国必须解答的一道考题。

而解题的过程，对于井冈山这样的老区、山区尤为艰难。

据史料记载，1949年的井冈山，工业仍是一张白纸，几乎"靠天吃饭"，粮食产量每亩不足200斤，大量"山边田""望天丘"亩产仅100斤左右，吃不饱肚子的老表达90%以上。

具体到神山村，这个数字是多少？彭长妹回答得干脆："那得是百分百嘞，一个都没得跑！"

这片热土面对的，是战争留下的深重创伤。

神山村现任村支书彭展阳为我们找来相关史料：据1950年统计，新中国成立前夕，神山村原有房舍的2/3以上被焚毁。宁冈全县人口由1926年的9万人锐减至2.91万人，很多家庭为革命前仆后继，付出了"断代牺牲"的巨大代价。

革命老区、边远山区、贫困地区"三区叠加"，让这块土地承受了更多的重负！艰辛的革命斗争史，使井冈大地写满荣光，也使这块土地在硝烟散去之后，直面倍加艰难的追赶之旅。

战争，对这块土地造成了创伤；战争，也让这块土地上的人民更加坚韧，更加顽强。依然是那山那水那田，然而，翻身作主的老区人民，燃起了改天换地的斗志！

令他们倍感温暖的是，革命的摇篮、星火初燃之地，从未被遗忘——在建设社会主义的大道上，党和国家始终牵挂着情深义重的井冈父老乡亲。

四 一山放出一山拦

从1949年起，一场堪比"大输血"的救济式扶贫在巍巍井冈拉开了大幕。面对绝大多数人口陷入基本生存困境的严峻局面，财政补贴、实物救济、生产自救……一切可用之策被最大可能地调动起来，尽力保障贫苦大众"有饭吃、有衣穿、有房住"，力争做到应救助者"一村不剩、一户不落、一人不漏"。

"生产自救，节约度荒，群众互助，以工代赈，并辅之以必要的救济"，被确立为当时的救灾工作方针。从1950年至1956年，一系列鼓励生产的举措、政策接连出台：林业方面，倡导"谁种谁有，谁种谁收""国家、集体、个人一起上"；开垦荒地，开荒者拥有土地使用权，开垦生荒5年、熟荒3年即可免交公粮；植树造林，1亩以上每亩补助3元人民币；垦复油茶山，每亩补助0.5元至1元……

与此同时，无粮断炊的贫困户，无寒衣过冬的贫困户，房屋漏雨未修复的贫困户以及红军家属残疾军人贫困户，分别获得固定额度的救济口粮、寒衣补贴、房屋修复补贴。

1950年1月，减租减息轰轰烈烈开展起来。此后，土地改革、农业互助组、查田定产、建立农业高级社……社会主义建设历程中的每一步，都在这里的山山坳坳留下了深刻印痕。

中央的关怀、全国的襄助，为井冈儿女增添了无穷动力。

"发扬革命传统，争取更大光荣"，在我们对神山村的一次次走访中，上了年岁的老人几乎都能说出这句话，并且知道，"这是毛主席讲给我们的"。确实，这句勉励，是毛主席1951年为革命根据地人民亲笔题写的。

那是新中国成立后不久，中央人民政府为了看望老革命根据地人民，组织了南方老革命根据地访问团、北方老革命根据地访问团，分赴各地进行访问。南方老革命根据地访问团由时任政务院内务部部长谢觉哉任总团长，下设九个分团，分赴第二次国内革命战争时期的中央革命根据地，以及闽浙赣、湘鄂西、湘鄂赣、湘赣、鄂豫皖、海南岛、粤东、川陕边等革命根据地。

时任中共吉安地委书记李立率慰问团吉安分团40余人上井冈山，进行了7天慰问活动。慰问团召开群众大会传达中央的关怀，发放稻谷5万斤、衣服2000套、医药费5万元、耕牛48头及农具、房屋扶助款……

老区人民激动得热泪盈眶，奔走相告："毛主席派人来看我们了！"人们纷纷撂下手里的活计，像迎接远归的亲人一样赶来迎接慰问团，和"干部同志"握握手、拉拉话，帮着布置会场、搭凉棚、摆长凳、送茶水，忙前忙后，喜眉笑眼。临别之际，送行的人群跟着慰问团走了很远、很远……

1957年，响应中央开发建设革命老区的号召，一支支由机关干部、转业军人和知识青年组成的建设大军怀着豪情壮志挺进井冈山，誓要以革命的英雄主义精神，"把这一座伟大的山岗变成幸福的乐园"。劳动之余，有建设者写下诗行："英雄的井冈山，歌声闹喧天。开辟荒地、种树耕田，劳动大军勤生产……"来自五湖四海的人们，和井冈儿女一起，开山劈石、筚路蓝缕，让这座大山有了第一条公路、第一座水电站、第一个综合垦殖场……

于是，当1965年5月，毛泽东重上这座无数次梦回的山，不由发出了这样的感慨："千里来寻故地，旧貌变新颜。到处莺歌燕舞，更有潺潺流水，高路入云端。""故地重来何所见，多了楼台亭阁。五井碑前，黄洋界上，车子飞如跃。"

风雷动，旌旗奋，是人寰。老表们就是在这样的激情燃烧中，一步步迈向世代渴盼的幸福光景。

然而，前进的道路曲折坎坷，重峦叠嶂，正可谓"一山放出一山拦"。

家底太薄、欠账太多，国家投入难以补上发展所需的巨大缺口，自然灾害还不时来袭。统计数据显示，1951年至1985年间，井冈山地区有25年发生较大规模自然灾害，其中有16年，受灾农田面积达1万亩以上。旱灾、虫害无情袭来，整村整村的农作物颗粒无收……

直到改革开放前夜，井冈山虽然获得了一定的发展，却依旧未能冲破那张贫困的大网。有数据显示，1949年，宁冈农民人均纯收入35元，到了1976年仅增长到76元。

贫困面广、贫困程度深、贫困人口占比高、贫困发生率高……贫困，贫困！仍然是压在人们身上的千斤巨石。

劲挺依旧的井冈翠竹，默默见证着这一切。在群山腹地的

神山村，村民们的日子也暗合着这段历史的节拍，在悲喜交织、甘苦交融中静静流淌。几乎每个人，都有一段关于"贫困"的深刻记忆……

老支书漫忆神山往事

"老支书"，这是村里男女老少对彭水生的统一称谓。

82岁的他，俨然是人们心中老一辈村干部最典型的样子——身板敦实、粗手大脚，皮肤晒得黢黑。他略显稀疏的银发整整齐齐往脑后梳，敞出坦荡荡的宽脑门，褶皱遍布的脸上常挂着笑，笑得双眼眯成缝，和善又喜气。

夏秋时节，他总穿一件老款白衬衫，袖口磨得毛了边，却洗得干干净净，胸前还不忘佩戴党徽。走起路来步履稳重缓慢，常倒背着手，眼瞅地面，似乎要和这片再熟悉不过的土地唠唠心里话。

我们第一次去拜访时，他从抽屉里拿出珍藏的"光荣在党50年"纪念章，一副自豪的神气："54年党龄！咱山牯佬没啥可显摆的，独独这个，能说道一辈子。风里雨里跟党走，步子可从来没乱过！"

整个神山村，现今在世的只有两位"光荣在党50年"的老党员。另一位，是赖福洪。用老支书的话说，看遍世事的他们

四　一山放出一山拦

最是晓得——神山村今天的一切，都是党给的。

生在神山村、长在神山村的老支书，曾当过19年村干部。说起新中国成立之初的"神山往事"，依然历历如昨。

那个夏夜，我们在他家院坝从百鸟归林一直坐到月上中天。静谧的夜色里，久远的日子像电影画面般在眼前一帧帧展开，时而彩色，时而黑白。耳边，除了老支书乡音浓重的话语，便只有叮咚作响的山溪、轻摇竹叶的风声、远远近近的蛙鸣……

1942年4月的一天，随着一声响亮的啼哭，老实巴交的神山村村民彭喜五，迎来了自己的第三个孩子。

"是个儿子！"听到这声"喜报"，虚弱不堪的产妇和焦灼等待的彭喜五，顿时心花怒放。

家里太需要有个儿子了！沉重的生活担子已经渐渐压弯了彭喜五的腰，接连生了两个女儿后，他渴盼有一个壮壮实实的"后生仔"，帮自己撑起这个风雨飘摇的家。

彭喜五来自湖南湘乡，和移居神山村的其他"湖南客"一样，靠着抄竹纸、种水稻艰难谋生。许是希望儿子像被水灌溉的小苗那般长得苗壮，他给孩子取名"水生"。

带着全家人的希望和爱，小水生渐渐长大。从蹒跚学步开始，他便成了父亲的"小跟班"——父亲下田插秧，他在田埂上光着小脚递秧苗；父亲砍柴，他把柴装进竹篓吃力地往家背……

新中国成立时,小水生到了上学的年纪。可层层叠叠的大山里,别说神山村,就连十里八村,都没有几个读书郎。父辈们亲手做了数不清的土纸,却无法在上面一笔一画写出自己的名字。走出大山去读书?用彭水生的话说,"做梦都不敢那么想嘞!"

直到十多岁,"不敢想"的变化竟发生了——村里一间废弃多时的茅草房,被干部们带着人打扫一新,里面摆上了长长短短的板凳,还支起了黑黢黢的"字板"。然后,干部们走东家、访西家,很快也来到了小水生家。他懵懵懂懂地听到"读书""识字"一些陌生的字眼儿,也看到父母从面带难色到脸色放晴,再到重重点了头……

几天后,小水生穿上齐整的衫褂,挎上妈妈缝的布兜子——里面装着一小沓竹纸——兴冲冲地走进了那间茅草房,和村里大大小小的伢崽们一起,跟着老师识文断字。

"课本?那是没有的,老师教什么,我们跟着念什么;黑板上写了什么,我们就照着抄抄写写。'小米饭,黄又黄,爸爸赶驴送公粮。爸爸是个翻身汉,赶着毛驴喜洋洋。早把公粮送前方,军人吃饱打胜仗'……"老人眯着眼睛陷入回忆,"学得很起劲嘞!觉得眼前'哗'地闪出了一个新天地。越学,就越好奇,越想继续学……"

那时的中国城乡,正开展着轰轰烈烈的"扫盲运动"。为了改变当时全国文盲率逾80%、农村文盲率达95%的落后状况,新生的人民政权发起了"扫除文盲"的大冲锋。几年间,扫盲班遍布工厂、农村、部队、街道。人们热情高涨地投入学习文化中，誓要扔掉"文盲"帽子，齐心"消灭"这只阻碍新中国发展的"拦路虎"。1949年至1964年的十几年中，先后有近一亿中国人告别了"大字不识一个"的窘境。

神山村的这个小学教学点，由村民赖林福担任教师，学费低到"几乎可以忽略不计"，很快吸引了全村少年。从未听到过的琅琅读书声，让彭水生全身心地沉浸其中。

不承想，只读了两年书，他便不得不辍学回家。

没办法，家里的光景实在是"马尾穿豆腐——提不起来"！

这时节，彭水生又多了两个弟弟、一个妹妹。体弱多病的妈妈照顾孩子、洗衣煮饭，一天到晚围着屋头忙得直不起腰。一家八张嘴等着吃饭，彭水生跟着爹爹，花了所有的心思侍弄那四亩冷浆田，勤耕翻、深下种，还烧火土、竹灰等暖性肥料增温促产，但产量总是"疲疲沓沓上不去"。

就这样熬到了18岁。小伙子彭水生，长成了村里数得着的精壮后生，用他的话说，"百来斤的石头也抬得起"。这时，一个梦想也在他心里滋生了。

穿上军装，当兵去！像征兵干部们讲的那样，手握钢枪，保家卫国，多光荣！羡煞人呐！

神山村的后生，都以自己生在"全红村"而自豪。当年红军战士在神山村留下的故事，村里老辈常常对他们讲起。打小，彭水生就和很多小伙伴一样，喜欢听红军智斗敌人的故事，常常端着木棍当作"机关枪",和小伙伴们玩"痛打白狗子"的游戏……村里有关红军的一切,尤其是小山包下的红军烈士埋骨处,他都无比尊崇。

满了18岁,精忠报国的机会来了。血气方刚的小伙子瞒着家里,偷偷报了名。政审、体检……顺利通关!可最后关头,硬是被父母拦下了。

"我永生忘不了那个晚上啊!爹爹不吭气,一直低头抽着烟叶子。姆妈搂着瘦得皮包骨的妹妹,一把一把抹眼泪,说:你咋个能走啊!你一走,家里连个壮劳力都没有,指望我和你爹爹这两把枯骨头吗?弟弟妹妹怎么办?他们也要活人呀……"彭水生动情地回忆着,眼角不觉泛起了泪光。

"我红着眼圈,答应留下来。可过了一年,心里那团火烧得实在受不了,我就又报了名。这一次,嗐,还不是和上次一模一样?!姆妈哭、爹爹叹,我硬汉子一条啊,都忍不住'啪嗒啪嗒'直掉泪。我冲出家门,一个人在山坳坳里走啊走啊,不管不顾地大喊大叫,好久好久,才拖着空空乏乏的身子回了屋。算了,有啥比撑住这个家更要紧嘞?一家人转天吃的水、用的柴,还得去担、去砍……"

苍老的声音,渐渐轻了下去。良久,暗夜里响起了一声又一声的叹息。

青春岁月里最绚烂的一个梦,像雨后池塘水面上泛起的气泡一样,就这样无声无息地破灭了。

好在，等待他的，是不同于父辈的新生活。

忠厚老实又吃苦下力的彭水生，很快成了党组织的重点培养对象。1960年前后，神山、桃寮、坝上三个村合并为一个生产大队，他被任命为团总支副书记。在提交两次入党申请、经过严格考验之后，1969年9月，他成了一名光荣的中国共产党党员。不久后，三个村恢复各自区划，他先后担任神山村团支部书记、民兵连连长、村党支部书记。

"大约就在我入党那年，茅坪来了稀客——一批上海知识青年来插队落户。我负责他们的后勤保障，接触多，年岁也相仿，很快就'打成一片'啦。"彭水生笑着说。

当上海学生们第一次踏进"水生支书"的家，不由得惊呆了——这八口之家的居所，即使放在全村的土坯房里，也明显不达标。与其说是"房"，不如叫"棚子"：木头捆扎做架，树皮、竹片为顶，搭成东倒西歪的一间。推开门，昏暗的光线下，除了锅灶、桌椅、几床棉絮，再无长物……

"蛮精神的一个小伙子，哪想到家里这个样。怪不得还不讨老婆，谁家小姑娘敢嫁过来呀？"彭水生学着上海知青们的"体己话"，朗声大笑，"真是戳到了痛处哟！"

直到年近30岁，他才经人介绍，和家在大陇的农家妹子范茂秀走到了一起。这位眉清目秀的女子大他三岁，同样是家徒四壁，但彭水生觉得可心："我最欢喜的是，她劳动蛮好！做田的活计她都会，一个姑娘家，二话不说卷起裤腿，下到水田里和我一起'打木牛'，我在前，她在后。"

"打木牛"，是当时贫苦农家不得已而为之的耕作方式——没有耕牛，只好由一人套上轭头，像牛一样埋头拉犁翻地。另一人在后面扶着犁铧，紧紧跟着。半天下来，两人都成了"泥人"，拉犁的精疲力竭，扶犁的也是浑身酸痛……

这么苦累的活计，却被两个情投意合的年轻人干出了几分甜蜜！

成家后的彭水生，以另一种方式圆了年少时的梦——支持弟弟参军，戴上那朵自己曾梦寐以求的大红花。

之后，他便一门心思地扑到了村务上来。

"那时节，乡亲们人人心里都烧着一团火、揣着一股子志气嘞！毛主席把白狗子赶走了，穷苦人当家做了主人，咱神山村，里里外外也该有个新模样了！长辈们叮嘱我说：水生啊，我们有的是力气、有的是干劲，你就动起脑子、放开手脚，带咱大家伙儿跟着党加油干吧！"彭水生回忆说。

村里第一次有了路

让神山村有个"新模样"，该从哪里入手呢？

年轻的"水生支书"请来村里的能人，叫上村干部和党员，在自家院坝上开了一次又一次"神仙会"。

对于"新模样",也有人认为他是"狗咬尿脬"。有一次,一位白胡子老倌儿的话深深刺痛了他:"生下来就一屁股坐在山坳坳里,出门就是高山大岭,九步路有十道坎,上山下山爬崖壁,守着这山,你还想咋?咱还是认命吧!想要新模样?那你搬到山外头去吧,吉安府的大马路宽着呢!"

的确,那时的神山村,不要说通村公路,连条人工修筑的村道都没有。村民们买农资、赶大集,得肩挑手提,沿着脚步踩出的、断断续续的小径去往桃寮,单程就要个把小时……

听着这位白胡子老倌儿的揶揄,彭水生的心火反而更旺了:那我就偏要修一条路!

一商量,大家伙儿纷纷赞成。

于是,一支只有镐头、铁锹和土筐的"筑路大军",在桃寮的国道和神山村之间摆开了阵仗。村干部把村民们编成了几个组,轮番上阵修路,确保农业生产不耽误。

神山村周围的这些山,刨去表面薄薄的土层,底下全是坚硬的花岗岩。村民们一个挨着一个,一寸一寸艰难地往前开掘。

那可是花岗岩啊!抡起镐头,使劲砸在地上,只留下一个浅浅的白印。几镐头下去,虎口会震出血来。硬、顽、坚、固,想要征服它,别提有多难!

累,的确是累!但是,整个工地从早到晚洋溢着一种乐观的氛围:"这山岩再硬,还硬得过咱老区人的脾性?"想要"新模样"的"彭水生们"丝毫不怕。

开工一个多月后的一天深夜，劳碌了一整天的彭水生在自家茅屋中睡得正酣，突然，被一阵"噼噼啪啪"的声音吵醒了。

他眯着眼睛，半梦半醒："么子动静？"

他一个激灵坐了起来："莫不是下大雨了？"

坏了！坏了！他光着脚就跑到了屋外。"咔嚓""咔嚓"，一道道闪电划过，天就像裂了口子，豆大的雨点狠劲砸在地上，激起一股股水柱。

他顾不上披蓑衣，跌跌撞撞朝工地跑去。

有不少村民也赶了过来。

眼前的情形，在彭水生心上狠狠剜了一刀！好不容易开凿出的百来米路面，被从山坡上冲下来的碎石重新覆盖了……

"老天啊，你咋就这么不开眼……"有位妇女哭了起来。

彭水生抹了把满脸的雨水，压下心头涌上的那丝酸楚，对着雨幕大喊："下！你就下吧！看看是你雨大，还是咱神山人的心劲大！"

暴雨整整下了两天两夜。第三天，刚放晴，工地上又响起了镐头挖地的钝响……

就这样一直反反复复、挖挖刨刨，用了两三年，这条路终于挖到了村口。彭水生和村民们又四处打问，借来一台挖掘机，把路面铲平、拓宽。

"那时候还铺不起路面，就是在凿平的山坡上铺了层泥土。有些地段路太窄，板车都难推过去，得东挪西拽磨半天；有的地段坡太陡，板车装满竹子好沉巴沉，上坡得狠命往上推，下坡又得使劲朝后拽。就这么一条一米多宽、四五里长的路，开通那天，乡亲们一个个欢天喜地，有的人放起了鞭炮，有的人抹起了眼泪——咱神山村终于有路了！"

彭水生笑得双眼更弯了。他抬起手，指画着这条路曾经的轮廓："后来加宽了几次，有的坡挖掉了，有的沟填上了，修修补补，算是用了些年头。"

家家户户用上了电

修了新路，电的难题，也得想法子解决。

自打有人烟以来，神山村的农舍从未亮起过电灯光，很多人家连油灯也舍不得点。山里人真正养成了"日出而作、日落而息"的习惯：山里的太阳比平地上要来得晚，太阳从东边的山梁上露出来了，人们就知道该下田了；晚上七八点，太阳没到了西边山梁的背后，人们知道，这时该睡觉了。山乡的夜，是那样的漫长和寂寥。

不远处的龙市（前文提到的砻市，因生产砻床而得名，后因砻床交易渐渐消失，改为龙市），1956年便建成了火力发电厂，用上了明晃晃的电灯。此后，一些村镇陆续亮起了电灯，这怕是彭水生最"眼红"的一件事。村民们也"眼红"，三三五

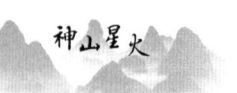

五地找到村部。

"支书，咱神山村啥时候也能挂起电灯泡啊？"

"可不是嘛！以前黑灯瞎火的，也没觉得啥。人家一亮起灯泡，咱真觉得这日子过不下去了。"

"我家伢崽也嚷嚷着呢，说人家都在明晃晃的灯泡下做作业，她呢，只能守着盏油灯……"

看着老老少少急切的目光，彭水生和村干部们下了决心：就是砸锅卖铁，也要把电"请"进山坳坳！

争取政策、筹措资金、设计方案……终于，虽然经费少得可怜，一切只能因陋就简，但神山村历史上第一座小型水电站，建起来了！

"买了一台抽水机，抽水发电。一开始水量不够，我们又筑起拦河坝，把蓄水量往上搞，总算是全村能亮灯啦！可惜电压总不稳，每天只能发电个把小时。"彭水生回忆道。

他还记得第一次通电时，乡亲们按捺不住的兴奋劲儿。有人手舞足蹈满屋子欢蹦乱跳，有人细细端详灯下变得清晰的一切，不住"啧啧"惊叹，也有人紧张地盯着灯泡，眼都不敢眨："莫晃莫晃！小心里面这个火苗苗大烧起来，那可是要毁一片屋哦……"

咱老区人知道啥轻啥重

神山村"亮起来"了。可是,"吃饭问题"依然没有彻底解决。说起这,彭水生眉头紧蹙,絮絮地收不住话头。

"那时候,大集体时代,都是生产队组织下田,国家对粮食实行统购统销,征完了公粮,还要购余粮。完成国家的,留足集体的,剩下才是自己的。神山村可怜哟,人勤地不勤,家家户户穷得叮当响,几户有余粮?交完了公粮,再留出种粮,就剩巴巴一点口粮。就算是劳力足、工分多的'大户',也撑不到年尾。大多数人家,往锅里舀米的手再紧,也只够吃半年。

"剩下的日子可咋过?只能吃'返销粮'。啥叫'返销粮'?就是花钱把交给国家的粮食再买一部分回来填肚子,价钱比收购价高一些。每年光这一项,就得买三万斤至四万斤。'返销粮'得花钱买,进项多些的人家还勉强能应付,那些家底子稀烂的,哪能买得起?冇得办法,只好打山上竹子的主意,趁着夜黑人静,偷偷砍些换救急钱。说实话,我们村干部也是睁只眼闭只眼,咋忍心处罚呐?

"每到年底开决算会,工分换报酬,空气都好紧张!其实,有啥可紧张呢?就算工分老高,成了'进钱户',也只能给你先记个数。钱呢?集体账上空荡荡,有一分半毛的早给了超支户。

没办法呀，几个超支户，哪家是懒人？可两个劳力要养活七八个小孩，年年辛苦不落人后，年年照样饿得恓惶。乡里乡亲，哪能看着人家断了顿？神山人心善嘞，还是互相帮衬着。

"除了粮，每户每年还要给国家交半头猪，后来成了一头，叫作'上调'。大家虽然生活紧张，虽然也会舍不得、叫叫苦，但都勒紧裤带，照交不误。我当了19年村干部，19年间，神山人再苦再难，也没有一户违反国家的统购统销政策。那时节，全国都困难，城里人、干部们，不也饿得焦黄脸、瘦条身？咱老区人，知道心疼国家，知道啥轻啥重嘞……"

老支书彭水生的回忆，让我们思绪万千。耳畔似乎传来了那首歌曲："最后一碗米，送去做军粮；最后一尺布，送去做军装；最后一件老棉袄，盖在担架上；最后一个亲骨肉，送去上战场……"

这，就是我们的老区人民！

在革命战争年代，面对反动势力的压迫欺凌，他们不惧牺牲敢于奋争！而对于我们的党、我们的人民军队，他们倾尽所有甘于奉献！

这，就是我们的老区人民！

在和平建设年代，他们不向贫困低头，不向苦难弯腰，宁愿自己挨饿受馁，也要服务大局支援国家！

这，就是我们的老区人民！

这种从革命年代延续而来的奉献精神，这种面对艰难的豁达与坚韧，背后是什么？是对党和国家深深的爱，是对党和国家的无限信任！

正是这种爱和信任，让他们就像井冈翠竹一样，无论风刀霜剑，无论严寒酷暑，始终挺直腰杆，始终尽显生机……

与自然抗争

薄暮时分，山风轻盈地掠过林梢。87岁的吴清娥正坐在自家门口竹凳上纳凉。看到渐行渐近的我们，她早早便缓缓地站起身，颤巍巍地迎上前来。

她一身清爽的白底蓝花衫子、黑色布裤，齐耳银发下，敞出一张皱纹细密的脸，每条皱纹里都是笑意。

吴清娥家老屋，距离神山村那座掩埋红军烈士忠骨的小山包不足百米，面朝村庄腹地，背倚苍苍莽莽的竹林。

每天清晨，阳光从山那边缓缓攀爬到竹林梢头，再透过茂密的枝叶倾泻而下，给静默的老屋洒上一层碎金；夕阳西下，金色的霞光也是格外偏爱这座二层小楼，在它纯白的墙上、朱红的门扇上、青灰色的瓦片上流连不去……就是在无数个晨晨昏昏中，她咀嚼了人生的苦辣酸甜。

生活并不总像山间景致那般宁谧美好。在她成长的岁月里，一行行书写在时光深处的，曾是饥饿和艰难。不过，同样是艰难，在她心里，新中国成立前后有着本质的不同：新中国成立前，苦挣苦熬的尽头，全是绝望。新中国成立后，尽管日子一时间也很艰难，但她发现，往前的路上，洒满了阳光，越往前走越亮堂。

彭水生带着大家伙儿铆足劲儿搞生产的那段日子，吴清娥正和神山村所有的家庭主妇一样，为了一大家子能有更好的光景尽心操持。

那段时光，最温暖的记忆是什么？吴清娥说，是她眼前总跳跃着的一团火。

这团火，燃烧在秋冬时节神山村家家户户的火塘里。

"要说这大山坳坳里的冬天，可真是冷啊！尤其是落了雨，或者飘些雪花以后，那湿漉漉、凉飕飕的寒气，直往骨头缝里钻！新中国刚成立那会儿，白狗子对村庄造成的破坏还没有完全恢复过来。土坯房破墙烂瓦四面漏风，躲在里头也不管多大用。咋办呐？老老少少就挤在火塘边上，吃饭、睡觉，都围着。"吴清娥回忆说。

几乎每家每户，都有一个宽展的火塘。在那个没有空调、暖风、电取暖器，连木炭都是"奢侈品"的年代，要想抵御寒冷，村民们只有"求助"这世世代代养育他们的山林。

常年的相伴，让他们和山林达成了一种朴实而颇具智慧的默契：进山砍木柴，尽量不动长势正好的大树，首选枯死倒地的树干树根，越粗壮耐烧越好。哪怕钻进深山耗费大半天时日，也要找到这样几根拖回家。

木料进门，欢乐也随之来了。一家人兴奋地忙前忙后，找材料引火、扇风助燃，看着火苗由小到大，慢慢地爬遍木柴全身，燃成一堆熊熊旺火。

"身子暖和了，心里也暖呐！屋里头有了光，走哪儿哪亮堂！"就着这摇曳的火光，一家人快乐地各自忙活：四个孩子，大的已经上学读书，小的还在牙牙学语，围在一起嬉戏玩闹，一点儿小动静就能乐半天；寡言的丈夫赖石来手里从来不闲着，要么捏着竹篾条编笸箩，要么一下下打磨砍竹刀。吴清娥呢，总在为全家当天的吃食而忙碌。

"那会儿做顿饭，心里真是犯愁啊——几个伢崽正长身体，我家老倌儿每天起早贪黑出工——他是个要强的人，样样农活都想干在前面。咋样才能让他们吃饱些、吃好些？可光有想法有个啥用呐？冇得米下锅呀！"吴清娥深深叹口气。

"饭不够，瓜菜代。"常年"补上亏空"的"救命粮"，是井冈山一带饭碗里常见的红薯。那时的神山村，家家户户离不开红薯，每年在几分薄田里收割完稻子后，就翻一遍地种红薯。红薯皮实好长，产量高，吃了还扛饿，成了全村家家户户的主食。每家都有一个地窖，窖藏着满满的红薯。

"白米不够红薯补，汤汤水水哄饱肚"。吴清娥细细讲述着红薯饭的做法："趁着秋天阳光透亮的日子，把红薯全部刨成细

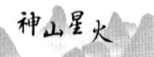

丝，铺在坪坝上慢慢晒干，再装进大缸里备着。每次做饭，先是小心地打开米罐，舀出约莫够全家人三成饱的白米——那细致劲哟，真是恨不得一粒一粒数着来，多一粒都舍不得——倒进锅里煮一会儿。待到'咕嘟咕嘟'开了锅，再把一大盆红薯丝倒进去，继续煮到完全软烂。这是最常吃的，红薯稀饭。光景稍好些，就狠狠心，蒸一顿红薯干饭'改善改善'。咋做呢？白米稍稍多放一些，煮到半熟后，把米捞出来沥干水，再和红薯丝一起放进木甑里蒸熟……"

盛饭的时候，吴清娥先给丈夫、孩子盛，最后才是自己——到了最后，哪里还有干饭哟！连刮带倒的，也只是几口清汤寡水的糊糊，连红薯丝都没几根了……

菜，又能吃上么子？

吴清娥苦笑："自己种青菜吃，颠来倒去就那么几样。夏秋两季好一些，多多少少能见点绿，各种小青菜想着法儿换着种，只要能种活，就让家人吃口新鲜的。春天冬天除了腌咸菜、炒黄豆，就只有冬瓜、南瓜、白菜、萝卜，还总是紧巴巴的。肉？一年到头难得吃两餐。家里的猪没东西喂，总也长不大。好不容易长了百八十斤，赶紧用板车拉上卖给供销社。哪儿舍得自己吃哟！过年了，到集上买指头宽几缕儿，能从初一吃到十五……"

清苦归清苦，可大家伙儿的心气儿一个比一个高。

"你不晓得嘞，那时候都是集体劳动，无论是田里插秧苗，还是上山砍毛竹,歌声笑声响个不停,还总是开展劳动竞赛呐!为了抢农时,大家干到天黑透也不愿收工,拦都拦不住。那时节啊,哪怕顿顿饿得勒紧裤腰带,哪怕破衣烂衫露着肋巴骨,人人也都是喜气洋洋的!"

日子好不容易有点儿起色,三年困难时期又来了。

"那年刚出正月,旱象就露头了,整个春天一滴雨水都没落。从春盼到夏,盼啊盼,一直盼到第二年开春,还没有落过透雨。又到了夏天,没想到这年的夏天,日子更枯焦,别说下雨,连云彩都很少看到。空气都是火烫烫的,地里的苗、山上的草,扔根火柴就能点着……"吴清娥说着,眼神不由得黯淡下来,似乎看到了那不堪回首的当年。

地上裂着几指宽的口子,从不歇声的山溪也断流了。平日里吠声不断的狗子们躲在阴凉处,瘫卧在地上,伸着舌头"哈啦哈啦"喘粗气。

地里种的蔬菜早已被掐拔精光,进山挖野菜、采菌子、寻竹笋,一切能入口的都成了盘中餐。野菜多是水煮,想吃口炒菜,只有"红锅底"——油瓶早就见了底,只好直接把铁锅烧红,把菜倒进去硬生生炒熟下肚。

地里没收成,肚里没粮食,乡亲们一个个饿得头晕眼花、腰塌腿软,走路都打飘。

不过,腿软并不等于骨头软,这个革命时期的"全红村",没有一个村民听天由命,躺倒不干!

为了能多少保住点儿收成，男女老少拖着软绵绵的步子，走到十几里开外的大河沟去担水。好不容易担回来了，可一桶水倒进干裂得大张着嘴巴的田里，"刺啦"一声就没了影儿，连个水印子都没留下。但是，大家还在担，还在担；近处溪沟里的水没了，就到远处担；远处的没了，就到更远处担……

地可以贫瘠，天可以大旱，庄稼可以绝收。但是，神山村的老百姓只要还有一口气，就不甘受命运的摆布，就会与自然抗争，就会与万万千千的苦事、难事抗争！

把救济让给别人

回望那段艰难岁月，吴清娥最欣慰的是：自己和老倌儿"挺得起腰、抬得起头"，再苦再难，没要村上一分救济钱。

"家家闹饥荒的那三年，家里人口多，孩子又小，有几回，日子是真的很难过下去了。村干部找上门，说啥也要给我们救济，我和老倌儿谢绝了，说：'省下来给更需要的乡亲吧！'我和家里那口子，心是一样的：咱有两双手、两副硬肩膀，日子咋就不能过？这不，还是硬铮铮地走过来了！"

作为亲戚加近邻的赖福桥看得很清楚："吴清娥家的困难条件，当时放在全村也是数得着的。这家人过得硬气！那会儿啊，任你啥时候碰到这两口子，他们的眼睛总是通红通红的，还动不动迎风流泪。村上的人总逮着他俩开玩笑：'你们呀，一个是烂眼公公，一个是烂眼婆婆。'"赖福桥忍不住哈哈笑了起来："大家玩笑归玩笑，心里佩服呐——这，可是没日没夜忙劳动熬出来的！"

说起"没日没夜忙劳动"的情形，吴清娥用袖口拭拭眼角，打开了话匣子。

"那辰光，就算是饿得心发慌、冒虚汗，我俩手里的活计也一刻没停过。白天忙生产队的活，该开荒开荒，该插秧插秧，一分闲也不会偷。忙完了这些活计，就成夜成夜坐在火塘边做'竹子活'。'竹子活'有削筷子和编箩筐两个可以选。削筷子简单，编箩筐繁难。我和老倌儿就专挑繁难的干！繁难的，多挣钱呗！多干一分，多难一分，小孩就多一口饭吃，也就少给集体添一分麻烦。"吴清娥的脸上透着坚毅。

一家人守着火塘的光亮忙碌一晚上，将将能做好一个箩筐。那场景，现在想起还透着温馨。

老倌儿弓着腰，从屋外拖进一根粗大的毛竹，砍掉梢头、刮平竹节，再用竹刀一下下砍劈，破成长宽合适的篾条。等到篾条堆成了堆，再一根根捡起来，小心翼翼地横向剖成薄薄几层。

灶台上，吴清娥已经架起大锅，添了半锅水。等到水沸时，她把破好的篾条下水煮上片刻，再捞出来一根根刮，直到刮得平整滑溜没毛刺才停手。

"篾条还不是一种呐，用在不同位置的，长短厚薄都不一样，得费好一番功夫。这样做出来的篾条，又柔软又结实，才能编出称心合意的好箩筐。"吴清娥说。

接着，进入最重要的手编工序。吴清娥和老倌儿编工艺最复杂的部分，大女儿手巧，接着把整个箩筐编完。三个儿子递篾条、打下手，能做什么做什么，直到左摇右晃打起了盹……

夜深了，孩子睡熟了，箩筐也编好了。往往是这种情况：夫妇俩老茧累累的手上，旧伤未去新伤又来——要么是被篾条割了几道血口子，要么是被篾刀划破了手掌。而双眼呢，连熬带熏的，肿得老高，布满血丝，成了"兔儿爷"。

"我的手艺巧着呢！"说到这儿，吴清娥好像突然想起了什么，转身去柜橱深处一阵翻找，终于捧出了两个小物件：都是竹制品，一个是小巧的灯盏，另一个是稍大些的提篮。

"小的是灯笼，用竹篾块拼贴的，能盛灯油；大的提篮，里面有个炉膛，点起火来旺旺的。都是早年间赶夜路用的'高档货'呐。比起一般的火把，要耐烧多啦。"吴清娥微微笑着，"每次编完箩筐，天都快亮啦。我总是哄着老倌儿先睡，自己再熬个把小时，把剩下的竹篾片做成这些小玩意儿，逢圩赶集的时候，也能换毛把钱。"

这小小的"灯笼""提篮"，一分一角地补贴着家用，也照亮着一家人的生活。

想当年，她的儿子赖发新和小伙伴们，就是拎着这样的灯笼、提篮,走十多里山路去上学。看着孩子们火光下的身影,吴清娥的心里总是暖暖的……

说起往昔那些日子,吴清娥神色平和:"日子是苦些,可很少有人有怨言。咱过的是当家作主的日子呀!毛主席、周总理还不都和咱们一样苦着吗?苦,不怕。只要咱下苦力干,往前奔,日子总会一天天好起来。咱能安安生生做田吃饭过日子,多不容易呀!离我家几十步远,就是红军墓。这些红军娃娃牺牲的时候才多大?他们图的啥?我有时候就想,他们都是哪里人?他们的父母知道不知道娃娃们埋在这里?"吴清娥又一次用袖口擦拭眼角。

冷浆田,咋就拿你没招

左秀发出生的时候,是新中国成立的第三个年头,那时,爷爷左桂林已经牺牲22年了。

此刻,73岁的左秀发坐在家里给我们讲着古早事,门头上"光荣烈属"的铭牌、堂屋墙上精心装裱的烈士证明书,无声倾诉着这个家族对烈士的尊崇与怀念。

年轻时的左秀发,定是精干伶俐的,这从他清癯周正的脸上不难看出。尤其是那双依旧明亮的眼睛,透出一种机敏而深沉的神情。晚年患上的肺气肿病让他总是微微弓着背,但一开

口，中气还是那么足。

回忆起自己的青少年时光，他嘿嘿一笑："那辰光，我可是个能闯会干的后生仔嘞！蛮可惜，浑身力气，被一个'穷'字困住喽。不过，总是没白混时日！你们晓得不？那些年，我连海南都去过嘞！好远的，村里人都问：那莫不是到了天边？我说，也差不多啦！"

去做么子？

"嘿，那可厉害了——跟着袁隆平学种杂交水稻！"在我们的轻声惊呼中，他愈发得意，将那段历史娓娓道来……

"爷爷生养了六个儿子、一个女儿，我的爹爹是他的大儿子，叫左盘生。"左秀发深情地望了一眼堂屋正中那张黑白遗像。"爹爹是个辛苦人，从小就跟着爷爷抄竹纸赚钱养家。爷爷牺牲后，叔叔左光元带着村上的暴动队队员继续闹革命，我的父亲作为长兄扛起了一大家子的吃喝，操的心哦，比春天满山冒头的笋子还要多。"

打记事起，爹爹留给左秀发的，就总是单薄而佝偻的背影。他不是俯身向着石灰水池抄纸、踩纸、晾纸，就是弯腰侍弄那薄瘠的五分冷浆田。姆妈同样是个勤快人，白天下田忙活不输男劳力，晚上还得就着昏暗的火光浆洗缝补，尽力给全家人一份"全裈全裤"的体面。

"爹爹常说：'吃唔穷，着唔穷，冇划冇算一生穷。'这句客家谚语听着理没错，可我小时候总不明白：爹娘这样'有划有算'又肯干的人,一年到头汗爬水流,舍不得吃、舍不得穿,为啥还是挣脱不了一个'穷'字?"

瞧,小小年纪的左秀发,就已经思考起了人生的难题!

父母见他聪慧好学,11岁那年,便让他放下已经干得像模像样的农活,去茅坪寄宿读小学。

很快,这个调皮的男孩融入校园,找到了"吃口饱饭"之外的另一种乐趣。

"你不识字,不看书,就觉得世界只有神山村这么大——最多茅坪那么大。稍微多琢磨下,一脑门子的问号就像茅草一样七缠八绕搅在一起,理不出个头绪来。久了,缠得烦了,不愿费劲了,人也就钝了。读书就不一样,至少落得个眼明心亮。"左秀发的话,蛮有些"道道"嘞!

他读到五年级,门门功课都不错:繁难的算术题,他眼睛一眨就能算出得数;写作文也不用绞尽脑汁,提笔一凝神,很多话挤着抢着往外蹦。他渐渐有了自己的梦想:好好念书,将来也做个先生!站在讲台上,带着一茬茬学生娃识文断字、慢慢长大……

偏偏在这时,"文化大革命"开始了。

做什么都起劲的左秀发,一开始也跟着最积极的那些学生四处活动,很快,他发现,"不对头嘞"。

"说什么'打倒臭老九',要斗老师!而我对老师是相当崇拜的。我说,你们要打老师,我就跟你们打到底!"左秀发梗着脖子站了出来，挡在了"胡蛮干"的同学面前，张开双臂护住老师。

然而，那股"洪流"岂是一个孩子所能抵挡的？不出几天，校园里就出现了令人啼笑皆非的大字报——"打倒保守派左秀发"。

被扣上"老保"的帽子，左秀发蒙了。看着乱作一团的学校，他茫然无措，只好"逃"回了神山村。

人烟稀少、交通不便的小山坳，以彼时难得的平静与包容接纳了他。得知情由的父母再也不许他"出头冒险"，带着他悄声无息地干起农活，提心吊胆过日子。

就这样，16岁，在人生正当灿烂绽放的青春年华，走出神山村的左秀发又折返回来了。他模模糊糊地意识到，那个曾经"伸手就能抓得住"的梦想，正在与自己渐行渐远……

放下笔头、扛起锄头，左秀发加入了生产队。瘦弱文气的他还是个"嫩伢崽"，壮劳力干一天活最高能拿10工分，他挣死挣活只有6分半。但他从不挑活，"只要算工分，二话不说，一定干！"

渐渐地，父亲关于"有划有算"的叮嘱，在一日日成熟的左秀发身上鲜明地体现出来。

从20世纪60年代后半段开始，又一批湖南人来到神山村。这次，他们带来了新手艺——先是做竹筷，继而做纸伞，再后来编竹席。看起来，都比造土纸来钱快！左秀发敏锐地追踪着这些新动向，看准了，便猛起胆子率先干。

为了做竹筷，他仔细观察"湖南老板"的作坊，发现一把好工具能事半功倍，就狠狠心花"巨款"购买。果然，操作熟练后，"噌噌噌噌"四下，就能削出一个漂亮的筷头。别人一天做五六百双顶了天，他却能做一千来双，还保质保量；做纸伞，别家都是砍竹子劈竹条提供原料，他却揽下了挑纸伞送到桃寮去的脚力活，白天干生产，晚上担起百来斤的担子走夜路，来回三个多小时跋涉下来，两腿累得直哆嗦，但七毛钱算是到手了。折算一下，心里不禁喜滋滋：等于三天多的工分、一斤肉的价钱……

1972年，左秀发恋爱了，对象是同村女孩彭冬连，次年便组建了小家庭。说起这，左秀发又禁不住"显摆"起来："这个年纪能成家，在神山村可算是早的哟！"

种稻子、砍竹子、做筷子、挑担子……这样的日子过了几年后，一个走出大山、走出江西的机会，落在了左秀发头上。

1976年11月，宁冈县组织南繁制种队，赴海南岛繁殖杂交水稻种子。全公社选派七八个人，高小文化又是烈士后人的左秀发，成了神山村唯一的入选者。

什么是杂交水稻？身在大山深处几乎与世隔绝的左秀发，此时并不清楚。直到集结出发，他才从带队同志口中得知了原委。

此时的中国农村，正酝酿着"一粒种子改变世界"的惊天

奇迹。在经过十余年不懈钻研后，此前名不见经传的湖南省农业科学院研究员袁隆平，破解了水稻大幅增产的"杂交密码"。1975年，位于罗霄山脉中段、井冈山南麓的湖南省郴州市桂东县在全国率先引种杂交水稻成功，农民们捧着沉甸甸的稻穗欣喜若狂、奔走相告，很快，一首民谣在当地传唱开来——

大水山峰高又高，梯田挂在半山腰。种子撒在云雾里，银河两岸种杂交。

"山峰高又高"的桂东能种杂交水稻，区位相近、地理条件相似的井冈山为啥不能？！

1976年9月，中国农业科学院在桂东县召开杂交水稻生产现场会，在全国产生巨大影响。之后，井冈山的杂交水稻制种探索便开始了。首要任务，就是选派人手去学习杂交水稻种植技术……

左秀发激动了。一幅稻浪滚滚、禾稼连云的丰沃景象，似乎已经在他眼前铺开，装点了神山村的大地，映亮了父老乡亲的笑脸……

他带着满脑袋的好奇与满心的激情上路了。一路辗转，坐了火车坐汽车、下了汽车迈开腿……用了几天时间，他们终于到达了1000多公里之外的琼岛海南，在南繁育种基地驻扎下来。

住在稻田旁边的棚屋里，过封闭管理的军事化生活，白天下田劳作从头学起，晚上分组学习讨论，还要自己种菜、自己办伙食……繁忙而充实的日子，一过就是半年。

已经离开学校将近十年的左秀发，看书学习倍感吃力。好强的他怎能允许自己掉队？他和井冈山垦殖场选派的一个初中毕业生成了好朋友，农活上互帮互助，学习上共同讨论。每天，别人休息了，他还捧着书一行一行啃，觉得有用的，索性一本一本抄下来……

半年下来，杂交水稻三系配套的理论和方法，他们基本掌握了。直到回程的日子临近，这些安心猛学了半年的青年才发现，自己对稻田之外的三亚几乎一无所知。

"看看山外的天地什么样，咋不想呢？但那时我们可是严格按照规矩来，遵守纪律是最重要的，不能偷懒，要兢兢业业地把技术学到手。半年时间过得好快，就没什么时间去搞别的东西。"左秀发面容严肃。

"田秀才"们归来了，像种子一样撒在家乡的土地上，开始雄心勃勃地试种杂交水稻。

第二年，宁冈县杂交水稻种植面积1.25万亩，茅坪种植面积2800多亩，原野田畴，稻香四溢，一派丰收的喜人景象……

然而，神山村的冷浆田再一次显出了它的执拗与不通情理。连续两年试种，左秀发和村民们用尽了各种办法，依然不见成效。当其他乡镇田地里秀禾盈盈、稻穗沉沉的时候，神山村的田间却萧条依旧！没办法，第三年，他们只好忍痛放弃。

神山人的"禾下乘凉梦",究竟咋个实现法?如果水稻的确不适合这片乡土,那么,又应该依靠什么才能填饱肚子?

年轻的左秀发懊丧却并不灰心,翻阅着那一本本从海南带回来的"手抄书",一夜又一夜地苦苦思索着……

五 一石激起千层浪

春风吹醒了原野

从左秀发家出来，已是深夜。

"靠什么填饱肚子？"左秀发的诘问，一直在我们脑子里盘桓……

披一身皎洁如银的月光，嗅着晚风里的花香草香泥土香，我们缓步走回住处。夜，那么静，我们谁也没有说话，脑海里"回放"着几天来听到的一个个故事。那些令人感慨万端的片段像一个个浪头，"哗哗"轻拍着岁月的崖岸。

一推门，一股浓郁甜香的气味灌满了鼻腔，饥肠辘辘的我们霎时醒过神来——糍粑。

赖福洪特意为我们送来了热腾腾的糍粑。

那用木槌捶打了上百次，又用木甑蒸熟的洁白软糯的糍粑团，裹着厚厚的黄豆粉，还浇了一层黏稠的红糖汁。迫不及待地咬一口，嗬，那叫一个甜！

"多吃些，刚出锅的！"赖福洪笑眯眯地往我们碗里夹："想吃啥你们尽管说，现在这光景，家家好吃食都能堆成山！"

神山星火

我们抛出了左秀发的那个诘问。赖福洪眯着眼稍稍思索了一会儿，语气肯定地说："能填饱肚子，靠的是大包干！我说不出更多的大道理，但我清清楚楚地记得，土地一承包，村里的冷浆田好像一下子有了劲儿……"

其实，不光左秀发在诘问，神山人在诘问，全中国许多地方的老百姓，那个年代，都在诘问：面朝黄土背朝天，一颗汗珠子摔八瓣地在地里挖刨，为啥连肚子都填不饱呢？

报纸、喇叭里那些"割资本主义尾巴""宁要社会主义的草，不要资本主义的苗"等宣传，让庄稼人更是糊涂了：建设社会主义的目的，到底是为啥子？

时间终于告诉大家："贫穷不是社会主义"，"发展才是硬道理"。

1978年，这是个极不平凡的年份。这一年的5月11日，《光明日报》发表特约评论员文章《实践是检验真理的唯一标准》，引发了一场全国范围的"真理标准问题大讨论"，炸响了中国思想解放运动的"第一声春雷"。

11月24日，安徽凤阳小岗村，18户农民秘密签订了"分田到户"的"生死契约"，并以"豁出命去"的决绝，按下了一纸触目惊心的红手印。12月18日，党的十一届三中全会召开，作出了实行改革开放的新决策，启动了农村改革的新进程，决定将全党的工作着重点和全国人民的注意力转移到社会主义现代化建设上来……

于是,思想解放的春风在刚刚解冻的大地上荡漾。从"天娃包果园"到"李金耀包山",从《分清主流与支流 莫把"开头"当"过头"》到《阳关道与独木桥》,春风越吹越劲。

当然,思想解放,不可能一蹴而就。未几,一股"倒春寒"泛起。

1979年3月15日,一家中央媒体发表了"张浩来信",对包产到组大加指责。这在全国实行包产到户等农业生产责任制的地区,特别是在安徽造成了极大的思想混乱。

然而,率先实行包产到户的小岗村,用事实给出了回答:经计量,小岗当年粮食总产量66吨,相当于全生产队1966年至1970年粮食产量的总和!

不独是小岗村,凡实行包产到户的村子,户户仓满囤满,人人笑逐颜开。吃饱了肚子的庄稼人唱起了这样的歌谣:"大包干,真正好,干部群众都想搞,只要准搞三五年,吃陈粮,烧陈草。"

不过,一波未平,一波又起。1980年1月11日至2月2日,在北京召开的全国农村人民公社经营管理会议上,又有人发难,挑起了姓"资"姓"社"之争,认为包产到户是分田单干,不仅退到了资本主义,而且退到了封建主义,倒退了几千年。有的人叹息:包产到户导致农村"辛辛苦苦几十年,一夜退到解放前"。

在这关键时刻，1980年4月2日，邓小平找胡耀邦、万里、姚依林等同志谈话，旗帜鲜明地指出，对地广人稀、经济落后、生活贫困的地区……政策要放宽，要使每家每户都自己想办法，多找门路，增加生产，增加收入。有的可包给组，有的可包给个人。这个不用怕，这不会影响我们制度的社会主义性质。在这个问题上要解放思想，不要怕。

这一年的5月31日，邓小平进一步作出指示："农村政策放宽以后，一些适宜搞包产到户的地方搞了包产到户，效果很好，变化很快。安徽肥西县绝大多数生产队搞了包产到户，增产幅度很大。'凤阳花鼓'中唱的那个凤阳县，绝大多数生产队搞了大包干，也是一年翻身，改变面貌。有的同志担心，这样搞会不会影响集体经济。我看这种担心是不必要的。我们总的方向是发展集体经济。实行包产到户的地方，经济的主体现在也还是生产队。可以肯定，只要生产发展了，农村的社会分工和商品经济发展了，低水平的集体化就会发展到高水平的集体化，集体经济不巩固的也会巩固起来。关键是发展生产力，要在这方面为集体化的进一步发展创造条件。"

邓小平的这一指示，给决心搞包产到户、大包干的干部和群众撑了腰，壮了胆，吃了定心丸，为几年来无休止的争论画上了句号。

1980年9月，党中央颁布了《关于进一步加强和完善农业生产责任制的几个问题》，文件指出："实行包产到户，是联系群众，发展生产，解决温饱问题的一种必要的措施。""在生产队领导下实行的包产到户是依存于社会主义经济，而不会脱离社会主义轨道的，没有什么复辟资本主义的危险，因而并不可怕。"1982年1月，在党的历史上第一次以一号文件形式发布的农村工作文件《全国农村工作会议纪要》指出："目前实行的各种责任制，包括小段包工定额计酬，专业承包联产计酬，联产到劳，包产到户、到组，包干到户、到组，等等，都是社会主义集体经济的生产责任制。"

中央以文件形式毫不含糊地给包产到户、包干到户正了名，明确肯定它姓"社"又姓"公"。

以包产到户为起点，一阵排山倒海的改革开放春潮汹涌而来，润泽了整个华夏大地。

改革开放，为中国这艘巨轮注入了强劲的动力。它载着9.6亿国人的热望，劈波斩浪，驶向浩渺宽广的江海。

瞧，同样是那块田，一个"包"字，让它一下子抖擞了精神，焕发了活力：1978年至1984年，我国农村生产年均增长4.8%，是1952年至1978年的2倍。其中，1984年，粮食产量一跃达到4亿吨，比1978年增长了33.6%。

即便是静默于大山深处、处在经济发展"神经末梢"的神山村，也很快感受到了种种变化。

已经入党12年、时任神山村生产队队长的赖福洪，是全村最早感应到这股大潮的人之一。

纷至沓来的各种"新名词""新说法""新政策",在他的脑海里激烈搅动,"来了一场观念大解放"。

何止头脑"搅动",全身每个细胞,都被喜悦激活了!他使劲儿调动肚子里不多的文墨,领会最新精神。

虽然一时间还有些懵懂,但作为田间地头成长起来的种田好把式,他能明显觉察到,这些政策给农业农村农民带来的是巨大的利好:大包干,交够国家的,留足集体的,剩下都是自己的。农副产品收购也放开了,挖些竹笋,采些蘑菇,捡些板栗,或是在茅坪河里抓几条狗鱼,都可以在自由市场上随便买卖,再也不会有人给你扣上"投机倒把""资本主义尾巴"的帽子……

新中国成立以来,优先发展工业,经过全国人民的艰苦努力,终于初步完成了工业基础建设,改变了工业极度落后,尤其是国防工业极度薄弱的危险局面。工农业产品的"剪刀差",让广大农民为共和国的工业化作出了巨大牺牲。现在,国家开始调整政策,重视发展农业和农村。

亲历这一切,已从村支书"退居二线"的彭水生欣慰不已。

"我天天学政策,听村头大喇叭讲得欢嘞!就说这'家庭联产承包责任制',每家每户都能从集体承包田地,按着自己的心思选择作物、安排生产喽。田地是农民的命根子,手里有了田,心里就有了底,咱种田郎咋能不欢喜呢?!"他乐呵呵地对我们说。

解散了人民公社,收起了"工分册",告别了生产"大呼隆"、分配"大锅饭"的日子，神山村现在家家户户的光景，是"芝麻开花——节节高"！大包干的第二年，村里有三户人家添了自行车，有五个人买了手表。大包干的第三年，村里有了第一台电视机。大包干的第四年，有十多户人家开始翻修房子……

神山村的变化，离不开一系列解放生产力的举措的出台和党的富民政策的支撑。翻开宁冈县相关史志，这一时期的鼓励性举措，一个接一个地扑入眼帘：

1980年7月，宁冈县革命老根据地建设委员会成立，开始有计划地领导老区开发建设；

1980年至1986年，宁冈县拨款近40万元，扶助农民购买耕牛1989头；

1982年至1990年，宁冈县兴办农村实用技术培训班等各类培训班数百期，全县贫困户劳动力受训覆盖面达90%以上；

从1987年起，民政部派出一批批"老区经济开发团"支援井冈山。他们跋山涉水、架桥修路，还带来了一笔笔扶助资金。用这些宝贵的资金，茅坪乡几年间先后办起竹艺厂、罐头厂和酒厂三个骨干乡镇企业。漫山遍野的翠竹、竹笋、菌菇乃至清冽的山泉水，有了更多的"变现"机会……

在时代大潮中，神山人自然不甘人后。

让左秀发感觉振奋的是，终于能告别雷打不动挣工分的辰光，去蹚蹚各种"发家路"了："你想去赚钱，就放手放脚大胆干！再不怕被割什么'尾巴'。"

胆大的蹚路，即使平时那些本分得不能再本分的老表，也纷纷跟上，成了"弄潮儿"。有的参加农技培训，在村头屋旁种起了白胖胖的菌菇；有的既养牛来又养猪，成了家畜满栏的养殖大户；也有心思更活络、胆子更大些的，早早"出山"闯天下，跑到了广州、深圳……

更多人，还是选择了"老本行"——靠山吃山吃竹子饭。不同的是，这口"饭"的滋味更香了：以前，乡亲们脚力可达的范围内，只有一家公家办的筷子厂，生产规模有限。但凡村民们想猛下力气多干点儿，就有"厂子不收"的风险。村民左从林曾深受其苦，砍的竹子在院坝里堆成了山，却卖不掉。"家里急等用钱也有得办法哟！"

现在，个体竹筷厂一个接一个出现，用料需求量猛增。这些厂子，为了能收到足够的竹子，纷纷提高收购价打出了"优惠牌"。这样做，最受益的当然就是村民了。

这些厂子也不孬，为了占领市场，不断提高工艺水平，把竹子做出了花样，打响了品牌！

说起这，彭水生笑盈盈的双眼里满是得意："你晓得啵？我们茅坪的龙凤竹筷——那可有神山村一份功劳嘞——还卖到了广交会上，单单澳大利亚就买走了10万双！听说后来还要订两三千万双呐。就连北京人民大会堂的纪念品里，那些年也有我们的龙凤筷！"

- 116 -

人不糊弄地，地就不糊弄人

那时的左秀发，已经是三个孩子的父亲。而立之年的他日夜操劳，额头已浅浅地镌上了几道皱纹。

改革开放腾起的热浪，让他那颗不甘平庸、永不服输的心，再次"怦怦"地剧烈跳起来！

家里分了田，他侍弄得比哪家都精细。

"每天从早到晚泡在地里。我家那口子总笑我，把分到手的几丘田看得比亲儿子还亲。地可糊弄不得呀！人糊弄地一晌，地糊弄人一年。"左秀发颇为感慨。

也有村民和他开玩笑："秀发，你是在地里绣花呢？坡坡岭岭的，有筲箕大的平地吗？再看这土层，比爱害羞的细妹仔的脸皮儿还薄。你忘了当年你指导大家伙儿种杂交水稻的那档子事了？咱的冷浆田就那个脾性！别费那个劲儿了，能吃饱肚子就不错了。"

可他偏不信邪："下力气干！咱对得起地，地也一定能对得起咱。"

他首先为那些坡田垒了地堰，将一块一块小田，改造成一块大田。神山村的冷浆田，土温低，土质不如烂泥田黏重、糊烂；泥脚较浅，耕作层很薄，底土较紧实，容易板结。此外，土壤微生物活动微弱，土壤养分分解很慢。左秀发带领全家深翻土壤，把稻秸、枯枝烂叶烧成草木灰铺在底层，以提高地温。

"庄稼一枝花，全靠肥当家。"提高地力离不开肥料，别人图省事儿，往地里施化肥。左秀发偏不，他使用有机肥。

"我在海南南繁基地那辰光啊，听专家说，化肥用多了，伤田嘞！而且，用化肥种出的庄稼，口感也差很多。"一有空闲，左秀发就发动全家老小割草、挖河泥、捡树叶，堆积起来沤成粪肥。

尽管包产到户了，但神山人互帮互助的老传统没有丢。

"比方说该插秧苗了，我们四五个人抡起家伙一起上，今天我家、明天你家，谁也不惜力，以前半个月的活，现在几天就干完了。"左秀发说。

对这种帮衬感受最深的，是年过七旬的左炳阳老太太。

30多年前，她的丈夫因病去世，留下三儿二女，靠左炳阳一个人拉扯着苦苦度日。现在孩子们大了，外出上学的上学，外出打工的打工，家里只剩下她一个孤老太太。分田到户后，她常常忙完田头忙灶头，日日夜夜挪不开身。看到这景况，左邻右舍纷纷伸出了援手。

"一年秋上的一天，正是割稻时节，田里稻子长得真好哟！黄灿灿、沉甸甸的，静等着开镰。本来约了几个乡亲后天来帮忙。可就在这个时候，天气预报说了，受台风影响，今后接连三天都会有大雨。三天大雨，等雨停后，稻子哪还能收得起？

包产到户了,这时候,各家肯定都在忙各家的了。我急得团团转,嘴都起了泡……"她回忆着。

就在这时,杂沓而急促的脚步声从院门外传来,左邻右舍的人家,都拿着镰刀赶过来了:"左家嫂子,快拿上家伙,咱收稻子去。"走在最前头那个高个子青年,风风火火地招呼着。

"这咋好意思呐,莫要耽误了你们自家的田……"

"莫担心,我家有人手。想着嫂子您一定急坏喽,就跑了过来。人多力量大,一会儿就帮您收完了。"

包田到了户,人心没有散。这样的情形,在神山村是常态。

"哪个村没几户困难户?有了就得帮,就得扶!听老辈们说,刚改革开放那阵子,村'两委'也担心大家各忙各的'散了场',可很快发现,这样的事儿,在神山村根本不存在——困难户的地,从来就没荒过。老表们说,革命年代,农会组织大家抱成团,抵抗白狗子。现在,咱继续抱团,一起拔穷根!"村支书彭展阳告诉我们。

日子一天比一天好!这不,赖福洪家的米缸里,第一次装得冒了尖。这一年农历八月十五,他和老伴儿欢天喜地地打了糍粑、蒸了米果,装了一竹篮子拎到红军烈士埋骨的小山包前。

谁知,有几户人家已经捷足先登了。每家都带来了最好的吃食,大家深情地念叨着:"亲人们啊,我们能过上今天的好日子,都是你们舍命换来的……"

原来生活可以这样甜

改革大潮，在解放生产力的同时，也冲决了各种影响生活的条条框框，人们一下子觉得，原来生活可以这样甜。

"吃饱肚皮，是没有半点问题喽！手头也有了几个活钱，隔三岔五能到茅坪打打牙祭。"彭水生说。

左从林记得，刚取消副食品定量供应的那一年，"最高兴的要数伢崽们了——家家户户桌上都多了些花样。"他也第一时间跑了一趟镇上，捏着攒了几个月的一点余钱，买回一小包白砂糖和几块最便宜的水果糖。回到家，他小心翼翼地拆开纸包，当花花绿绿的糖纸露出角来，孩子们爆发出一阵欢呼，一只只小手争着伸过来，脸上的笑，比糖果还甜！

居住条件，也有了很大改善。

当攒够了人生中第一笔厚厚的"大票子"，左秀发就花在了建房上。他将家里的老宅拆了重建，还打了几件新家具，加上零敲碎打地添置的"大件"——手表、晶体管收音机、录音机……"满屋子簇新簇新的，那心情，就像喝足了老酒一样美。"

村民身上，也开始有了"簇新簇新"的衣裳。

"早先日子过得紧，补丁摞补丁是'标准穿戴'。家家男娃女娃一大堆，都是衣裤鞋子轮流穿，老大穿小了给老二，老二穿小

五　一石激起千层浪

了老三接。一双手纳的布鞋，穿几年下来，早就磨得薄溜溜一层鞋底子，走山路石子硌得脚板生疼，还直打滑！衣服裤子也是这样，哪管得了合不合身哟！就说我家香云那小子，一直穿两个姐姐的旧衣衫。有次轮到一件女式红裤子，他闹脾气不肯穿，最后实在拗不过他妈，才膘眉耷眼穿上走了。"左秀发心疼地说："我总在琢磨，啥时候，能给伢崽们都置办一身新衣裳啊！"

愿望终于实现了。分田几年后的一个春天，听说茨坪要办大型展销会，左秀发兴冲冲地揣上一沓新票子，带着孩子们赶了四个多小时山路。挑挑选选大半天，左香云买了件13元钱的灰色的确良长袖衬衣，其他孩子也都选到了新衣服，回家立马换上，进进出出地"显摆"，高兴了足足一个月……

村居生活，也渐渐地"美"起来。

20世纪80年代初的一个春夜，天色刚刚擦黑，村民们便三三两两走出家门，兴奋地朝同一个方向涌去，那是村里会计葛介书家的土坯房。堂屋的门大敞着，里面挤满了人，一双双眼睛，紧盯着面前的"魔术匣子"——那是一台12英寸黑白电视机，神山村的第一台电视机！

"吧嗒"一声，主人像聚光灯下的明星一样，骄傲地、小心翼翼地按下电源开关，屏幕上爆出快速闪动的细密雪花。再扭动旋钮调节频道，一下、两下……终于，一幅完整清晰的画面跳将出来，"刺啦刺啦"的噪音也变成了说话声！

村民们大气不敢出地看着这一切，等到画面闪现，才兴高采烈地叫出声来。

"这会儿，谁家还点着电灯呢？快去关掉！"一个声音从人群中飞起。

"早关啦，把电都留给这个匣子。"众人七嘴八舌地应着。

此时的神山村，依然靠小水电站发电，遇到谁家红白事需要多用电，其他家庭便会自觉关灯，省下有限的电力。有了电视机，更是如此。即使这样，也只能看一个小时，常常是屏幕上一场歼灭战正打得火热，主人家就急着关电视："要断电啦，快快快！莫要烧了电路板……"屏幕一黑，留下一屋子无奈的抱怨声。

左秀发也在其中，津津有味地看着。几年后，他抱回了全村第七台电视机。此时，村里的小水电站也"鸟枪换炮"了——政府提供发电机，从茅坪接进了高压电。虽说电压还是不够稳，可发电时间长了，终于能从《新闻联播》看到电视台说"再见"了。

用高压电得买变压器，一打听，得4000多块！可村集体账上哪儿有这么多钱呐？冇得办法，时任村支书的黄端初自己找人借，东拼西凑终于垫上了。好多年后，村集体才给他还上了这笔款子。村民们感慨："我们神山村的干部，文化不见得多高，觉悟可不低哟！"

打工成了新风尚

小山村的日子一天天滋润起来，村民们的眼界也一天天变得开阔。当人们不再被束缚在一亩三分地上，可选择生存的方式就多了许多。外出打工，成为摆在神山村村民面前的一个新选项。

改革开放之初，中国8.3亿劳动力资源中，有5.9亿在农村。20世纪80年代中期开始，在市场经济体制改革的推动下，东部沿海地区，一批批乡镇企业沐浴着阳光雨露应运而生。尤其是在邓小平南方谈话后，中国经济改革高歌猛进，东部沿海城市出现了巨大的劳动力缺口。

1984年，中央一号文件规定：允许农民自理口粮进城务工经商。迅即，一群群刚刚洗净脚上泥巴、撇下锄头犁铧的"背包客"，乘着一列列绿皮火车、一辆辆长途客车奔赴心中的"淘金地"，一股席卷全国的"打工潮"迅猛掀起。其情景，正如当时风靡全国的电视连续剧《外来妹》所展现的那样：城市里，火车站涌动着春运一样密集的人潮，劳动市场的布告栏贴满招工信息，一脸质朴的乡村青年们好奇而渴盼地仰头细看，捕捉着改变命运的机遇……

一组数据，记录着"打工潮"的汹涌澎湃：1992年，全国约4000万农民工流入沿海和城市；1994年，增加到6000万；

神山星火

1996年，达到8000万……

赖福桥、赖国洪父子，就曾是这"流动大军"里的成员。

见到村监委会主任赖国洪的时候，是清晨时分，小山村正伴着高亢的鸡啼苏醒，紧接着，布谷、山雀、画眉……无数的鸟儿越叫越欢，汇成一曲声震林樾的"清晨大合唱"。缕缕白云在村舍四周的山头上溜达，一钩弯月尚未退去，蹑手蹑脚躲在云彩后面……

"我们神山村的空气是甜的，负离子简直要'爆表'！"他皱起鼻子深吸一口，满脸陶醉。

是啊，曾经常年背井离乡的游子，更知道家乡的美与可贵！

听说我们想了解早些年村里打工的情况，他带着我们来到父亲赖福桥家，在他那开满鲜花的小院里叙谈起来。

赖福桥，是赖福洪的堂弟。1950年出生的他，曾在山西晋城当兵数年，退伍后回到井冈山。一开始，他被分配到茅坪派出所工作，每月工资28元，算是稳稳地端上了铁饭碗。

可是，没干几年，他便辞掉工作回到了神山村。

"离家太远啦！每星期只能回来一次。伢崽他妈是从山西晋城一个南下干部家庭跟着我来的，那时候的高中生呐，文化人！村里安排她在小学教书，按理说也算是照顾啦。可又要养育四个小伢崽，又要操持家务干农活，哪里顾得过来哟！我就想，干脆回来种地，守着一家老小过日子。"赖福桥站在自家院子里讲述着，身后的花架上姹紫嫣红。

"那辰光，家里已经分到了两亩田。一家人吃饱肚子已不成问题了。可是，土坷垃里长不出金穗穗，家里这么多张嘴，进账赶不上出账哟！"

赖福桥打工，先从家门口干起。1983年，一位在柏露乡做领导的战友来信了："乡里刚办起一个大型垦殖场，需要'会家子'。我看你准行！过来给我们搭把手？"

战友很细心，专门叮嘱带上家人，"给你们找个地方落下脚，安心落意地干。"

以前从来没有外出打过工，此一去是好是坏，赖福桥心里没底。

"这一去，么子时候能回来呢……"他动心了，却还有些犯踌躇。

儿子赖国洪记得，那段日子，父亲总喜欢坐在门口坪坝上，眼望着苍苍郁郁的大山，"吧嗒吧嗒"地抽着烟出神。间或，回过头来细细打量身后的老屋，脸上满是不舍……

几天后，主意还是拿定了。老屋门上挂起沉甸甸的"铁将军"，一家人肩挑背扛地出发了。

"一到垦殖场，老爹就被安排去养猪。嚯，好家伙，一口猪身量足足有这么长，那食量，吓人啊！"赖国洪把双臂使劲儿伸开比画着，嘴里"啧啧"有声。

农家谁没养过猪！可这种垦殖场的养猪方法，赖福桥没有见识过。不是一筐一筐打猪草，也不是一瓢一瓢喂泔水，而是按照配方将各种饲料搭配在一起，按照固定的时间定量投食。时间间隔太短，会造成饲料浪费；时间间隔太长，这些猪会"嗷嗷"乱叫，甚至发起猪癫疯，拼命拱撞围栏。

赖福桥虽然勤劳肯干，但眼前这种情况，让他傻了眼。几个月下来，眼瞅着一口口大肥猪在不断地掉膘，老实巴交的他坐卧不安。

勤观察、细琢磨，登门上户向其他养殖户求教……渐渐地，技术一点一点熟起来，三五年下来，他成了真正的"会家子"。

学了一身本事，赖福桥想回到家乡，带着乡亲们也折腾一番。他揣着五年来攒下的那笔积蓄，告别了柏露乡。

六　脱贫攻坚不停歇

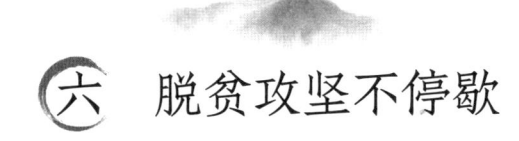

教的不是抡刀砍竹子

这时，赖国洪已长成一个憨厚的壮小伙。踏实肯干又心眼活泛的他，被村民们选为神山村村委会副主任。

"我一个毛头小伙，懂得么子哟！这么多叔伯长辈抬举我，干不好怎么交代？我连连推辞，坚决不干。"说到这儿，现如今已年过半百的他抬手摸摸脑袋，"嘿嘿"直笑。

"国洪啊，莫辞让！看看咱神山村，老气沉沉的，眼盼着有我们信得过的后生仔挑头带着大家干嘞。"赖国洪想辞掉，乡亲们坚决不同意，你一句我一句，热切地给他打气。

那还有啥可说的呢？使劲儿干吧！一股子热流，从心里"哗哗"往上涌……

上任头一年，正赶上"八七扶贫攻坚计划"在全国铺开。时不时地，上面会分来一笔笔扶贫款、一只只"扶贫羊"，村里几个极端困难户，都得到了接济。

最"管用对路"的，还是好政策和好技术。

"县上给了政策、来了人，要帮我们搞'毛竹低改'，把低产林改造成高产林。这可是好事呐!"赖国洪说,"这满山满谷的毛竹,山里人从来是砍得多、护得少。不少林子里,嫩竹多,壮竹子少;细竹多,粗竹子少。竹子越砍越小,产量越砍越低,老表们也心焦啊!"

"低改"在一片支持声中开始了,赖国洪一边忙着组织乡亲们,一边留心学技术。一段时间下来,对"低改"的要领掌握得清清楚楚。

"先是除杂树杂草,然后翻垦林地,把老竹鞭清理掉,再挖竹节沟蓄水,给林地施肥……最重要的是两项:笋子留不留,怎么留?竹子砍多少合适,怎么选?"他搞得清清楚楚。

竹笋是竹林里天然生长的宝贝,一盘冬笋炒腊肉,是神山人招待贵客的佳肴。以前,见到冒头破土的竹笋,大家想挖就挖,没什么规划思量。"低改"的规定很明确:冬笋要尽量少挖甚至不挖,春笋可以及早采挖,没出土的竹笋更不要蛮挖,要不,竹林里哪能有那么多新竹呐?

砍竹子,更是有讲究。

"一开始,老表们对这一点还真有些'不买账'。他们说,莫要开玩笑喽!咱神山人生在竹子窝、长在竹林里,从小到大砍竹刀都磨秃了几十把,怎么砍竹子,还要人来教吗?"

赖国洪很有耐心:"教的不是怎么抡刀砍竹子,而是砍哪些、砍多少、啥时砍更科学合理,更有利于竹林保持合理的'年龄结构',促进其新陈代谢。"

道理掰开了揉碎了讲，村民们发现，这里面还真有门道嘞！

"'低改'以后，神山村的竹子长势更旺了，齐刷刷的，笔挺翠绿！大家砍竹子、养竹子也更有章法了。你看！这么些年过来，咱的毛竹还是那么密、那么壮，一茬赶一茬地贴补着老表们……"赖国洪感慨。

踏实而琐碎的忙碌中，一届任期满了。乡亲们评价不错，赖国洪却有些沮丧，他认为：没弄出什么造福神山村的"大阵仗"。

乡亲们不断挽留，希望他继续干下去。但他左思右想，最后还是拿定了主意：出去打工，见见世面。

"几年干下来，着实觉得自家见识太少啦，眼界不够开。就好比是闷头拉车，遇到难处理的挠头事，稀里糊涂没主张。等长了本事，有机会的话，再带着乡亲们干。"

此时的神山村，已经进入"青年儿女流外乡，全国各地打工忙"的时代。沿着山路走出家乡，外出务工赚钱，成了很多村民寄托富裕梦的首选。

赖国洪出发了，闯荡的足迹从北到南，几年间辗转了多个城市，也换了好几个工种。

"漂泊在外，不易嘞！真是不出门不知道打工苦。有时一天十几个小时守着流水线；有时辛辛苦苦一个月拿不到几个钱；有时吃住不知有多差、日夜里管得却蛮严，好不容易抽空去街上转转，还总被拦住查暂住证……"他无奈地摇摇头。

几番周折，他在广东番禺落下脚来，进了一家台资企业。凭着反应机敏、手脚勤快，不到一年，他就当了小组长，月工资从千把块涨到了1800元。最主要的是，不用闷头做"计件"的机械劳动，而是能跟各色人打交道，熟悉厂里的情况，锻炼处理紧急事务的能力，"心里觉得蛮欢喜"。

三四年后，他又回到江西，在宁冈县一家陶瓷厂当了一名技工。

那时节，赖家四兄妹都离开了神山村，在各地打工。村头那幢曾经笑语喧哗的老屋，又一次沉寂下来……

神山村的每一个人，都可以给我们讲出一段"打工史"。

"1987年，宁冈县第一次组织劳务输出，我就被'输出'了，到深圳宝安一家台资皮鞋厂做工。那一趟，去了二三百号人！这路子一打开，就没停下来过。后来，广东、山东、河南……天南海北跑。要数在江苏一家台资灯企做的时间最长，三年钳工，每个月能拿4000多块，我很知足了！"村民葛冈村眯缝着眼说得慢条斯理，仿佛沉浸在那曾让他无限留恋的美好岁月。

那位清瘦黧黑、留着髭须的，是彭水生的小儿子彭小华。他掰着手指历数自己的打工经历："学篾匠、学油漆；养竹鼠、养石蛙；跑客运、跑出租；卖服装、卖塑料……跑了不少地方，换了好些个营生，也长了很多见识……"

对于神山人外出打工，赖国洪有着自己的见解："那些年，神山村确实有些冷清了，'落锁户'越来越多，壮年人越来越少；走出去的'能人'越来越多，留下的越来越少……不过，这些都是暂时的。因为神山人对家乡的那份感情，我是知道的，大家的根，都深深扎在了神山村！就像山上的翠竹，无论有多旱，或是天有多冷，只要春天到了，只要阳光雨露充足，就会长得直挺挺、绿油油……"

在竹筒上雕花、刻字、写"神山"

出去了，回来了。回来了，又出去了。看起来是循循环环，但就在这循循环环之间，大家长了见识，长了本领。

"说起这，头一个要数左香云。他的竹筒、竹酒、竹工艺品，现在都成品牌了，不光在井冈山地界，在整个吉安都很有名气！"赖国洪说。

"他摸索这行当，也吃了不少苦头嘞，硬是把大家伙儿觉得冇可能的事给办成了！我们都说，这后生没辜负'烈士后人'的名号，身上真有他太爷爷当年闹革命的那股子精气神……"

于是，我们来到了左香云家。

在一间摆满了竹工艺品、散发着竹木清香的工作间里，我们见到了左香云。这是一个身材不高但很结实、目光炯炯有神、说话不紧不慢、举手投足透着岁月历练的蛮有范儿的汉子。

左香云是左秀发的儿子、左桂林的重孙。

1978年，左香云出生了。他的经历，注定要打上改革开放岁月的深深烙印。

在竹海中长大的他，打小就喜欢摆弄竹子，父母削竹筷剩下的竹条竹块，成了他爱不释手的玩具。没承想，成年后，靠着神山人司空见惯的毛竹，他竟鼓捣出了父辈们不曾想过的"大名堂"。

1993年，左香云初中毕业了。那时候，神山村的年轻人十个里有九个只读完初中，就开始外出打工。他们离开时粗衣烂裤、灰头土脸，等到过大年回来，却个个夹克衫、运动鞋，时髦得像变了个人，兜里还被一沓一沓的大面值的票子撑得鼓鼓囊囊的。

左香云看在眼里羡在心里，也背起行囊去广东跑了一圈。

他和一般打工人的想法不完全一样，除了希望挣回一沓一沓的大面值的票子，脑子里还有一个想法：既然出来了，就多看看、多寻寻，搞搞清楚山外面都是怎么发展起来的。

抱着这个念头，左香云一年间换了好几个厂子，走到哪儿，观察到哪儿。

他被外面的世界深深打动了。那大大小小的工厂、宽宽窄窄的马路、熙熙攘攘的人群令他大开眼界，那一刻不停的流水线、百业兴旺的大市场、上紧发条似的生活节奏，让他学到了种田之外的许多许多谋生的门道……

"马不停蹄地跑，钱没存下多少，收获却蛮大，觉得脑袋里好像有个开关,'咔哒'一声打开了。"左香云说。

这个"开关"是什么呢?多年后的今天,左香云这样总结:"应该说,是商品意识。城里活跃的大市场让我开了窍:要想经济发展好,就得有产业、有经营,农村也一个道理!"

脑袋"灌满"之后,左香云做出决定:回家乡去,把自己的"产业"做起来!

做产业,得有本钱。左香云先在宁冈落脚,进了一家摩托车修理铺当小工,一干就是四年。技术学得有模有样,工钱也从每月几十元涨到了300元。

时间转眼就要跨入新千年。这时,一直在寻找的机遇悄然而至。

他遇到了一位在黄洋界售卖工艺品的老同学。交谈几句后,老同学热情地拉他入伙:"香云,你脑子活泛,又心灵手巧、吃得了苦,咱一起创业吧?"

一直在等机会的左香云,眼睛一下子亮了:"你说,想搞么子?我一定会配合。"

此时,随着改革开放日益深入,红色旅游作为一种兼具革命历史价值和文化价值的旅游模式,受到越来越多游客的青睐。井冈山的红色旅游,稳稳走在了全国前列。曾经大摆"竹钉阵"、打赢保卫战的黄洋界,就是井冈山红色景区图上的重要一站。人流客流带来商品流,黄洋界上销售工艺品、纪念品、特色小吃等的小摊,也随之越摆越多。

左香云隐隐看到了把"小神山"和"大旅游"挂起钩来的那条线。第二天一大早,他毅然辞工,骑上那辆自己用废旧零件攒的"八手小轻骑",直奔黄洋界!

"我俩一个搞批发,一个摆摊销售,景况很不错。约莫一年后,我不满足现状了,那些给我们供货的'手艺人'收入更稳定、挣钱更多——一家生产,这么多摊主帮着卖,多好!我们神山村漫山遍野都是竹子,为啥不搞竹工艺品生产呢?"拿定了主意,他再次转行。

三色油漆、两斤皮子、一把铁锤、一个凿子……带着花100元钱买回来的"生产设备",他回到神山村,以家里的一间小偏房为"生产基地",埋头做了一大筐黄洋界畅销品——弹弓,信心满满地带上黄洋界,挨摊挨铺兜售。

万万没想到,现实却兜头给了他"一记耳光"——早已混熟了的摊主们拿起弹弓看看,又放下,尴尬地笑笑,直摇头……

一天下来,一把弹弓也没卖出去!

有好心摊主拿起一把摊上卖的弹弓送给他:"兄弟,不是为难你。咱小本生意,讲究个货比货。你瞅瞅这……"

左香云满脸沮丧地捏着这把弹弓回了家。问清缘由,左秀发拍拍肩膀劝儿子:"不就这点事?有样学样,今晚咱爷俩一起研究,没准做得比这强!"

当晚,父子俩忙活了一夜,比比画画、刨刨削削,终于做出了一把"改良版"。

几天后，左香云挑着担子二上黄洋界。这次，500个弹弓被抢购一空，1把10元钱，一次就卖了5000元。"信心一下子回来了！我觉得我挑的不是弹弓，是整个人生、整个家庭的希望……"左香云说着，眼神更亮了。

弹弓越做越顺手，销路也不愁，可左香云并没有"安生"多久。他又盯上了"更上档次、来钱更多"的新产品——竹水桶、竹笔筒、竹酒杯……

这一次，他深谙技术的重要性，要想在市场上有一席之地，产品得有技术含量；技术含量越高，来钱也就越多。

怎么才能提高技术含量？明着去拜师，没准儿人家怕你饯行，还不教你呢。心眼活泛的他，想到了一个办法：偷师！

"那时候，有些做竹筒的厂子也从我这里订购弹弓。送弹弓过去时，我一边拉着话，一边留心看师傅做竹筒，得空就跟师傅聊一聊：刀该怎么磨，竹筒要车多厚，怎么取材，怎么漂白，怎么风干……有一次，和一位师傅聊得投机，忍不住越问越仔细、越看越入迷，把时间都忘喽！突然就听一声'断喝'：小师傅，好半天磨着我家师傅，这是要做么子嘛？！咳，被开厂子的'抓了个现行'！"左香云尴尬地"嘿嘿"一笑，讪讪地走了。

尴尬归尴尬，那家做竹筒的道道，他算是全摸清了。当晚，他就试着做了一个。他看着手上的成品，乐得手舞足蹈。

"偷师"差不多了，他就从简单的小竹筒做起，慢慢越做越复杂，种类也越做越多。

依然有沟沟坎坎、起起伏伏，可左香云坚持把这条路走了下来。

有一次，因为村里电压不稳，一个星期竟然连着烧了六台电机，他气恼得吃不下、坐不安，整日里蔫头耷脑。等到第六台电机"啪"一下罢了工，他禁不住狠狠把一个竹筒摔在泥地上！

左秀发慢悠悠地踱过来，弯腰捡起那只竹筒，用袖口擦拭着沾染的黄泥："你小子，'三年规划'不作数了？'致富带头人'不思谋了？政府扶持白给了？"

连珠串的诘问，让左香云的头脑渐渐冷静下来。他明白老父亲话里的意味：这几年，从镇里到村里，都把他的"小本经营"当成致富苗子悉心呵护，该给政策给政策，能给扶持给扶持，还号召村里的青年人向他学习，让他和全家都脸上有光嘞！他也雄心勃勃地给自己制订了"三年一小步，五年一大步"的发展计划，这一切，老父亲都记在心里呢！

父亲的一席话，让他一下子冷静下来。他从父亲手里接过那只竹筒，端端地放在了架上……

事业艰难爬坡的过程中，他获得了大"动力"：2002年，他娶到了龙市的漂亮妹子胡艳霞。

说到这，左香云有些激动——

"说了真是臊得慌！艳霞第一次上门，我们全家穿上最周正的衫裤，把屋里扫了又扫、擦了又擦，还从邻居家借了两只板凳'充门面'。可一进村，我就从她眼里看到了藏不住的惊讶。等进了屋，她四处看看，我脸上就更'烧'了。

"住了一晚，我知道她睡不安稳：四面漏风，硬床板、旧被褥，飞虫'啪嗒啪嗒'满屋子乱撞……第二天，送她回去的路上，我嗫嚅着不知说啥，她沉默半晌先开口了：'这么穷家薄业的，你能打拼出来，真是吃得苦！啥也不指靠了，就冲你这个人，我认了！'真是个好细妹子！我激动得一把攥住了她的手……

"人家嫁女儿都要彩礼，我不但一分没给，结婚时，丈母娘还'倒贴'了我700块钱，添置家具，买新工具、新摩托……老人家相中了我勤快上进，我暗暗下定了决心，一定要混出个名堂！"

婚后的左香云，一步一步走起了上坡路。渐渐地，竹筒的销路越来越宽，收入也越来越多。他不断拓展生产规模，还在政府支持下出了趟远门，去浙江学艺。

回来后，开了眼界的他，生产工艺开始转型升级——购进一台竹筒雕刻机，在竹筒上雕花、刻字、写"神山"。

从卖简单的初级产品竹筒，到在竹筒上雕花、刻字，竹筒的文化含量一下子提高了，价格也随之翻了筋斗。

榜样的力量是无穷的。村里对这门手艺感兴趣的人越来越多，他开始带着几个青年一起干。多年前种下的心愿，正在一步步实现……

破碎的"菌菇梦"

不愧是当年的"全红村"！尽管区位条件、资源禀赋布下了一道道"阻拦索"，让神山人在致富路上的跋涉，是那样吃力、那样艰难，但他们丝毫没有气馁，没有退缩，更没有放弃。坡很陡，那就弓起脊背、咬紧牙关，一步一步往前攀爬。摔倒了，挺身站起；再摔倒，再挺身站起……

在神山村采访，每个人都会给我们讲一段自己不凡的创业史。有的人，讲的是成功的喜悦；也有不少人，说的是失败的艰辛。不管是喜悦还是艰辛，我们都体会到了后面蕴含的三个字：不服输！

这些年，党和政府也坚持不懈为老区人民走出贫困帮扶助力。

井冈山市委常委、常务副市长兰胜华，一谈起神山村，眼里顿时便透出掩饰不住的深情。

"我和神山村，有缘嘞！这缘分，30年前就开始了。那时候，我也还是个青皮后生，一腔子的干劲和热情！"他拿出珍藏多年的一本本相册、记事本，缓缓讲述起来。

1994年，井冈山青年兰胜华大学毕业了。就读于江西农业大学农林专业的他成绩优秀，被分配到宁冈县葛田乡担任团委书记。1996年，宁冈县开办食用菌开发总公司，专业对口的他被派去担任总经理助理，重点任务之一是帮助包括神山村在内的几个村镇开展食用菌扶贫。

菌菇种植，是我国农业扶贫常用的一种手段，因为技术简单、环境适应性强、市场大、价格好，在很多乡村的种植业发展中立下过汗马功劳。

查阅宁冈县有关经济数据可见：1991年至1992年，"食用菌配套技术开发""食用菌菌种培育及基地开发"等科技扶贫项目先后启动，食用菌产业覆盖全县8个乡场，实现年产值569.5万元，扶助农户1600余户，户均年增收1015元；同时，为井冈山罐头厂提供加工原料，年产蘑菇罐头40万公斤，创工业产值280万元，利税33.6万元……

兰胜华这些科班出身的生力军的加入，让宁冈的菌菇事业，跃上了一个新高度。

"1996年，公司和福建农林大学菌草研究中心建立了联系。对，就是'菌草教授'林占熺的团队！"兰胜华不无得意。

菌草，指的是可以作为菌菇培养基的草本植物。以前，养菌菇必须砍树，以木头作为培养基。在20世纪七八十年代研究菌菇种植时，林占熺发现了一组触目惊心的数据：中国仅香菇种植一项，年消耗木材就达700万立方米，付出的生态代价严重超限！照此下去，菌菇生产势必产生"菌林矛盾"；若改用麸皮等，又将产生"菌粮矛盾"。

怎么办？有何新路可走？终于，通过林占熺的艰苦攻关，芒萁、五节芒、芦苇、玉米秆、比特草、象草……乡野里随处可见的野草、秸秆等"废料"，都变成了菌菇生长的"金原料"。

这一技术问世后，立即受到了各地欢迎。正处在菌菇业发展节骨眼上的宁冈县，迅速联系上了林占熺。

"林教授很热心，不但一口答应，还专门到宁冈县搞了一次培训班。一通知下去，嗬，十里八乡好多人都来啦！原定的教室坐满了，大家就坐在走道里；走道里也满了，就站在门外听……大家都想看看，这'茅草里变出白胖菇'的魔法，咋个变法？"兰胜华回忆。

培训结束后，各乡镇热情高涨，宁冈县决定：大规模推广菌草种植。

指导菌草种植需要懂技术的带头人。宁冈县食用菌开发总公司派出年轻的技术骨干兰胜华，带着八个人组成的队伍，去福建农林大学接受了为期一个月的培训。

系统听课、实地考察、交流答疑、动手实践……培训结束后，兰胜华学到了一整套菌草养菇技术，也和林占熺建立了深厚的友谊。

回到井冈山后，他们当年就在菌草资源丰富的柏露乡示范推广了10万筒菌菇。次年，全县菌草种菇达到300万筒，产值超过1000万元，而木材消耗量则大幅减少。1998年，县科委专门成立菌草研究所，兰胜华任所长。

六　脱贫攻坚不停歇

小小菌草，把脱贫的希望种在了井冈山！

此时的神山村，这个藏在山坳褶皱里的小山村，科学种植菌菇还处于空白状态。为了给神山村带去致富的希望，在县里的安排下，兰胜华带着专门成立的工作组，坐上了开往神山村的汽车。

这是他第一次去神山村。到了黄洋界，车行道渐渐消失在榛莽之中，眼前只剩下一条崎岖狭窄的山路。几个小伙子拎起行囊、迈开大步，走啊走，走啊走，人都快虚脱了，才看到了农舍上空袅袅的炊烟。

"村子的大模样跟现在差太多了！那时候，房屋都很破旧，整体上缺乏规划，东一家西一家零零散散分布在山坳的台地上，田是碎块块，路是碎条条，村民们就在这'条条块块'的局促空间里，跟自然做着抗争。"兰胜华印象深刻。

"县里来了工作组！"消息很快传开，村民们纷纷放下手里的活计，好奇地向村部围拢，想听听工作组带来了啥政策。

兰胜华站在人群中，绘声绘色地讲起了"菌菇经"：某某乡以前地里不旺苗，现在靠着菌草养菇，村集体账上有了钱，菇农的腰包也鼓了起来；某某村去年养了几万筒，今年"后悔"了——早知道势头这么好，就该再翻个番……

"这样的好事，咱神山村是不是也该跟上？有'先头部队'的经验作参考，有我们代表县里提供支持，还有啥可犹豫的嘞?"兰胜华的这番话,很有鼓动性。

神山村不缺敢于带头"吃螃蟹"的人。这不,一阵"嗡嗡"的商量声后,几个村民当即举起了手。最终,确定了大队会计熊吉甫、老支书彭水生的儿子彭丁华等作为首批带头人。

操作模式很快被商定了:总公司提供菌种和技术,村里组织村民种,种出的菌菇总公司帮着售卖。

菌菇种下了,工作组的神山情结也结下了。此后,隔一段时间,兰胜华便带着技术员往神山村跑,每次总要住上几天,仔细察看菌菇的生长情况,和村民们商量遇到的问题,想尽办法帮助解决。

村民们像当年迎接红军一样,迎接带他们脱贫致富的工作组。熊吉甫从并不宽裕的住房里东挪西挪挤出最好的一间,专门留给工作组。到了饭点,乡亲们谁家有口好吃的,都会跑来邀请他们。夜色下,就着几碟油炸豆腐干、炒黄豆,喝着自家酿造的土酒,兰胜华和乡亲们常常一聊就到深夜,有时候,鸡都叫了还在聊……

除了菌菇,兰胜华也乐意把扶贫开发的其他信息和乡亲们分享,大家一起思谋,有没有更多的适合神山村发展的路子?

"那时节,整个宁冈县开发式扶贫的主导产业有三个,叫作'两草一猪'。'猪'是生猪,'两草',除了菌草,就是编草席用的席草。老表们也想多养些猪,我们就给村干部出主意,争取来了一些政策。席草的种植方法我们也传授给了乡亲们。当时县里还有一个重点开发的扶贫项目——桃寮的笋竹两用林，搞得不错嘞！乡亲们想知道咋个'两用'法，我们就去了解，把技术要点带回来教给乡亲们……"兰胜华讲得头头是道。

除了教授村民们种植技术，兰胜华也想在经营方式上做一些探索。比如，面向农民提供小额贷款。

"林占熺教授很关心宁冈的菌菇种植。得知村民们普遍家底薄、手头紧，他就多次跟我讲，可以考虑给村民们提供小额贷款，让他们买得起农资、农具，有更好的条件搞生产。他说，这是脱贫致富的一个好方法。以福建宁德为例，有些农户贷款500块，买了香菇菌种培植，卖出去后不但还了贷款，还净赚500块！"

神山村的菌菇培育，终于成功了！第一年的产量，就相当可观。鲜嫩饱满的蘑菇挤满了棚架，就像一个个白白胖胖的娃娃，望上一眼，满心的喜悦熨帖！

高兴劲儿还没过去，新的问题就出现了。

"从菌菇快要成熟起，村里就忙着联系买家。我们也帮着给推荐，用上了手头积累的所有人脉。对方开始还高高兴兴蛮有兴趣，可一听，地点是在神山村，就犹豫了，要么直接回绝，要么碍于面子含含糊糊答应着，后来却没了下文。为啥？人家的理由叫我们没法反驳——神山村？谁不知道那里连路都不通啊！你叫我们的车怎么开进去装货？难不成肩扛手提？"兰胜华说着，脸上露出了无奈的表情。

肩扛手提就肩扛手提！村民们急了：我们毛竹都扛得，这轻盈盈的菌子咋就扛不得？可不能眼瞅着这么好的菇烂在架上！

一支"运菇队"很快组织起来。一根扁担俩箩筐，挑！挑到龙市，挑到桃寮，挑到一切能开来大卡车的地方！

村民们磨破了肩膀皮，村干部和工作组则是磨破了嘴皮子——即使解决了"菌菇出山"的问题，大部分收购商还是不肯来：菌子这山货最讲求新鲜，不耐存放更经不起磕碰，大老远挑来，在箩筐里晃来晃去，哪有直接从架上采下来的水灵？

好不容易"动员"来了几家小商户，自然，收购价被压得很低很低。就这样，批量收购一部分，村民们在集市、路边叫卖零售一部分，村里自己"消化"一部分，第一批菌菇总算勉勉强强解决了。可眼瞅着第二批又要成熟了……

卖菇难啊，难住了不怕吃苦流汗的神山人。能想到的办法都试过了，可还是难逃滞销的命运。

眼看着菌子一天天地失水、萎缩，由"神气十足"变得蔫头耷脑，参与养菇的村民们心疼极了。

"那时候啊，家家一天三顿吃菌菇，我现在打个嗝，都是一股子菌菇味儿……"熊吉甫说。

最终，曾经给神山村带来无限幸福憧憬的"菌菇梦"，在一片惋惜声中草草收场了……

"看着这情势，其实心里最难受的，是我们工作组。其间，工作组和研究所也想了很多其他办法。比方说，神山村海拔高，夏天高温也才二十七八摄氏度，能不能作为夏菇基地？因为香菇在炎热的天气下很难培植，但神山村可以，这样，就有了品类优势。可再一想，这也不是长久之计，就算种出了紧俏货，还是会被'运输难'卡住脖子……"兰胜华脸上的表情有点尴尬。这次"走麦城"，肯定在很长很长时间内成为压在他心头的一块巨石。

种植其他作物，面临着同样的困难。龙市有些村靠种高山雪梨发了财，神山村几户人家也试着种了一些。神山村的土质、气候、海拔特别适合高山雪梨的生长，无论是口感还是各种营养元素含量，均比龙市的好很多。可是，又是因为山高路远，眼看着一筐筐雪梨"烂市"，村里这几户人家欲哭无泪。后来，梨树也渐渐没人打理了。

此外，养殖狗鱼、种植人参……神山村，勇于试水各类项目的村民不少，但最后，一项项都没有逃脱折戟沉沙、偃旗息鼓的命运……

无论如何要修路

和兰胜华一样，黄承忠这个"外来干部"也和神山村结下了难解的缘分。

2022年，我们初次见到他时，这位中等身材、面相憨厚的中年汉子的身份是井冈山市龙市镇党委委员、武装部部长。而他的另一个身份是"神山女婿"——妻子罗芳，是一位美丽能干的"神山妹子"。

黄承忠在神山村工作了15年。那段日子，"是我这大半辈子里可以用最多的'最'字形容的一段岁月——有过最难、最累、最熬煎，也有最甜、最喜、最荣耀。种种感觉汇到一起，成就了一段最难舍也最难忘的人生"。

2003年，26岁的黄承忠被茅坪乡人民政府派到神山村，担任驻村工作组组长。

打小在井冈山睦村乡长大的他，大专毕业，沉稳持重，一到村里，很快便和老表们打成了一片。

"刚开始驻村，其实并不用'驻'，时不时去村里看看就可以了。说实话，一开始大家都觉得去了也没什么事，就是搞搞计划生育、收粮收款。真正该抓的重点工作是扶贫，可该扶些啥、怎么扶？我们也觉得两眼一抹黑。"他说得坦诚而直白。

初到神山村，给他最深的印象，就是"行路难"。

"当地人都说，'神山藏在山坳坳，只有大山没有道。四周围成天罗网，天兵天将难出逃。'其实，也不能说完全没有道，有一条不到一米宽的黄泥巴山道。一面是山崖，一面是深谷，最多容两人并肩而行。听说村民们在人民公社时代也曾整修过，能走得了板车。可后来，青壮年都外出打工了，这条路很少有人维护，路面早已大坑套小坑，那个难走哟，连最皮实的摩托车都无法通过。"黄承忠描述得绘声绘色，"下雨天或者下雪天，这条路就更难走了，淌满了黄泥汤，稍不留心，就会摔个屁股墩……"

那时候，每次下神山，黄承忠总是骑着自行车从茅坪赶到桃寮，把车寄放在村干部家里，然后沿着羊肠小道步行。他大约要走个把小时，才能走到神山村口。

修路！必须修路！每天，这个念头都在他脑海中闪现。

其实，对于修路的重要性，黄承忠早就有了深刻的认识。大专毕业后，他在乡镇工作了五六年，因为工作需要，对全国的农村公路建设情况，做过一番"功课"。

"要想富，先修路！"只有六个字，却深刻说明了路与中国农民生存、生活之间的关系。改革开放之初，中国农村公路里程只有58.6万公里。随着商品经济蓬勃发展，公路交通与生产生活需求不相适应的矛盾愈益突出，农民行路难、山货运输难成了困扰全国乡村的普遍问题。因此，农村公路建设迅速提上日程。到2002年底，全国县道、乡道里程已达133.69万公里，全国通公路的建制村占总数的比例由1978年的65.8%上升到92.3%。

而神山村，就在这剩余的7.7%之列。

在井冈山市当时的全部行政村中，神山村是最后一个还没有通公路的村落。

黄承忠和村里的干部们积极向县里争取修路项目。按照有关程序，一个项目从申报、立项、审批、资金发放到开工要经过相当长的周期。黄承忠满怀深情地把自己在神山村的感受，讲给一个个部门、一个个领导听。他的言语是那样的恳切，他讲出的理由又是那样的打动人心，听者无不动容。每一个部门都按照"特事特办"的原则，给神山村提供了方便。

2004年初，开工修路的喜讯传遍了全村！

"老百姓好高兴的，开工仪式那天，真个是喜气洋洋，跟过节一样！全村男男女女都来啦，不知谁带头，'噼里啪啦'放了两挂鞭炮。听说施工队工具不够，村民们二话不说，把家里的铁锹、锄头、竹筐、扁担……能用的全都扛到了工地上。"黄承忠笑着回忆。

由于经费紧张，有关部门打算先修一条土灰路，路面宽度能跑车，等后续再着手硬化、拓宽、铺水泥。即使这样，村民们也已经觉得很满足了：这可是破天荒的大事哩，只要能通车，就是改写了神山村几百年来的历史！

工程开始了。挖掘机在前面"啃咬"着坚硬的花岗岩，压路机一寸一寸地艰难往前推进。村民们等不及了，跟在后面，热情高涨地出工出力。

整个村都出动了——左香云等后生挥动镐头，一下一下地平整路基；彭夏英等巧手媳妇给施工队送来了热腾腾的饭菜、茶水；彭水生和村干部们一边干活，一边跑前跑后调配人手；

就连年老体弱的彭长妹、吴清娥等人,也热心地相跟着,做些捡石头、清垃圾等力所能及的事……到了饭点,村民们回家匆匆扒几口饭便赶来继续开工,到后来,更是自带干粮,把省下的时间都用在修路上。

黄承忠被感动了。

"我跟村民们说,大家出了这么多力,本该给每人按天算工钱的,可这次经费紧紧巴巴,看样子是拿不出喽。你猜咋样?乡亲们都瞪大眼睛看着我:'这是啥话嘞!政府给咱村修路,是大家伙儿自己的事,哪里还能要工钱哟?再莫提这事!只要神山村通了车,我们就是倒贴钱都愿意!'"

2005年,这条神山人"梦里梦了千百回"的路,终于修好了!三米多宽的公路从230省道通往神山村,虽然只是最朴素的土灰路面,在村民们眼里,却比省城里的大马路宽敞平整!

通车仪式当天,又是一阵欢天喜地的鞭炮声。之后,一辆辆摩托车、农用车、小汽车,甚至大卡车,鸣着喇叭、转动着轮子,在村民们近乎虔诚的"注目礼"中,开上了这条崭新的路。

那天入夜,村里一半的人聚集在这条路上。那些爱热闹的,叽叽喳喳谈论着今后依托这条路,要做些什么;那些不爱热闹的,或静静地站着,或默默地坐着,用心编织着一个又一个美好的愿景。数孩子们最欢实,跑过来跑过去,漾起一串又一串的笑声。

那时节，村民们有事没事都要在这条路上走一走。村里有几位年迈的老人已多年足不出户了，也坚持要到路上走一走。晚辈们想用板车推老人过去，可老人们执意不干，要拄着拐杖自己走。

路通了，村里面的农产品卖得俏了，村民们的日子也比以前好了很多。

两年之后，这条路渐渐不够用了。当来往神山的车辆越来越多，转弯险、错车难、路况差的弊端也一天比一天突出，土灰路面早已被车轮碾出了大大小小的凹坑凸棱。黄承忠和村干部继续争取，成功地拿到了又一笔专项资金，对路面进行硬化，3.5公里左右的山路，全部铺上了水泥。

这条路，成了黄承忠初到神山村几年里做成的"最自豪的一件事"；

这条路，织起了党和政府与神山村村民牢固的情感纽带；

这条路，沿着山势盘旋而上，将一户户农家连成一体；

这条路，将小小的神山村和山外的世界、广袤的祖国连在一起；

这条路，打通了神山村与大市场的端口——从跋山涉水到车马通达，从物流不便到货畅其流，从与世隔绝到八方客来……神山村村民多少美好的追求与梦想，通过这条路，一步一步变成了现实。

因为这条路，黄承忠来神山村的时间越来越多了。有时候，他会选择提前下车，沿着这条路慢慢地走上一段，细细感受着脚底板下的踏实平整，心头涌上的是幸福，也是一种日益厚重的责任感。

他开始常驻神山村，因为，他发现，随着这条路的开通，神山村的日子里有了更多的内容，工作组的工作也明显地忙碌起来了！

看到更多的是差距

神山村，一步一个脚印往前走。在中国社会获得全面进步这个大背景下，神山村的各个方面，也都获得了长足的进步。

这个时候的神山人，反而变得苛刻起来，他们没有在进步中陶醉，而是不断挑自己的毛病，寻找与发达地区的差距。

我们在神山村调研，无论是干部还是群众，谈到更多的，是自身的不足。

"政府对神山村的支持力度够大的了！大家伙儿也不能说不努力，这些年，一滴汗水摔八瓣，一个人当仨人使，真是'起火上房檐——把劲使到顶了'。可为啥咱们和沿海地区相比，发展还有那么大的差距？为啥咱总是走不出'种啥啥多'的怪圈？为啥咱的集体经济总是不能壮大？为啥咱的经济结构总是那么单一？"赖国洪向我们发出一连串的诘问。

就这个问题，我们和时任吉安市委书记王少玄、市长罗文江、现任井冈山市委书记傅正华、市长廖东生、常务副市长兰胜华、当年的驻村干部黄承忠以及村民赖国洪、赖发新、左香云等，展开了一轮探讨。

"神山村难拔穷根，'偏中之偏'是一个很重要的原因。当年'菌菇出山'失败后，村里曾做了一次痛苦的反思：一是交通不便，好货'不愁出产，但愁出山'；二是没把市场研究透。当时宁冈全县都在种菌菇，'贵上极则反贱，贱下极则反贵；贵出如粪土，贱取如珠玉'，这是一个基本的经济规律，而我们却不顾规律，急急忙忙地扑了上去，吞了'烂市'的苦果，也就是必然的了。说到底，农民要想稳定致富，产、供、销的各个环节，必须衔接和顺。这是一个系统工程，缺任何一环都不可。"痛定思痛，兰胜华反思得很深刻。

"当年神山村发展速度不如预期，经济要素缺乏，也是一个重要原因。要保持稳定增收，一靠扩大生产规模，从规模中要效益；二靠延长产业链条，从种养向初加工、精深加工延伸，设法提高农产品附加值。这些方面神山村恰恰存在软肋：人均不足五分冷浆田，田块高高低低、零零碎碎，有的垄行宽有的垄行窄，再好的机械放到这里，也是'水牛抓跳蚤——根本使不上劲儿'。这样，生产力水平只能常年在低层次徘徊，效率低、成本高、技术推广难，大幅度增收也就成了一句空话。"傅正华认为。

六　脱贫攻坚不停歇

我们查阅了那些年的资料，为了让神山村走出贫困的循环，政府一直在不断探索：或设法提高农产品产量、质量；或设法调整种植结构，改种特色农产品；或千方百计帮助农民推销农副产品……应该说，这些措施都取得了一定成效，但是，并没有根除资源禀赋劣势带给神山村农业的"弱质"属性。

无工不富，无商不活。其实在发展第二、第三产业方面，当地也做了很多努力。

廖东生举了一些例子："早在1980年8月，江西省财政厅等部门就向宁冈拨付老区专项贴息贷款，专项扶持大陇土纸厂十万元，支持其改良工艺、扩大生产；20世纪90年代，又支持茅坪乡办起了竹艺厂、罐头厂等乡镇企业……可结果都不尽如人意。在当时条件下，发展第二、第三产业所需的人流、物流、资金流、信息流，在这里发育还不充分。以神山村为例，离最近的市区有四五十公里，距离如此之远，交通如此不便，如果搞旅游、开农家乐，谁会来呢？"

赖发新佐证了廖东生的观点："那些年，我在广东、福建等地打工，见了不少世面，那里的农村，纷纷搞起了村办工厂，还干起了休闲业、旅游业。别人能搞，咱为啥就不能搞？神山村位置偏僻，1996年，我和朋友一起承包了茅坪的一个景区。门票收得很便宜，两块钱一张。卖的旅游纪念品，价格也尽可能低廉。我们到处揽客，刚开始，还有一点点收入。后来，游客越来越少，我们只好关门了。"

在商海里闯荡了多年的左香云,把神山村当年发展滞后的原因,归结为观念问题:"革命老区的人,不缺精气神儿,什么苦都能吃,什么困难都不怕。但除了对抗贫困的勇气和韧劲,还得有头脑。要'眼观六路,耳听八方',要善于把握市场风云。如果老是'别人干啥咱干啥',就永远是'贩驴,猪涨价;贩猪,驴涨价'。"

他以竹制品行业举例:20世纪90年代末,自动化技术快速发展,竹制品行业进入转型升级的关键期,竹子已经可以制作成服装面料、建筑材料等近万种产品。"如果我们还是'埋头种、挥刀砍、肩扛着卖',能赚钱才怪!"

"观念跟不上,就步步跟不上。前些年,就是因为没有意识到竹制品行业转型升级的大趋势,自己还守着家里那个小作坊,加工厂一直未能壮大起来。有一位城里的老板带来一张大订单,就是因为咱的规模吃不下,到嘴边的肥肉打了水漂……"

罗文江认为:"制约老区、山区经济发展的因素,除了前面谈到的那些,人的素质问题也是一个很重要的原因。而素质提升,非一朝一夕,需要长期'浸润'。然而,相当长一段时间里,我们对农村'硬件'建设相当重视,而对农村'软件'却重视不够。我看过当时的一份资料,由于农村公共文化总体投入规模不足,文化服务机构数量呈逐年减少趋势,全国乡镇文化站六年减少近5000个。即使是尚存的乡镇文化站,也面临着经费紧张、发展困难的窘境。全国尚且如此,一些偏僻的山村就更不用提了。以神山村为例，十多年前，连基本的文化活动中心都没有，集体文化活动更是乏善可陈，只有春节前后，相关部门才会组织剧团来搞一场演出，或是偶尔组织农民赶两次'科技大集'、送几本图书。有人形容当时的文化生活是：'门口摆个凳子，桌上放个盒子（收音机），逢集（集市）赶个场子。'"

"'最是文化能致远，最是文化能化人。'农村文化生活匮乏，农民综合素质上不去，农村走向现代化就成了无本之木。闭塞的文化生活，在现实的大山阻隔之外，造成了更大的阻隔。事实一次次告诉我们：农村发展，归根结底靠人。如果培养不出有文化、会技术、懂市场、爱乡土的农民，脱贫致富，就只能是一句空话！"王少玄给出这样的总结。他的话，令人深思。

由于以上种种原因，一直到改革开放30多年后，神山村还没能摘掉贫困的帽子。

我们查阅资料获知，那段时期，国家每重新划定一次贫困县，宁冈县都榜上有名。

1986年，开发式扶贫工作在全国展开，"扶持一个点、安置一批人、保障一批人、带动一大片"的战略，替代了延续多年的"救济式扶贫"。同年，中央首次确定国定贫困县标准，331个贫困县列入国家重点扶持范围，宁冈县名列其中。

1994年，"国家八七扶贫攻坚计划"在全国开展，我国扶贫开发进入攻坚阶段。这是新中国历史上第一个有明确目标、对象、措施和期限的扶贫开发工作纲领。"八七"的含义是，力争用七年左右时间基本解决当时全国农村8000万贫困人口的温饱问题。此次重新核定的592个国家级贫困县中，宁冈依然在列。

2001年5月，中央扶贫开发工作会议作出"努力完成好党和国家在新世纪的扶贫开发任务"部署，井冈山市（原宁冈县已并入井冈山市）依然是全国592个扶贫开发工作重点县之一。

2010年，我国按低收入贫困线衡量的农村贫困人口已经降至2688万人，贫困发生率2.8%；同期，罗霄山片区农民人均纯收入却只相当于全国平均水平的53.6%，贫困发生率高达10.2%。

2011年、2012年，国家先后划定集中连片特殊困难地区、国家扶贫开发工作重点县，井冈山市均在其列……

在又一次被定为贫困村的那一天，一整天，神山村都被悲壮的气氛笼罩着，连空气都是那样的凝重！

人们自发地聚在了村委会前的那个小广场上。没人言语，连茅坪河似乎也沉默了。

蓦地，有人大吼一声："脱贫，难道比老辈们打白狗子还难？我就不信！"

"不信！""不信！""不信！"

吼声，一声比一声响亮！吼声，一声比一声悲壮！吼声，一声比一声激昂！

山鸣谷应，松涛阵阵……

村"两委"成员带着党员们来到掩埋烈士忠骨的那个小山包前，人人并拢双脚，挺起胸膛，像当年入党那样举起右手，铿锵有力地发出了誓言：

"一定会带领乡亲们脱贫！我们向红军亲人保证！"

七 和美乡村迎蝶变

冲锋号再次吹响

战胜贫困的铮铮誓言，回荡在神山村，回荡在井冈山，也激荡在整个中华大地。

此时的中国，正迎来脱贫征程上的一个重要节点——2012年，经过数十年持之以恒的艰苦努力，我国农村贫困人口由1978年末的7.7亿人减至9899万人，贫困发生率由1978年末的97.5%降至10.2%。

多么令人荡气回肠的伟大成绩！

当然，国际经验也表明，当一个国家的贫困发生率降至10%以下时，减贫就进入了"最艰难阶段"。

"最艰难"，是因为好解决的问题、好弥补的短板、好跨越的关隘，都已成为"完成时"；剩下的，尽数是贫中之贫、困中之困、难中之难！

"最艰难"，激起了从不畏难的中国共产党人更大的斗志、更高的干劲、更强的决心！

就在这一年，党的十八大隆重召开，带领中国人民打赢脱贫攻坚战的接力棒，历史性地传递到以习近平同志为核心的党中央手中。在2012年11月15日的中外记者见面会上传出了习总书记铿锵有力的声音：人民对美好生活的向往，就是我们的奋斗目标。

最嘹亮的号角，吹响了；最艰难的决战，开始了！我们的党，曾于枪林弹雨中、民族危亡时带领中华民族"站起来"的党，又一次带领勤劳勇敢的中华儿女，向着最后的贫困堡垒、向着阻碍人民"富起来"的顽固屏障，发起总攻！

不一样的"贫"，需不一样的"扶"

党的十八大之后不久，习近平总书记便顶风冒雪来到河北省阜平县骆驼湾村和顾家台村，进村入户看真贫，向全党全国发出了脱贫攻坚的动员令。

"全面建成小康社会，最艰巨最繁重的任务在农村、特别是在贫困地区"，"要大力弘扬中华民族扶贫济困的优良传统，凝聚全党全社会力量，形成扶贫开发工作强大合力"……声声嘱托情真意切，温暖着全国人民的心。

2013年11月，习近平总书记赴湖南湘西十八洞村考察，在苗家木楼前一小块平地上，首次提出"精准扶贫"，作出"实事求是、因地制宜、分类指导、精准扶贫"的重要指示。

扶贫不能"手榴弹炸跳蚤","遍撒胡椒面"解决不了大问题，必须变"大水漫灌"为"精准滴灌"，发展是甩掉贫困帽子的总办法……当这一句句高瞻远瞩又饱含深情的话语通过文字、电波、镜头、网络传遍全国，已调任井冈山市茅坪乡党委书记的兰胜华感到前所未有的激动。

"精准！对，就是精准！"他"噌"地站起身来，兴奋难抑地在办公室里走来走去。脑际那弥漫已久的迷雾似乎瞬间被阳光荡涤殆尽，顿觉眼明心亮，"用一个词形容就是——醍醐灌顶！"

一段时间来，以一个基层干部的目光审视全国农村贫困人口数量与分布，他常有"雾里看花"之感——总体数据，是国家统计局根据全国农村住户调查样本数据推算出来的；各地的具体分布、具体数额，常常是由基层干部根据当地情况"推估"得来的。由于贫困居民底数不清、对象不清、程度轻重不清，扶贫资金的投放自然是"天女散花"。有人指出：这种做法，只有覆盖面而没有聚焦点，本质上是"扶农"而非"扶贫"，已经不再适应不断发展的实际形势。

"精准扶贫，总书记这张药方开得太准了！这才是中国式的、能持久的、从根本上解决问题的扶贫方式！"他当即召集干部们开会，结合扶贫工作的体会，学习讨论。

大家同样激动不已，争着发言。

"早先，九成以上的农民都贫困，扶贫'撒胡椒面'，尽管解决不了大问题，但撒进贫困户嘴里，多少还有点麻麻的感觉；现在，就剩一成左右了，这一成，可是深度的贫困，贫困人口分布也是'插花式'的，你都分不清哪些人贫困、为什么致贫、他到底需要啥、怎样帮他最有效，你再'撒胡椒面'，一是不一定就正好撒到他嘴里，二是即使撒到他嘴里，因为深度贫困，恐怕他连麻的感觉都没有。所以，要想有效果，必须瞄准目标，精准施策。"

"就是！咱帮扶贫困村，可不能稀里糊涂'数人头'，发啥东西全村给，不管哪个是真贫、哪个更贫些。总书记说得好嘞，先得把情况弄清楚！"

"不一样的'贫'，需要不一样的'扶'。是物资条件不具备的，那就多给些物资援助；是环境因素制约的，那就设法帮助改善环境；是科技水平达不到的，那就设法加大科普力度；是人的素质上不去的，那就设法加强教育培训；是思想观念跟不上的，那就设法解放思想提高认识；是精神上缺乏斗志的，那就先从'扶志'开始。'扶'错了可能还有反作用嘞。"

"可不是嘛！碰到那些躺倒不想干的，你就是使劲扶也扶不起。今天送他两只羊，他把羊吃了；明天送他一头牛，他又把牛宰了。扶来扶去，到头来还是两手空空……"

"各村的情况不一样，必须因情施策：如果是因为基础设施薄弱，影响了脱贫，那就设法夯实基础设施；如果是村里缺乏致富带头人，那就设法培养带头人；如果是基层组织软弱涣散，咱就给他配强班子……"

……………

茅坪的这一场精准扶贫"诸葛亮会",把各种情况细细捋了一遍,大家的思路越来越清晰了。

几乎是同一时刻,时任井冈山市委书记刘洪也被"精准扶贫"这四个字震撼到了。

"对路、管用!老区脱贫摘帽这下可算是有了盼头!"他直言,"过去扶贫总觉得像隔着一层油纸,影影绰绰看得见对面,却看不清、瞄不准、够不着。'精准扶贫'理念就是一盏明灯,把原本模糊不清的都照亮照透了!"

不久后,中共中央办公厅、国务院办公厅印发了《关于创新机制扎实推进农村扶贫开发工作的意见》,并相继发布具体实施方案,以"精准扶贫"为标识的新式扶贫开发在全国以雷霆万钧之势开展起来。

首创"三卡识别"

井冈山旋即行动。

行动的第一步该怎么迈?对标中央政策,井冈山思路清晰——首先得抓住"精确识别"这个"牛鼻子"。

2014年1月,《井冈山市扶贫帮扶到户工作方案》出台,在全市全面推进建档立卡分类识别。这一步，比全国全面启动建档立卡精准识别工作早了三个月。

继而，在无先例可借鉴、无"车辙"可依循的情况下，井冈山人民"实事求是闯新路"，根据一项项可量化的具体指标，对建档立卡贫困户再识别、再细分，推出了"三卡识别"的精准识贫模式：把贫困群众划分为红卡户、蓝卡户、黄卡户三大类。

"红卡户，是深度贫困户，也称为'无力无业户'，基本丧失劳动能力，属于村中最穷、贫困程度最深；蓝卡户，是一般贫困户，也就是'有力无业户'，有一定劳动能力，但没有可靠的产业基础和收入来源；黄卡户，也就是'边缘贫困户'，当年已经脱贫或者快要脱贫，但仍徘徊在边缘线上，有一定的返贫风险。"刘洪细细介绍。

划分三大类，依据的是"四大原则"：村内最穷、乡镇平衡、市级把关、群众公认。操作的具体办法，则是"一访、二榜、三会、四议、五核"，也就是——走访农户，在村和圩镇张榜集中公示，召开村民代表大会、村"两委"会、乡镇场党政班子会，通过村民小组提议、村民评议、村"两委"审议、乡镇场党政班子决议，村民小组核对、村"两委"审核、驻村工作组核实、乡仲裁小组核查、乡镇场党政班子会初核。

"这一套流程下来，基本能做到'贫困户一个不漏，非贫困户一个不进，贫困原因个个摸清，脱贫门路户户有数'。"刘洪

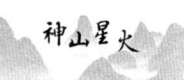

底气十足。

经过一番紧锣密鼓的精准识别，井冈山的贫困状况，第一次清清楚楚地浮出水面——全市共识别出贫困村78个，占全市行政村总数的73.5%；贫困户4638户，贫困人口16934人。

神山村，也终于有了自己的"贫困地图"！在《2015年神山村工作总结》中，我们看到这样的文字：

> 在茅坪乡党委政府的坚强领导下，遵照市委市政府的文件精神，"立下愚公志，打好攻坚战"，以精准扶贫工作为抓手，群策群力，上下动员，积极投入到精准扶贫工作当中。我村经过走访调查等程序，最终确定贫困户为21户61人，其中红卡4户15人，蓝卡17户46人……

在昔日红卡户罗端阳阿婆家中，我们翻看着她珍藏的相册。我们看到，脱贫攻坚阶段，很多人家门口都挂有标识卡，卡上有红、蓝、黄三色的不同标识，有具体致贫原因，还有贫困户和帮扶干部基本信息。旁边张贴着"贫困户收益确认公示表"，分工资性收入、生产经营性收入、转移性收入等多项，经济情况一目了然。

"那时节，我和老伴黄端初活得艰难哟！他有糖尿病、关节炎、肺气肿、心脏病、高血压，整日里佝偻着身子，人都浮肿喽。我得了癌，住院花了七万多块钱……政府办事端正，给我家门口挂上了'红卡卡',村干部来家里一讲政策,我们心里一下子安生了……"罗阿婆激动地说。

"三卡识别",因设计科学、操作规范、效果突出,很快不胫而走,被全国多地借鉴实施。2017年,世界知名中国问题专家、中国改革友谊奖章获得者罗伯特·劳伦斯·库恩来到井冈山,专门考察了"三卡识别"的实施情况。在纪录片《中国面临的挑战》中,他以此为典型案例之一,向世界讲述了中国精准扶贫的成功探索。

精准扶贫大会战

"三卡识别"之后,便是因地制宜、因人施策的精确帮扶。

2015年5月,轰轰烈烈的"党员干部进村户,精准扶贫大会战"行动,在井冈山全面启动。

"到农村去,到每个贫困户身边去!"一声号令,全市3000多名党员干部组成25个扶贫团、126个驻村帮扶工作队,分赴精准扶贫一线战场,与贫困群众同吃、同住,同走脱贫路。"乡乡都有扶贫团、村村都有帮扶队、一村选派一个第一书记、一个贫困户确定至少一名帮扶责任人"的局面迅速形成。

"这次,绝对是'真刀真枪'的驻村帮扶!自带被褥、进村入户,每月驻村20天以上,不拔穷根不收兵。"兰胜华告诉我们。

神山村，也迎来了井冈山市科协干部挂点开展扶贫工作。

2015年"五一"刚过，时任井冈山市科协副主席陈学林便来到神山村，担任第一书记。

开办"红色讲习所"，引导村民们增强精神动力；挨家挨户上门讲政策，掰着手指算"经济账"，鼓励大家尝试扶贫产业；牵头建立"支部＋农户、党员一对一"帮扶机制，实现帮扶全覆盖；教老乡们学知识、学农技、学时事，帮他们在火热的发展中长本领、不掉队……四年间，他撇下妻儿老小住在村里，一头扎进了繁忙而琐碎的村务中。

"神山村底子薄，脱贫遇到的难题着实不少。可村民们那股子拼劲儿，那种'心往一处想'的大气和团结，让我特别感动。"陈学林念念不忘。

怎么帮扶，才能把精细周密的"绣花功夫"做到家？井冈山拿出的，是成体系的"五大招"。

神山村村部那面洁白的墙壁上，曾经连续数年挂着一幅"脱贫攻坚作战图"。上面清晰地标识出全村贫困户，注明了每一户享受的帮扶措施、需要"攻坚"的事项。箭头、红旗、数目字、着重号……在图上随着时间推移而不断变化，记录着神山村脱贫的每一个脚印。

"这幅图，直观反映了井冈山的脱贫'五大招'。简单说就是：有能力的'扶起来'，实现家家有产业；扶不了的'带起来'，实现个个有收益；带不了的'保起来'，实现人人有保障；住不了的'建起来'，实现户户有其屋；建好了的'靓起来'，实现村村有变化。"兰胜华不假思索，张口就来。

对这一切，他和所有扶贫干部一样，早已在一日日的攻坚实战中烂熟于心——

发展产业，目标是"每个乡镇有一个产业示范基地、每个村有一个产业合作社、每户贫困户有一个增收项目"，从而确保户户有一份稳定的产业收入；对那些缺乏劳动能力、难以自我发展的家庭，采取股份制、联营式、托管式等合作模式，带动其参与产业发展、获得一份收益；针对完全丧失劳动能力的贫困群众，则实施贫困线与低保线"双线合一"，通过政策兜底，实现贫困人口"两不愁、三保障"；为了"居者有其屋"，采取政府补一点、群众出一点、社会捐一点、扶贫资金给一点的办法，变危旧土坯房为舒心安居房；为了"村庄美如画"，实施村庄整治工程，清洁环境、改水改厕、打造"美丽乡村精品示范点"，让井冈山处处是美丽安宁的"桃源胜景"……

帮扶干部和村"两委"开足马力，一心一意带领全村往前冲；村民们抖擞精神，迈开步子你追我赶朝前奔。养起了黑山羊，开辟了黄桃园，翻修了老宅屋……神山村的面貌，就在这澎湃汹涌的大潮中一天一天地变化着。

变化的，不仅仅是村容村貌。

离2016年春节还有十多天，神山村已洋溢着浓浓的过年气氛。日子越过越好的神山人，早就在张罗着过年喽。街巷里，从早到晚都有人放着喜庆的鞭炮。有的人家已迫不及待地贴上了春联。松枝熏腊肉那股独特的肉香交织着糍粑糯糯的甜香，在告诉人们，饥馑已远离了这块土地，小山村尽显温馨和谐。

忙碌了一年的农人们，是该歇歇脚了。

不过，现在的神山人，早已把冬闲忘在了脑后：黄桃园里，有人在修枝打杈；茶田里，有人在垄沟间追施有机肥；那几块面积不大的稻田里，有人犁开土壤，倒入一担又一担草木灰。

那些在广州、深圳、厦门打工回来过年的年轻伢崽，也坐不住了，脱去身上时髦的衣衫，换上父辈的旧衣服，也风风火火走进了田野——他们本来就是这片大地的儿女。

其实，这段时间最忙的要数村里的干部。精准脱贫实施后，每个村子都铆足了劲儿往前冲："你知道吗？马源村又有两户脱贫了。""人家坝上村更厉害，进入腊月，连着脱贫了四户。"……每个村的干部们只要一碰面，说的就是脱贫问题，大家都在比，都在追，看看谁最先完成脱贫攻坚任务。

这些天，神山村村部小楼那间会议室里，各种各样的会议一场接一场开——

腊月十七，村"两委"和科技特派员在这里探讨了挖掘几个蓝卡户增收潜力该从何处下手；

腊月十九，吉安市农业科学研究所的三位专家在这里为大家讲授如何提高黑山羊的坐胎率、如何为黄桃疏花疏果；

腊月二十二，太阳还没有越过村南边那几棵香樟树，会议室里已是人声鼎沸："精准扶贫实施以来，尽管咱神山村已经有8户蓝卡户、26人脱了贫，可还剩13户呢。在咱们茅坪，咱们村的进度，只能算中等……"正在村里调研脱贫情况的兰胜华说。

"目前来看，有六户距离跨过脱贫线就差一步了。但不管怎么说，没有达到预期。责任在我。"黄承忠内疚地低下了头——此时，他已从驻村干部转任村党支部书记。

"兰书记，您放心，中央要求脱贫路上一个也不能少，咱神山村绝不会拖后腿！"黄承忠立下了军令状。

腊月二十四——这一天，注定要刻入神山村的历史！说起这一天，村民们脸上无不洋溢着兴奋与自豪……

八 总书记来到咱身边

特殊的农历小年

走出村部,沿着平整美观的木栈道,来到一座拔地而起的巍峨山峰脚下。远远地,就看到一尊淡金色雕像,矗立在山巅广场上。

那,是一个攥指成拳、大拇指高高挑起的"点赞之手"!

融融夜色中,射灯亮起,在旷野星光的辉映下,"大拇指"分外夺目……

"你知道吗?习近平总书记来过我们村嘞!这个'大拇指',讲的就是新一代领导人和我们村民的感情……"彭水生正在广场上纳凉。他带我们走到雕塑跟前,满怀深情地讲起了2016年腊月二十四那天发生的故事。

"那天,正是农历小年。连着几天雨夹雪,山里气温低,路上檐下都结了冰,地上厚厚一层霜皮。我们做梦都没想到,在这样的天气,习总书记来到了我们村!"彭水生两眼炯炯放光。"习总书记对老百姓,那是真心的好哇!走了一户又一户,问大家粮食够不够吃,住房够不够暖,年货购置得怎么样,发展生产有什么困难……他问得好细哦，听得好认真哦。他还来到灶房间，看看锅里煮的什么；走进农民的茅房，看看是不是仍在用旱厕……我就想，总书记日理万机那么忙，还这么惦念咱山里人，在和总书记握手时，不由得脱口而出，'你呀，不错嘞！'说完，我跷起左手大拇指，给总书记点了个赞。总书记听了，拍着我的手背哈哈大笑。"彭水生说得眉飞色舞，红润的脸庞愈加有神采。

讲起那天总书记在村里的动人场景，神山村的乡亲们，每个人都有说不完的话。

左秀发，当时还是贫困户。见总书记向他家走来，他带着老伴彭冬连、小孙孙左伟波欢天喜地迎了上去。

总书记紧握两位老人的手，嘘寒问暖。然后又俯下身亲切地问左伟波上几年级了，学习怎么样。总书记拿出一个书包，送给左伟波，勉励他好好学习。

左秀发家门口的空地上，几个村民正在打糍粑。总书记走过去，饶有兴致地观看起来。

他亲切地问："要打多久？"

有村民回答："要打十多分钟。"

"我能不能打两下？"总书记征询村民们的意见。

接过木槌，一下、二下、三下……总书记打了十一下！

回忆起当时的场景，左秀发说："总书记打得那样沉稳，每次都正中'靶心'，一看就是'会家子'！"

这时，左家的屋子里，传出一阵"嗡嗡"的机器响。左秀发向总书记解释："我儿子正在做竹器加工呢。"

"走，看看去。"总书记随大家一起向屋里走去。

屋里，左秀发的大儿子左香云正在用电脑给竹筒雕花。看到总书记进来，慌慌张张站了起来。总书记用眼神示意他，继续手中的活计，亲切地问他都能加工哪些产品，销路如何。

左香云一一作了回答。总书记肯定了他立足本地资源，加工增收脱贫的做法，希望他多多创新，把产业做大。

离开左秀发家，总书记把目光投向山头上那座孤零零的房舍："那户人家离村子比较远，过得怎么样？看看去。"

女主人彭夏英正系着围裙在锅台边忙活呢。灶台上热气蒸腾，炉火上方挂着新做的腊肉，锅里蒸着香喷喷的米果。见有客人来，她抬起胳膊揩把脸，当看清眼前站的竟是总书记时，惊讶得合不拢嘴，半天才醒过神来，使劲在围裙上揩了个手，猛地上前攥住了总书记的手："习主席，真的是您呢?!"

总书记拉过一条板凳，招呼彭夏英和她的丈夫张成德坐下，和他们聊起了家常，问他们生活有什么困难，当地政府有什么扶贫项目。

见桌子上，摆着一个电视机，总书记问："能收几个台？"彭夏英回答："装了村村通，能看50多个。""信号怎么样？"总书记边说边拿起遥控器试了试。

看墙上挂着"光荣之家"的牌子，总书记问张成德："你当过兵?"

有些紧张的张成德赶紧站了起来,搓着手点了点头。

"坐下,坐下。"总书记和蔼地笑着,"你在哪里当的兵?"

"在西藏阿里。"

"当了几年?"

"八年。"

"噢!西藏,那是个艰苦的地方啊。"总书记和颜悦色地朝张成德连连点头,感谢他对国家的奉献。

起风了,西北风刮得屋外的树梢呜呜作响。风从窗缝、墙缝里钻进来,屋里墙上的招贴画也发出了"唰唰"的响声。

总书记站起身来,仔细地到每个房间看了看,还用手轻轻敲了敲墙壁。他的脸色有些凝重,嘱咐陪同的当地干部:"山上风雪大,温度低,村民们土房子的质量还需要提高呀。你们研究研究,看怎样帮助大家改造一下。"

离开前,总书记又仔细看了看墙壁的厚度。彭夏英知道,总书记还是有些不放心——担心这土房能不能遮风挡雨。她赶忙说:"总书记,您尽管放心,现在我们的日子越过越好嘞。您给全国人民当家当得好,老百姓感到很幸福呐。"

"我们国家是人民当家作主,包括我在内,所有领导干部都是人民勤务员……"总书记语重心长地说。

那一刻,彭夏英感动得说不出话来。

希望乡亲们日子越过越好

了解了村里的大致情况后,总书记和当地干部们一起擘画脱贫之策。

对村民的住房问题,总书记尤其重视。他拿起村居改造的设计图仔细推敲,不时追问细节。

他仔细听取了县乡两级对壮大集体经济、产业化规模经营、延伸产业链条、"两不愁三保障"等方面的打算,并提出了指导意见。他说:"要精准扶贫,走共同富裕的道路。生活好的,要过得更好;生活还有一定困难的,要克服困难,走上富裕之路。脱贫路上,一个都不能少!"

兰胜华向总书记详细汇报了神山村实施的"红蓝黄"精准扶贫举措。总书记把所有红卡户的档案认认真真看了一遍,详细地询问了每个家庭的具体情况,了解了乡村两级都采取了哪些因应之策,他叮嘱兰胜华:脱贫攻坚越是到了最后关头,越是不能松劲;对红卡户这样的重点人群,要给予重点帮扶。确保脱贫,关键在于扶贫措施的"精准"。

兰胜华表态:"请总书记放心,我们有信心,有决心,把神山村的精准扶贫工作抓好,让神山村和全乡人民一道在今明两年摘帽脱贫,让人民过上更幸福的日子!"

八　总书记来到咱身边

车子就要启程了，总书记还在凝望山坳里的村舍和远山近岭劲挺的青松。随后，他的目光在当地干部的脸上一一驻留，再一次殷殷叮咛："希望大家继续努力，团结带领乡亲们把村里的事办好。让老人们过得越来越安心，让孩子们好好成长。"

村口空地上，早已聚集了全村老小。人们里三层外三层地簇拥着，自发地你拎一篮花生，我捏两个鸡蛋，都想送给总书记尝尝鲜。

总书记也一次次给乡亲们暖心鼓劲：我们党是全心全意为人民服务的党，将继续大力支持老区发展，让乡亲们日子越过越好！

目送总书记离开村子后，大家久久地沉浸在感动中。

让彭长妹"这一辈子都不会忘"的是，她不但亲眼看到了总书记，还和总书记握了手！

不过，她多少有点儿懊悔：欢声笑语的人群中，当总书记走到她面前，和善地笑着握住她的手时，她也紧紧握着总书记的手，用响亮而微微颤抖的声音反复地说："总书记好啊，我天天盼望着您来啊，总书记好啊……"因为太激动了，她一时之间只觉得满心幸福，不知说什么才好。"唉！心里有那么多话，如果当时能多说上几句，那该多好啊！"

"总书记一直微笑着，笑得那么和气、那么温暖！他祝福老人家健康长寿，弯下身，握握每个孩子的小手。那一刻，我心里'怦怦'的，眼泪都要流出来了：这不就是小时候姆妈常说起的景况吗——从毛委员到红军战士，共产党上上下下都爱护老百姓，对老人和孩子尤其亲！"说起当时的情景，吴清娥老人颤抖着嘴唇，眼里是激动的泪水。

兰胜华也回味再三："总书记在村部看着台账，问了很多问题，一看就是对基层情况了解得透透的，农村大大小小的事，全装在他心里呢！"

当时，中央扶贫开发工作会议刚召开两个多月，"齐心协力打赢脱贫攻坚战"的铿锵之声在每个华夏儿女心中回响。兰胜华深知，对于全国数千万农村贫困人口来说，神山村这百来号人，数量虽如沧海一粟，分量却是重若千钧！"是啊，在总书记心里，哪一个、哪一户、哪一村的脱贫，不是千斤重嘞？！"

令他自豪的是，总书记对神山村的变化给予了肯定。

"从2013年至2016年，我们认认真真遵照总书记精准脱贫指示，把'精准'两个字用实用好，一步一步地为神山村脱贫致富打基础。你看，总书记来村里的时候，村里的水、电、路、房比起以前已经好了很多，产业也正处在探索开展阶段。所以，总书记细细看了之后，才觉得放心。"

"在神山村向着脱贫冲刺的最关键的节点上，总书记来了！他面对面的亲切问候、谆谆嘱托、详细指导，给了我们极大的鼓舞与信心，也让我们对未来的路看得更清，让全村上上下下的激情与干劲百倍、千倍地迸发出来，加速了我们摆脱贫困的进程。"黄承忠越说越激动，"总书记的到来，鼓舞了我们，也'点化'了我们！"

八 总书记来到咱身边

人人走上"幸福路"

几天来的采访中,村民们一次次谈到,神山村已彻底结束了"行路难"的历史。耳听为虚,"脚踏"为实。又一个清晨,我们特意起个大早,换了双合脚的旅游鞋,要用脚底板"亲近"出村的山道。

从村里的党群服务中心那座楼出发,我们沿着水泥铺成的路面,直管往前走。一公里、三公里、五公里……我们已是一身透汗,那条可容两辆车并行的平整道路还在往前延伸,最终和一条通衢大道连成了一体。

正在路上溜达的左秀发告诉我们,2016年底,进村的道路,从3米拓宽到5米,不但全部硬化,还装上了护栏,通行效率和安全系数都大幅提高。现在,甭说小车,50人的大巴都可以直接开进村。

"原来只够小车过,悬崖峭壁没法会车,货车进不来,大量山货运不出。"这条路的一切变化,都装在他心里,"现在,不但拓宽了道路,还增加了30多处会车点。路一畅,啥都畅了——物流快了,客人来了,生活更好了!"

我们折回了村里。大街小巷的路面,丝毫不逊色于城市的高档小区。村子中央的主干道,还实现了人车分流——一圈朱红色木板铺设的栈道,环绕着展阔的车行道,行人在木栈道上行走,惬意又安全。

在村东头,满头华发的村民罗桂堂正倚着栏杆往鱼塘里撒新鲜青草。说到路,老人脸上笑开了花:"不敢信!家门口也能听到喇叭响喽!"

他告诉我们,家门口这段道路,人称"大帐里",斜挂在神山村的"边边上",在村里是最偏僻的。前几次修路,村里经费实在是捉襟见肘,只好把这段路"搁置再议"。为此,他和老伴虽然理解,可心里多少结了点疙瘩。

终于,2016年底,这条路,修通了!

"总书记来时,小车只能开到我家门口,后面根本没路,就是一片荒草坡,自行车都不能骑。还记得早年间,我在60里外的东上乡邮政局工作,每周往返一次。常常是深夜两点摸黑出发,紧赶慢赶,早晨八点才能赶到。路上常碰到蛇,手里攥根棍子,见了就打。真是太苦了!所以我退休后,就很少出门,一两个月都不出去。现在和过去比,真是天上地下。我还买了辆摩托车,去哪里都骑着,小旋风一样!"老人说着,笑得合不拢嘴。

现任村支书彭展阳正好走了过来。他接过罗桂堂的话茬:"从小在村里长大,哪个不晓得没路的苦?没有党的关怀,哪有这条路啊!总书记说到脱贫、乡村振兴,总会强调路的重要。比如,'改一条溜索、修一段公路,就能给群众打开一扇脱贫致富的大门'。这话说得多好啊！我记得牢牢的。"

"嘀嘀嘀"，一辆蓝色三轮小货车沿着硬化路从山上开了下来。

"去拉毛竹了？今天跑了几趟？"彭展阳和开车的村民打着招呼。

司机从驾驶室里探出头，咧嘴一笑，伸出三个指头。

"这趟拉了多少？"

"60多根吧。"

看着远去的小货车，彭展阳发起了感慨："过去运毛竹，靠人背肩扛。一天运五六根，晚上骨头就像散了架。你看看现在！"

这条路，不仅把村里大量的山货送到了山外，也给家家户户拉来了幸福。

40多岁依旧清秀苗条的胡艳霞，是左香云的爱人。她嫁到神山村，已经20多年了。提起村里的路，她有太多深刻入骨的回忆。

"记得头次来村里，可把我吓坏了，土坯房，泥巴路，满眼灰扑扑……尤其是这路，哪里能叫路哟！晴天走两步腾起的灰能把人呛得直咳嗽，若是落了雨，更了不得！一脚踩下去，淤泥能没了脚面。要不是我家那口子，人老实，模样也还行，哼！谁愿意嫁到这里来……"

她还记得，结婚那天正好下着雨，村里没有车行道，送亲的车子开到镇上就停住了。没办法，她只好穿红着绿走了六七里地。"可惜了那身新嫁衣啊，满身都是泥点子。吃酒席的时候，外面欢天喜地热热闹闹，我却躲在屋里抹眼泪。只能自己劝自己，熬吧，熬熬吧！"

"熬熬吧"终于有了回报。现在，这条路让她喜上眉梢。

"家里那口子早早就买了小汽车，现在都更新换代好几次啦。每天，我们只要想出去，一打方向盘，沿着大马路就出发！我儿子左伟波——对对，就是总书记送了他书包的那个小伢崽——在市里读书，现在开车送他出村、接他回村，都便利得没话说！今年暑假，他还带了一个同班同学来做客，在家里住了好几天，连连说神山村'生活好，村子美'。如果没有这条路，咋可能呢……"她笑眼弯弯，脸上浮起幸福的红晕。

家家住上"安乐窝"

路变好了，像银链一样把全村一幢幢房屋串成了漂亮的"珠串"。这不，这些曾经被抱怨不迭的"泥巴窝"，也来了个大变样！

离村部不远，挂着"神山人家"牌匾的农家乐人头攒动。我们走过去讨口水喝，女主人黄甲英热情地倒了满满一大碗："山泉烧的，甜着嘞！"

我们边喝水边打量着这座窗明几净的房舍："大妈，村里的房子都不错啊!"

黄甲英有些得意:"比起以前,真是好了不止十倍了,看着、住着都舒心。"

不等我们问下去,老人便说起了从前的辰光:"前些年,家家住的都是土坯房,那种老瓦片挡不了风也挡不了雨,碰上雨天,天上大雨,屋里小雨。门前屋后,流着黄汤子,到处泥窝子,出门呲溜打滑,哪次下雨不跌上几跤?"顿了半晌,她才回过神,接着说:"现在你看,房搞得结结实实的,坪铺得平平整整的。"

院子里的树上,几只鸟欢快地叫着。明媚的阳光透过窗子,柔和地洒在客厅的地上。黄甲英说:"瞧!前些日子,又铺了水磨石地板,做了吊顶……"

"听说,村里的旱厕都改成了水冲的。你家呢?"

"在那边,你们去看!"

我们循着她的手指,拉开了那扇厕所的门:五六平方米的小房内铺设着瓷砖,蹲便器、废纸篓、水桶等一应俱全,用脚一踩阀门,"哗"的一声,蹲便器被冲得干干净净。

中午吃饭的时候,我们和彭展阳聊起了民居改造的事儿。彭展阳说:"总书记那次来,最惦记的事情之一,就是群众的住房问题。2015年,村里做了一次全面大摸排,全村有房屋40栋,其中危旧房37栋——包括29栋土坯房、8栋外砖石内土坯的'金包银',危旧房比例高达92.5%。这几年,村里一直在抓'安居工程',誓让土坯房变身'安居房'。我们采取的措施是,政府补一点、群众出一点、社会捐一点、扶贫资金给一点、银行贷一点。先后筹措了300多万元，贫困户只需出一两千元，其他都由政府承担。具体怎么改造，我们充分尊重群众的意见，一户户访，一家家谈，拿出了几套改造方案请村民们选。最后，大家一致决定，在保持房屋结构的基础上加固维修，旧房变新房。你看，现在每栋房屋白墙灰瓦红腰线，像不像一幅画？"

说着，他洋洋得意地拍了拍身边的墙面："不但美观，而且，结实着呢！我们在墙里面加了钢筋，外头再用钢丝网扣住。屋顶的瓦片也全换上了防雨、抗风、环保的新型建筑材料。现在，就是下瓢泼大雨，刮八级大风，也不会有任何问题。家家真正住上了'安乐窝'。"

眼瞅着村庄越变越美

再漂亮的房屋，如果周边环境乌七八糟、脏乱不堪，也丝毫显不出美来。所以，在实施"安居工程"的同时，另一项紧要工作也在紧锣密鼓地展开——人居环境整治。

"如果你早些年来神山村，那真的是待不下去！村里家家旱厕，猪羊鸡鸭满地跑，黄泥路上全是畜禽粪便。到处是风雨剥蚀、斑驳陆离的土坯房，还有胡乱搭建的小棚子，乱得人看着眼晕、心烦，走路都下不去脚。"彭展阳陪着我们满村转悠，回忆起当初，不禁苦笑。

几年前，根据井冈山市新农村建设的整体部署，驻村工作组会同村"两委"，决心整治人居环境，内容包括人畜分离、旱厕改水厕、拆除私搭乱建等。

没想到，通知一发出去，不少村民不理解、不情愿。

"比如拆猪圈牛栏，人家肯定不愿意：我花了这么大精力、这么多时间去搞，你说拆就拆了？损失怎么个算法？后来，也推进了一些，但很难全面铺开。"彭展阳感慨，"总书记一来，等于给大家做了最好的思想动员。我们再去做工作，嗨，这下子，灵了！"

就说左秀发家吧，他的牛栏搞得蛮不错，地方大，结实美观，可占了一部分田地，必须拆除。彭展阳带着村干部去做他的思想工作："总书记都来你们家了，你不带头把环境搞好，那还行？咋跟总书记交代呀！"左秀发听了，二话不说撸起了袖子："拆！我和你们一起动手拆！"

榜样带头、动员劝说，渐渐地，工作进展越来越顺，曾经一天拆掉了17间杂房。眼瞅着整个村庄越来越整洁美观，臭烘烘的气味也被花香草香代替，走到哪里都觉得神清气爽，村民们终于舒心地笑了。

"以前我们晚上都不出门，因为村里没路灯呀，深一脚浅一脚，跌一跤可不划算。"村民左炳阳告诉我们，这几年，村里安装了路灯、平整了坪坝，还在溪水旁开辟了一块小广场。晚上，

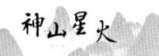

村民们渐渐习惯了饭后出门遛弯,走几圈之后,就三三两两地坐在坪坝上闲谈,或者在小广场上跳跳舞、唱唱歌。"这日子哟,蜜里调油!"她笑得是那么舒心……

户户捧起"聚宝盆"

这天下午,歇晌起来,原本晴朗的天空,突然罩上了乌云。黑压压的云朵,在山坳上空奔来突去。云,招来了风。一阵紧似一阵的大风,吹得竹叶哗哗作响。

在村道上,我们和村民黄翠英差点撞个满怀。

她一边笑着说"对不住,对不住喽",一边继续匆匆往前赶路。我们问她,马上要下雨了,为啥还要外出?她说,黄桃就要熟了,这时候刮大风下大雨容易把桃子吹落,她要去黄桃园看看。

我们和她一起来到了果园,一边帮她检查果子套袋情况,一边和她聊天。

这位个头不高、面容清秀的大姐告诉我们,果园的收成,关系着村里许多人家的利益。"我也有份呢!有股权证,每年都分红。"

不一会儿,又赶来几位村民。村委会副主任黄晓兰给大家分了工,有的用竹竿加固树干,有的检查套袋。

黄晓兰告诉我们:"桃园经营到这一步,真不容易!搞产业，谁不想？以前也有村民零零碎碎搞过，可是大家东一榔头西一棒槌，始终搞不起来。总书记那次来，指示大家搞产业化。我们一下子开窍了，组织农民成立了黄桃合作社。不多久，又成立了茶叶合作社。村民们的热情，也一下子蹿起来了。"

"农产品生产，销售很重要。销售渠道不畅，再好的产品，也卖不出好价格。成立合作社，是抵御市场风险、解决销售难的法宝。搞合作社，可不是吃大锅饭，而是通过统一管理，系统培训，让村民们成为现代化的职业农民。就像总书记期望的那样：'爱农业、懂技术、善经营'。"黄晓兰掰着指头算起了收支账："全村460亩黄桃、200亩茶叶，政府为每户筹措股金2.2万元，每年分红5000元左右。村民跟着技术员学种养，如果愿意给合作社'打工'，每天还能赚120元'日薪'。"

黄晓兰介绍，市里专门派了驻村科技特派员，传给村民种果采茶的各项技艺。村里有个"明白人"，胜似有个"活财神"。在"明白人"的带动下，村民们也都"明白"了起来。神山人总结了村产业发展的"四化"经验：种植"生态化"，加工"深层化"，销售"品牌化"，渠道"平台化"……

"再往后啊，咱神山村人的日子，那是冰糖加蜂蜜——甜上加甜。农产品深加工厂已经在建啦！就在茅坪，2800平方米。我去看过好几次，人家说，今年就能投产！我们的黄桃也在电商平台上卖得火热。"黄晓兰从口袋里掏出手机，打开直播网站，"你瞧，秒空！"

我们看到，一条条火箭似的弹幕在黄晓兰的手机屏幕上飞来飞去，短短一分钟，"神山黄桃"就卖出了200多斤……

茶田，是神山人除了桃园之外的又一个"聚宝盆"。

在历史上，井冈山很早就有种茶的传统。那首脍炙人口的红色歌曲《请茶歌》，这样唱道："同志哥，请喝一杯茶呀请喝一杯茶，井冈山的茶叶甜又香啊……"

山青林茂、云遮雾绕、茅坪河水环绕流淌的神山村，正是一片适合茶树生长的"宝地"。这里的村民，也有上山采"野茶"喝的习俗。而扶贫工作队、农技员经过考察，惊喜地发现：这"野茶"，清甜可口，品质不俗！于是，2016年3月4日，在农业龙头企业江西井冈红茶业有限公司的带动下，"井冈红"茶叶专业合作社在神山村成立。

当天，全村22户建档立卡贫困户以土地入股的形式加入合作社，面积200余亩。按照每年每亩地200元保底分红计算，社员们领取了5年20余万元的现金。

"我们采用'品牌＋基地＋合作社＋农户'的经营模式，农民在各个环节都能受益，他们既能拿分红，又可以在茶园务工。"彭展阳介绍，"公司对村里既有的野生茶叶精心管护后，2016年当年，就向市场推出了第一批神山村茶叶，卖得真不错！那以后，继续开辟新茶田、种植新茶种，神山村的茶香越来越浓啦。"

在他身后，一株株茶树舒展着枝叶，绘成了一幅生机勃勃的绿色画卷……

青山绿水井冈红。自从村里成立了茶业合作社，全村公认的热心人邹有福就被委托照料茶园、组织用工。此刻，他正在新开辟的20亩茶田里，和七八位乡亲一起忙活着，时而弯腰拔除杂草，时而仔细查看茶树长势……

听到我们在夸赞茶树的长势，他慢慢直起腰，抓起搭在肩头的毛巾擦了擦汗，自豪地说："不赖吧？明年开春就可以采头茬茶叶喽！"然后，他大将军似的手往前一挥，"靓妹要靠靓装扮，好茶要靠勤照料。为了出好茶，我们坚持不喷农药，防病虫害全靠咱这双勤劳的手。不过，今年要轻松多了，基地给田里装上了'数字监控天眼'，不出门不下田，就能在电脑上'检查'茶树长势。如果有虫情，不等虫起势，电脑早告诉咱了。"

艳阳柔柔地照着，光波给嫩叶镀上了一层淡淡的金辉。我们在田埂上走着，如同走进了一幅立体的画里。当然，我们也成了画里的内容。

在茶田里干活的村民们，一边忙着手上的活计，一边你一言我一语地告诉我们：合作社每年分红、请他们做"日结工"，大家对这致富"金叶子"越来越关心了，还有人主动找技术员请教——悉心学种茶、采茶、炒茶的技巧，"艺多不压身。现在生钱的门路越来越多，多门手艺就多条路"。

致富门路越来越宽

我们在神山村调研时发现，不但农民会的手艺越来越多，村子里致富的门路也越来越宽。

说起今天红红火火的乡村产业，黄承忠向我们叹起了一通苦经："刚起头的时候啊，难死人喽！"

脱贫攻坚全面开展后，黄承忠和村"两委"悉心研究国家和井冈山市的政策，决定因地制宜发展黄桃和茶叶，流转土地，组织贫困户入股合作社，实现"村民变股民""资金变股金"。

谁知，方案一公布，村里立刻炸了锅。

"把田收走？看谁敢！那可是党中央分给咱农民的嘞！"

"离了田我们干啥去？你村干部养我们啵？"

"股民是个啥说法？听说沾'股'字风险好大嘞！"

"为啥要先入股再分红？不如人手一份把钱分掉，钱放在别人口袋里，哪能放心呐?!"

……

"政府有心办好事，可大家伙儿不相信、不配合，还有人酸溜溜说怪话，这可怎么办？"那段时间，黄承忠"一个脑袋两个大"——白天，村部总被乡亲们堵着门，有询问的，有抱怨的，也有吵吵闹闹甩脸子的。村干部磨破嘴皮子也不顶事，你来我往间，往往也就吼了起来，双方争得脸红脖子粗，场面越来越收不住……

"有时心里憋屈得很，真想撂挑子不干了！可冷静下来一想，打'退堂鼓'算么子本事？总书记说：'宁肯自己多受累，也要让群众快脱贫，宁肯自己掉上几斤肉，也要让群众走上致富路。'仔细咂摸咂摸总书记的嘱托，我身上一下子就又充满了劲儿。"他决定，和村干部们一起稳住神、把好舵，遇事多商量、细琢磨，看准了对百姓有利的，就坚决干！

终于，村"两委"想出个好办法：老百姓不是不放心吗？那就让他们吃上"定心丸"！黄承忠和几个干部分头到村民家里做工作，香烟敬了一根又一根，嘴皮子磨得冒了烟，终于有村民愿意入股。好，趁热打铁！

村"两委"在村办公楼前的广场上，搭起了台子，挂起了横幅，风风光光、敞敞亮亮地为这些股民发放股权证。

发证仪式举办那天，茅坪镇领导来了，公证处的工作人员来了，入社的、观望的、抵触的村民也都来了。

身穿制服的公证员字正腔圆地宣读了司法公证书。公司公章、公证处章、村委会印章，三个红彤彤的公章并排盖在股权证上，显得那么鲜亮耀眼。一份份证书，像颁发奖状一样庄重地被交到了入社村民手里。

彭夏英就站在这个行列里。她珍爱地捧着大红证书，翻来覆去地看着、笑着向观望的村民们展示着……

茶田、桃园，就这样一步步建了起来。

左香云的竹制品生意，也上了个新台阶。

总书记的勉励，给他增添了无穷动力。他把更多心思投入到竹筒新产品的开发上，接连进行了一系列大胆创新——注册商标保护知识产权，美化产品外包装设计，实施质量标准化，加大销售宣传力度，持续开发新品类，试水新型销售渠道……

效果很快就有所显现——就拿竹筒酒来说，以前包装粗糙，远途运输很不放心，只能在村里摆摊一瓶瓶卖。使用了新包装后，安全又美观，"神山竹酒"四个鲜红的大字印在那幅满山修篁的神山村招牌画上，格外抢眼。订单从线上和线下一起涌来，很多人是成箱成箱地买。问起"神山竹酒"现在能为他带来多少利润，左香云卖起了关子："这是商业秘密。"

"我还和乡亲们交流注册商标的重要性，大家听得格外认真。没过多久，就有人学着注册，把自家干果、黄桃干、鲜果之类的，都注册了跟神山有关的商标。"左香云眉眼里全是笑。

因为带动了乡亲们脱贫致富，这位"神山后生"当上了全国人大代表。2018年，他站在全国两会"代表通道"上，对着中外记者自豪地说——"糍粑越打越黏，日子越过越甜！"

九 贫困一去不复返

做好"山水文章"

我们又一次到神山村调研。正值星期天,早饭后不多久,我们就被屋外的笑语欢声吸引了。走出去一看,嚯!一片闹忙:红色、白色、蓝色……身着各色团服的游客,就像雨后园圃里倏然冒出的缤纷花朵,一下子"开"遍了小山村!

几乎每个小店里都挤满了人;货架上的黄桃干、竹筒酒空了补、补了空;打糍粑的"嘿吼"声此起彼伏;每个景点都有人摆pose照相;点赞广场上,合影的人更是络绎不绝……

在一家土特产店,老板娘吴桂兰忙得不亦乐乎。

"生意怎么样?"我们问。

吴桂兰满面春风,朝我们一扬手掌:"今天,5000块打不住!"

灶火正上方的铁钩子上,几块腊肉熏得墨黑油亮。一旁的砧板上,鲜红的辣椒、翠绿的葱花、金黄的姜丝,绽出鲜香辛辣的烟火气……走进彭夏英家,"成德农家宴"的招牌高高悬在眼前。

一个身穿白T恤、留着板寸头的小伙子正在锅台边忙活，是彭夏英的小儿子彭张明。彭夏英围着花格子围裙，头发利落地盘成圆髻，边端菜边笑盈盈地招呼客人。张成德挪动着不甚利落的腿脚，在旁边默默地搭把手……

"又是客满的一天！还有客人陆续要来呢，看来要翻两次台啦。"彭夏英喜滋滋地说。

彭夏英家的农家乐，是全村第一家。这几年，村里雨后春笋般冒出了许多农家乐，竞争确实是越来越激烈了，但她家生意一直红红火火的。

2016年初，总书记考察江西时，提出"做好治山理水、显山露水的文章，走出一条经济发展和生态文明水平提高相辅相成、相得益彰的路子"。神山村率先行动起来。

村"两委"成立了神山村旅游协会，并请专家来村里进行培训。

"我们制定出台了《星级农家乐和民宿评定奖补办法》，鼓励大家办农家乐、民宿。农家乐的标准大概是这样的：每个农家乐人手不少于两个人，卫生要好，垃圾及时清理，鸡狗必须圈养。餐具要统一高温消毒，菜品丰富、可口，上菜要及时，每盘要盛八分满……"赖发新是神山村旅游协会负责人之一，他早年间承包景区积攒下的经验，此时派上了大用场。

彭夏英第一个响应。因为，她早就尝到了规范服务的甜头。

"农家乐办起来之后，不管上门的客是多还是少，我家的食材一定保证新鲜,餐具都高温消毒,厨房间更是一尘不染。只要有一丁点儿厨余垃圾,我们都会马上送到远处的垃圾回收站。一天,来了几个操着京腔的游客,从穿着打扮看,都是些讲究人。有两个女客走到我们后厨间,东瞅瞅西看看,出来后,其中一个女客对同伴说:'比我家都干净,菜、肉也都很新鲜。咱们就在这里吃吧。'他们可着劲点,我家堂屋那张大台子都快放不下了。走的时候,他们对我说:'大婶啊,味道好极了!农家乐就得这么办。下次再来神山村,我们还到你这儿吃。'人家高兴我也高兴呀,就请人家提提意见。那几个人也很实诚,提了三条:'第一条就是农家乐卫生首先要搞好;第二条,要土,要有当地特色,能出来旅游的,大鱼大肉不稀罕;第三呢,服务要跟上,要热情,要有眼力见儿。'这些意见,我现在都记得真真的。"

今天,靠着农家乐,彭夏英家的日子过得很滋润。张成德捧出他家的脱贫档案给我们看,脱贫政策明白卡、贫困户基本信息卡、帮扶工作记录卡、贫困户收益卡"四卡合一",记录了他家脱贫的全过程。

"以前我每月寄钱回家贴补家用,现在爸妈赚得比我还多。"曾经外出打工十多年的彭张明发现,和母亲相比,自己竟然"落伍"了。于是,他结束了在深圳的打工生涯,回村发展,决心像自己的微信名一样,"放手一搏"。

不止彭夏英家。沿着木栈道走一圈,如今的神山村,那些开农家乐的人家，家家都念出了自己的"致富真经"。

淙淙流水声，带我们来到了一座依山而建、白墙黛瓦的赣南民居前。墙壁、门窗粉刷一新，大门很气派，门两边挂着一副对联："岁月逢春花遍开，人民有党志登天。"二楼阳台上，挂着一幅巨大的牌匾，上面写着："神山老支书农家菜"。

嗬，原来这就是老支书彭水生的农家乐！

正在"啧啧"称赞，老支书红光满面地迎了出来。

村里号召做"山水文章"后，他高高兴兴站出来响应，还把在井冈山市打工的儿子彭小华召唤了回来。很快，农家乐凭着老支书超高的人气、儿子精心的打理，办得有声有色。

彭小华会养蜜蜂，曾在村里养了20箱。头几年由于外出打工，父母亲不怎么会料理，20箱蜜蜂越养越少，最后只剩了5箱。返乡后，彭小华一边经营农家乐，一边重拾养蜂的乐趣。现在，规模已经扩大到50多箱。有了农家乐，他家的蜂蜜还愁卖吗？！他脑子灵光得很，不仅卖蜂蜜，还卖蜂种呢。

"现在成天有得啥事做，我也闲不住，就在自家菜地里除除草、搞搞卫生，带着老伴爬爬山，拾一些引火柴。日子过得好啊，真的是好，'富上加富，甜上加甜'！"彭水生满面春风。

"神山农庄"老板罗林根，和彭水生有着同样的幸福感。

从少年时代起，罗林根就和大家一样，钻山林、砍竹子，20多年下来，累弯了腰杆，磨破了手掌，苦了半辈子，穷了半辈子。于是，2000年刚过，他也成了"逃山大军"里的一员——到镇里一家陶瓷厂打工。夫妻俩一起忙活，主要在流水线上做陶瓷碗，每天三班倒，累是累了点儿，收入倒是还满意，两口子每月收入加起来有四五千元。

闻听村里要做"山水文章"，头脑活络的他，一下子看到了商机，迅速回家开起了农家乐。他既当老板又当厨师，时不时还客串一把服务员，从早到晚忙得脚打后脑勺，心里却憋不住地乐："别看我的门面不大，却是个'网红店'呢！最多时一次就接待了300多人，里里外外、边边角角都挤满了人。"

眼前这栋小楼不一般——三间门脸连在一起，各挂各的招牌，活像三兄弟。一问，嘿，还真是三兄弟的家业！

彭青良和弟弟彭德良正抬出两大筐笋果干，趁着好日头翻捡晾晒。大哥彭长良开着自家汽车去市里进货了。砖石砌成的山泉水池边，老母亲左炳阳细细濯洗着刚采摘的辣椒。

"大哥做餐饮，我卖本地酒和蜂产品，弟弟打糍粑。还有两间屋子租给茶业基地售卖茶叶，我们代销拿提成。"彭青良笑着说："三人收入差不多，每家一年总有个七八万元吧。"

一路走来也有磕绊，但哥仨互相帮衬着，日子渐渐滋润起来。"政策不错嘞！我前年养了六七十箱蜂，手头紧，村里帮我申请小额贷款，放款快、利息低，很方便。现在，现割土蜂蜜、蜂巢蜜已经成'主打产品'了，游客回去后还常下订单，全国邮寄。"彭青良说。

左炳阳坐在一边，笑眯眯地看着三个儿子，早已没了当年孤孤单单的凄苦样。

彭展阳充满感慨地告诉我们:"曾经,封闭的大山压得神山人喘不过气。逃离大山,成了村民们共同的选择。其实啊,待在村里能吃饱肚子挣到钱,谁又愿意出去呀。2016年,全村54户231人,只有不到40名老幼村民留守。而总书记来神山村后,很多习惯了每年春节买'双程票'回来探个亲就走的打工族,头回买了'单程票'——不再离开啦。因为,待在村里也可以挣得盆满钵满。看来,只要村里有挣钱的机会,农村'空心化'问题,就会迎刃而解。"

从"孔雀东南飞"到"凤凰自归巢",这不仅是一个人口来去的问题,一出一进表明,以前泾渭分明的城乡二元结构已被彻底打破——无论城市还是农村,都为个人提供了施展才能的广阔空间,都能挣到钱,都能活得舒舒坦坦。

据统计,短短六年间,神山村的常住人口已从过去不到40人增至170多人。

这些"返山"的后生,为神山村注满了活力。70户的小山村,仅农家乐就开了16家,年接待游客32万人次。

"从依靠'一把锄头、一把镰刀、一把斧头'养家糊口,到凭借'一桌佳肴、一份特产、一片果园'脱贫致富;从人均年收入3000多元,到现在的2.8万元,村民的收入'噌噌'往上涨,幸福指数也是'嗖嗖'往上升!"彭展阳报出了一组颇有说服力的数据。

九　贫困一去不复返

织起"保障网"

夏日的天，小孩的脸。刚才还乌云密布，狂风大作，傍晚时分，天却一下子放晴了，乌云躲得没了踪影，风也柔和起来。

晚饭后，不少人家坐在门前的台地上，摇着蒲扇乘凉。

胡玉保老人家的台地旁，几棵木槿花开得正闹，晚风送来缕缕幽香。银发稀疏、清瘦和善的老人正躺在竹椅上，和几个乡亲聊天。我们参加了进来。

问起身体状况，老人说："我今年八十好几啦！人上了年纪，毛病也就多起来了，高血压、心脏病、痛风……好几种呢！"也许是怕我们担心，老人紧接着说，"亏得有了'绿本本'，添病没添负担。"

见我们不明白，老人进屋拿出了个小薄本："这是政府发的。有了这个'绿本本'，一个月300多块的药钱，自己只花60块！给我卸下了好重的负担哦。"

我们接过一看，这是井冈山市医疗保障局发的"门诊特殊慢性病种医疗保险证"。

胡玉保接着说："我一个人生活好多年啦，不愁别的，就怕生病。有了这层保障，心里轻松很多。"说着，他的眼神一暗，突然有些神伤，喃喃地说，"有时候禁不住想，当年如果有这么好的政策，加上这么方便的医疗条件，我老伴儿就不会被病痛折磨得那么痛苦，也许就不会走得那么早了……"因为疾病，28年前，胡玉保失去了挚爱的妻子彭桂莲。

80多岁的左细英听得满眼是泪。她心里，也藏着多年前失去亲人的痛苦——生了九个儿女，却有三个因病夭折，爱人也因脑溢血过早地离开了人世。

"那会儿没有大马路，附近也没有医院，家家都是'小病拖、大病扛、扛不过去亲人帮'。我老倌儿一倒下，我们全慌了手脚，弄来辆手推车，先走机耕小道到桃寮，再从桃寮转车去龙市。医生说，耽误了最好的治疗时间，要不啊，我家老倌儿啊，可能现在正跟咱们坐在一起聊天呢……"

大概是为了把两位老人从悲伤的记忆里拉回来，坐在不远处的左秀发开腔了："要说现如今这治病抓药，可真是好，方便，便宜！就说我吧，好多年前患上了肺气肿，哪儿有闲钱治哟！只好拖着。后来实在挺不住了，才硬着头皮去了吉安。治疗后，药不能断，每个月光药费就600多块，加上往返路费，真是不敢想啊！现在呢？有了这个'绿本本'，一年看病三四千块钱，自己只需要交三四百块！真是得感谢党，感谢国家！"

说到"绿本本"，一起聊天的村民赖志鹏也来了精神："这'绿本本'，顶大事呢！我得过肺病，动过手术，需要长期吃药，药费攒起来可是很吓人的一笔哟！政府专门针对脱贫户制定了优惠措施，绝大部分药费都给报销了。"

九　贫困一去不复返

赖志鹏意犹未尽："对于咱贫困户，政府啥都替咱考虑到了。医疗是一项，教育也是一项！就说我女儿上学这件事吧，为了减轻我家的负担，政府把我女儿保送到了吉安卫校。上学期间，还为孩子报销四次往返路费。毕业后，又给安排了工作，分配到神山村卫生所。"

这个当口，忙完了一天工作的茅坪镇党委书记李晓峰来村里察看茅坪河的防汛情况，也加入了我们的聊天。

他说："防止因病致贫、因病返贫，是总书记反复强调必须解决好的问题。为了让贫困群众看得起病，几年前开始，市里就建立了五道保险——合作医疗、大病保险、二次补贴、防返贫医疗险、民政兜底。教育也一样，再苦不能苦孩子。学前教育、义务教育、高中教育、中职教育、大学教育，每个阶段都有对应的教育扶贫政策。比如，尽最大力量扩大资助面，实行贫困户子女从小学到大学的一揽子费用减免和补助政策，当年那些红卡户子女高中阶段学费、书本费全免，每人每年还补助2500元。市里还规定，扶贫对象中年满16周岁、初中学历以上的子女，都可以进入职业技术学校，参加免伙食费、免住宿费和免学杂费的培训。考虑到孩子的就业问题，我们跟卫校专门切出20%的比例，要求他们每招10个学生，要有2个是给贫困户的，毕业以后，安排在医院上班。一家有一个就业的，经济来源的问题就基本解决了。赖志鹏家里，就是这个情况。我们一手抓产业固富，一手织密社会保障网。抓好了民生保障兜底，脱贫成果才能巩固。"

村民们听着，频频点头。

教育，曾是神山村深切的痛。在神山村调研，我们发现，很少能遇到高中毕业生。除了近几年成长起来的神山村新一代，大部分村民的受教育水平，都停留在初中毕业阶段，甚至是高小阶段，斗大字不识一个的老人，也不在少数。

原因很简单——贫困加之交通不便。

令人欣慰的是，如今的神山村村民，随着生活水平不断提高，都想让孩子受到最好的教育，嫌镇上的学校档次不够，有的就送到了市里，还有的送到了省城南昌。

"谁说神山村出不了读书郎？这两年，包括我的小孙孙在内，咱村里不是连续有四五个孩子上了大学么？人都说：'穷出庄稼汉，富出读书郎。'神山村可算迎来了读书风气最盛的时候。"左秀发接过话茬，字字句句透着对现在生活的满足。

离开胡玉保家时，已是深夜。沿着山溪回住处，踩碎了蛙声一片。

村委会办公楼旁的亲水平台里，那架水车还在"吱呀吱呀"地摇啊摇。几个年轻伢崽坐在平台上，一边用脚打着水花，一边轻轻哼唱：

　　天上的北斗星最明亮，
　　茅坪河的水啊闪银光；

井冈山的人哎抬头望，

八角楼的灯光照四方。

……

传承红色基因

如何保证在"口袋鼓囊囊"的同时，也让"脑袋亮堂堂"？

神山村村"两委"认真领会习近平总书记的指示精神："脱贫必须摆脱思想意识上的贫困"，要"实行扶贫和扶志扶智相结合，既富口袋也富脑袋"。

我们来到村部，发现书架上摆着很多理论读物。其中，习近平同志20世纪90年代写就的《摆脱贫困》一书，已经被翻阅得卷了边。村干部们常常聚在一起学习、讨论这本书。跋中这句话，深深触动着他们："全书的题目叫《摆脱贫困》，其意义首先在于摆脱意识和思路的'贫困'，只有首先'摆脱'了我们头脑中的'贫困'，才能使我们所主管的区域'摆脱贫困'，才能使我们整个国家和民族'摆脱贫困'，走上繁荣富裕之路。"

"我们井冈山有'三扶三不扶'——扶志不扶懒、扶干不扶看、'扶一世'而不'扶一时'。要想摆脱思想上的贫困，做到'脑袋亮堂堂'，必须把奋斗不屈的精神'种'进乡亲们的心田，深深扎下根。"村支书彭展阳深有体会。

怎么"种"？

赓续"全红村"的红色血脉、讲好革命英烈的红色故事，是神山村的一大"法宝"。

我们在村里采访时，遇上了一次"红色讲堂"的宣讲活动。那是一个傍晚，夕阳把天际涂抹得通红通红，白天的溽热渐渐消去了，微风轻拂着村部前面的那个小广场。

晚上七点钟左右，搬着小板凳的村民便开始三三两两朝广场汇聚。七点半，宣讲正式开始。今天由村里的红色讲解员赖发新主讲。

在采访中，我们多次和赖发新面对面，他给我们的感觉是一个质朴的庄稼汉。真是"人靠衣装马靠鞍"啊，宣讲台上的他，穿着一条裤缝熨得笔挺的深蓝色西裤，那件雪白的衬衫显然也经过了仔细熨烫，熨帖而又有棱有角。脚上的皮鞋更是擦得锃亮。头发一丝不苟地整齐朝后梳着。

如果不是事先了解他的情况，我们一定会把他当作哪个学校的教授。

我们饶有兴致地坐在村民中间，聆听他的宣讲：

今天，我接着上回的往下讲。新中国成立后，革命战争年代左腿伤残的红军号手左光元，依然保持着英雄本色，他全身心地投入到了家乡的建设之中。1949年10月，他被任命为茅坪乡坝上村农民协会主席，激情满怀地参加剿匪反霸、土地改革。

九　贫困一去不复返

之后，历任第四区农会副主席、宁冈县农民协会副主席，1953年10月调任宁冈县邮电局局长，一干就是将近十年。

无论是在哪个岗位，他都保持着共产党员的优秀本色，兢兢业业为民奉献。

山区邮电局，对于保障居民们的邮件往来、电讯通达、报刊递送等至关重要。在那个通讯不便的年代，听到邮递员"丁零零"的自行车铃声，收到一封家书、一张汇款单、一本心爱的杂志，是多少人盼了又盼的开心事！而邮电局职工们常年奔波在"山路十八弯"的崇山峻岭间、忙碌在巡查电话线路的漫漫长路上，工作环境的艰苦孤寂"吓退"了不少人。

怎样提高邮电局的工作质量、稳住职工队伍？左光元拿出了革命时毫不惜力的劲头。

一位名叫王友秋的职工，刚参加工作时，因为工资低、条件艰苦，这位心气儿很高的后生觉得"冇前途"，渐渐地敷衍起来，甚至动了转行的念头。左光元知道后，没有简单粗暴地批评他，而是坐下来一次次和他交心，给他讲当年红军的故事，讲自己的经历。从旧社会的悲惨生活、投身革命的奋不顾身、枪林弹雨里的出生入死，到革命胜利后的欢欣喜悦、努力工作的踏实幸福、建设家乡的豪情壮志……

耐心细致的思想工作，做进了王友秋心里。

"当年红军迈开'铁脚板'钻山越岭，命都不顾才有了今天！咱也得练出这样的'铁脚板'，为人民服务最光荣！"王友秋立下志向。

打那以后，风雨无阻13年，王友秋一次次在黄洋界、柏露等地崎岖的山路上跋涉，行程25600多里，成了十里八村乡亲们喜爱的"深山信使"，还被评为全省社会主义建设"五好"职工。

很多个"王友秋"，在左光元的感召下成长起来。而他自己更是身先士卒，工作从来不畏难。为了做好党的报刊发行工作，他经常带着干部职工走村串户，满怀真情地宣讲动员，被评为工作模范，代表宁冈县邮电局赴京出席了全国报刊发行先进代表会议。

由于工作出色，后来，他先后出任县民政局局长、宁冈县副县长。尽管"官"当得越来越大，但他依然保持着劳动人民的本色，他家里的日子，在全村都是最苦的之一。因为，他把大部分的工资都拿去接济牺牲战友的家属和村上的孤寡老人。他经常这样教育子女：要好好劳动、诚实做人，不允许搞特殊化。他说："共产党的官不是拿来享受的，是要带头为老百姓办事，自己首先要身子正。"

1968年，身体过度透支的他积劳成疾，在青原山医院溘然病逝，年仅57岁……

赖发新讲得声情并茂。

宣讲结束，进入互动环节。一位满头白发的老奶奶说："发新,你讲得对着嘞。光元叔去世那一年的年底,有个外地妇女找到了村里,向我打听光元叔家住哪里。她说,她是烈士的遗属,光元叔活着的时候,经常接济她和孩子们。"

另一位中年人说:"听我爷爷说,我们家就受过光元爷爷的接济。"

一位戴眼镜的小青年站起来,说:"我们十几位大学生来神山村参加社会实践,听了宣讲非常感动。想了解一下,光元爷爷的后人住在哪里?我们想挖掘整理一下,通过学院的微信公众号把光元爷爷的事迹传播出去,让更多像我们这样的年轻人知道,今天的幸福生活来之不易。"

让每个人都"最美"

说到"扶志又扶智",村妇女主任黄娜讲了这样一件事。

总书记来村里后,全村沉浸在喜悦中,激情点燃了,动力起来了,但人气还不旺,常住人口多为老弱妇孺,年轻人大多在外务工。

怎么办?在村民和游子们心里再烧上一把"旺火"!

2017年小年夜,神山村组织了一次题为"走好小康路,感恩总书记"的团圆饭活动。村"两委"广泛动员,几乎把所有在外求学、发展的村民都请了回来。

当天，20桌团圆饭热气腾腾地摆满了村头小广场。村民们拔河、跳绳、舞龙，人头攒动，好不热闹。村干部拿起麦克风，喜气洋洋地为大家讲述了村里一年来的发展变化，也描绘了未来的发展蓝图。为了给大家伙儿加油鼓劲，村里还表彰了优秀党员、最美脱贫户、"最美神山人"，激起了阵阵掌声，引发了声声喝彩……

从那时候开始，返乡的村民越来越多。

那天，听黄娜讲完，我们还来不及说些什么，这位性子爽利的农家女又传递了一个新消息——就在今天上午十点半，村新时代文明实践中心将举行一场干部群众互评会。"这也是我们激励大家提高境界的方法之一！"

我们当即决定去"凑个热闹"。

跟着黄娜来到会场，我们悄悄躲在最后一排，但见现场已是"剑拔弩张"。

"你家屋里卫生好，但院门口还得好好收拾收拾。"

"村里面的游步道整治得不错，但是山顶的石阶有的已经松动了。为啥这么长时间还没有人管？"

"今年黄桃的价格波动较大，黄桃合作社该早一点拿出应对办法……"

"游客的消费需求不一样，农家乐也应该根据不同游客的需要，错位发展……"

究竟该怎么错位发展，大家意见不统一，争得面红耳赤。

时任村党支部书记助理李莉莉紧着为大家调解。

互评会结束后,李莉莉对我们说:"村里的干群互评会两个月开一次,很有成效。每次大家都觉得'耳根发热、心里透亮'。"

"义务宣传员、道德评议会、志愿服务队、乡风文明积分银行……通过这一系列活动,近些年,天价彩礼、薄养厚葬等不良习俗在村里渐渐没了市场。宗族矛盾不见了,邻里互助成为常态。有村民说得好,'同是一片天、同是一块地、同是一轮日头照,咱的阳光雨露都是党给的,就该互相拉一把,一起跟党走'。"李莉莉这番话,让我们心里也透亮起来。

奋斗不屈的种子一旦播下,长出的枝叶一定葳蕤繁盛,怒放的花朵也一定璀璨夺目。最美的"花朵",就是一位位平凡而高洁的"身边楷模"。

彭夏英,是乡亲们评出的首届"最美神山人"。

"那会儿,夏英大姐可是全票通过呢!"黄娜给我们讲起了彭夏英的故事——

贫苦农家出身的彭夏英,吃苦耐劳。然而前半生,贫穷如影随形跟着她。

她成为蓝卡户,与三次意外事件有关:先是她的老倌儿张成德替乡邻拆房时被倾塌的土墙砸成重伤,再也干不了重活;没过几年,她家刚盖起的新房被暴雨冲毁,多年积蓄瞬间打了水漂;不久后,彭夏英上山砍竹时一脚踩空跌落山崖,腰椎重创，为治病欠下了一大笔外债……

眼泪，也曾一次次爬满她日渐沧桑的脸。但这位内心刚强的农家女从未屈服过：扛过去！有政府一直在关心，有乡邻们一直在接济，只要不怕苦不犯懒，还愁日子过不下去?!

神山村的生态条件，适合养黑山羊。2013年，上级扶贫部门把一批黑山羊发给村里的贫困户。彭夏英家分到了六只。看着这些毛茸茸的可爱的小家伙，她高兴得合不拢嘴，一只只抱在怀里舍不得撒手。

她像对待自家的伢崽那样，精心地喂养着小羊。到2016年夏天，黑山羊已经繁衍到60多只。有了家底，她又添了三头大黄牯，成了村里的"养殖大户"！走在街上，她觉得腰板挺直了许多。

也就在这当口，村里的旅游业开始发展起来，不少人家办起了农家乐。她也是其中之一。

业态发生了很大改变，这时候，养牛养羊的弊端也显现出来——牛粪羊粪遍地，游客咋愿意来。

有村民向村"两委"提议：为了村里的长远发展大计，干脆禁止家庭散养牲畜。

神山村的干部很会做思想工作，没有搞那套生硬的"禁止"，而是带着这些开农家乐的村民到吉安那些乡村旅游发展好的村子参观了一番。回来后开了个座谈会，循循善诱问大家："和人家比一比，咱神山村哪些地方做得不到位？"

大家七嘴八舌谈了起来，意见最集中的是村里的卫生条件跟不上。跟不上的一个最重要的原因是家庭牲畜散养现象太严重。

还没等村干部问那该怎么办，彭夏英站了起来："先从我家做起，牛羊我一只也不再养了！"

其实大家心里都清楚，为了这些宝贝，彭夏英两口子花了多少心血、受了多少累啊！他们还等着冬天卖个好价钱，翻修新房呢！

有人担心："夏英，你家那口子同意吗？老张在牛羊身上下的功夫，不比你少呢！"还有人开玩笑："夏英，你这样做了主，当心回家张大哥收拾你。"彭夏英一嗔："去！我家那个当过兵，吃过军粮，觉悟哪儿会像你那样低。"

对于彭夏英能评上"最美神山人"，黄承忠打心眼里赞成。他记得这样一幕：2016年底，彭夏英主动找到村部，提出了一个出人意料的请求——停掉丈夫的低保费。

"你家老张干不了重活，里里外外全靠你张罗，家底子又薄，完全符合吃低保的条件……"他试图劝阻。

"感谢党，感谢政府！我们现在开起了农家乐，日子过得下去！把低保让给更需要的人吧……"

黄承忠不觉心里一热：这位寡言少语的女子，内心十分刚强，把自尊自立看得比什么都重要呀！

后来，当一位亲戚达到了脱贫标准，却闹着不愿"摘帽"时，又是彭夏英主动上门劝说。

"'贫困户'难道听着光荣么？能早早退出来，是好事嘞！"

"管它光荣不光荣！'贫困户'这顶帽子，看起来是破了点，但戴在头上暖和着呢。政府扶持贫困户，给的是真金白银，不要白不要！"

"'八两对半斤，人心换人心。'党和政府帮咱们这么久、这么多，咱该知道感恩。再看那些扶贫干部，抛家舍业住在村里，白天黑夜为咱们操心，人家图啥呢？都是有手有脚的人，一直靠别人扶着，不觉得臊得慌？！"她又真诚地说，"政府只能扶持我们，不能抚养我们啊！"

这番掏心窝子的话，把亲戚说得坐不住了。思谋了两三天，也交上了脱贫申请。

从此，"政府只能扶持我们，不能抚养我们"，这句朴素而深邃的话，传遍了十里八乡，激励了无数在脱贫路上奔波的山里人。

过日子，没钱不行，可只顾着自己赚钱，也不行。彭夏英用她最朴素的义利观，做出选择：由于"成德农家宴"的品牌叫得响，她家的农家乐早就被预订一空，旅游旺季，饭点的时候，还经常排起了长队。儿子打算扩大规模，却被她阻止了："村里还有些人家，经常不满座。乡里乡亲的，做生意，大家要相互照顾。有钱一起赚，才乐呵！"

不止彭夏英。随口和哪位乡亲唠唠，都能听到几个令他们

"蛮服气"的人和事。

左秀发人勤手巧心也善。有一回,一位外地游客的小车掉进了村旁的河沟里,正好被他看到了。他便叫来全家人,木棍撬、石块顶、肩膀扛,愣是把小车抬出了水沟。老爷子身上那件新买的上衣,被弄得全是泥污。车主心里过意不去,要给些钱,聊表谢意。他虎了脸:"这是干啥?!小看咱神山人嘞!"

还有老支书彭水生,村里哪家人的困难他都挂在心上。因病致残的、生活紧巴的、上学愁钱的,他都组织全村捐款或者联系各路资助;平时邻里之间有啥纠纷,只要他往那儿一站,矛盾马上就化解了:"听咱们水生老伯的……"

村民精神境界的提升,体现在方方面面。保洁员熊美丽大姐正在清扫村道。快一个小时下来,撮箕里空空如也。她有几分高兴,又有几分"失落":"这工作,越做越省心!以前村民们吃水果、瓜子,果皮、瓜子壳走到哪丢到哪,路边、沟渠……处处脏得直堵心。现在呢,地上连片纸屑都没有,我最大的'敌人'成了落叶了!"

"现在乡亲们都明白,绿水青山就是金山银山。户户比着看谁家门前屋后干净。大家互相监督,没人敢搞脏乱差那一套。想糟践咱的'金山银山',那谁乐意啊!"黄娜欣慰地说。

"连外国游客都给我们竖大拇指呢!"左香云给我们讲了一个亲历的故事。

2017年,非洲十几个国家的驻华使节来神山村参观考察,有位非洲记者采访左香云："在非洲，贫穷与自信是不相容的。你怎么理解贫穷与自信之间的关系？"

左香云一下子蒙住了。不过，也就是愣了片刻，心窝子里的话一下子就飞出了口："您问的是个哲学式的问题，我试着用一个中国农民的视角来回答您。您看，今天来了30多位国际友人，如果按照一般的想法来推理，在陌生人面前，大家一定会手足无措。您看看我这个样子，我不但愿意和您平等交流，还饶有兴致地想听听您来我村的观感。这就是自信！我还可以告诉您，在我们这个中国最平凡的小山村里，任何一个村民都会像我这样和您平等交流。这份自信，来自我们的幸福生活。在中国共产党的领导下，我们会越来越幸福，也就会越来越自信！"

那一刻，掌声如雷鸣般响起！

掌声，是对这番话的肯定！是对神山村摆脱贫困成绩的肯定！是对今日中国人民昂扬向上精神面貌的肯定！

率先脱贫"摘帽"

2017年2月26日，经国务院扶贫开发领导小组评估并经江西省政府批准，井冈山市正式宣布在全国率先脱贫"摘帽"，成为我国贫困退出机制建立后首个脱贫"摘帽"的贫困县。

神山村，也和井冈山市同步实现了脱贫！

井冈山和神山村的脱贫，其意义，不亚于90多年前井冈山革命斗争的旌旗鼓角、胜利之声。昔日"黄洋界上炮声隆，报道敌军宵遁"，如今，"贫困"这座神山人世世代代都未能跨越过去的大山，在井冈山人民的齐心奋战下，终于挺身跨了过去！

我们了解到，在宣布脱贫的那天晚上，不用谁去动员，神山村的老少爷们几乎悉数来到了掩埋七烈士忠骨的那个小山包前……

又在谋划大事情

一次次到神山村采访，一次次我们都有收获！

我们深刻地体会到：只要努力，财富会越聚越多。人的精神境界也是如此，不断追求，人的精神境界就会越来越高尚。

那一天，采访到了饭点，我们去"成德农家宴"解决吃饭问题。匆匆忙忙给我们端上菜，彭夏英便不见了。

一会儿，隔壁房间隐隐约约传来她的说话声。间或，还听见了几个人的争论声。

要离开时，我们想跟她打个招呼，便推开了隔壁的房门。哟！彭水生、左香云等几个老熟人都在呢。

"记者同志，你们见多识广，正想请你们给出出主意呢。"

彭夏英说。

原来，村里这几个"名人名嘴"，正谋划着一件大事呢——组建"神山村宣讲团"!

"没有总书记的关怀指导，就没有神山村的今天。我们想把总书记的恩情和神山村脱贫的经验，和更多的村子分享。我们想让更多的人知道，政府可以扶持我们，但不能抚养我们。脱贫致富，根本上还是要靠我们自己。"彭夏英依然是快人快语。

"这些年，我给自己定的任务是：全心全意宣传总书记的爱民情怀，宣传党对老区的恩情。我要让所有人都知道，毛主席带我们闹革命，习主席带着我们奔小康，我们要永远感党恩、跟党走，把红色江山一代代传下去!"老支书彭水生精神矍铄。

"总书记让神山人看到了山外，带着神山人走上了致富路。我们对总书记最好的报答，就是把他带给我们的福气，化成发展的志气、致富的心气，为乡村振兴，为共同富裕，贡献咱的'神山力量'!"左香云说。

在彭夏英几人"谋划"的时候，村委会办公室里，井冈山市委书记傅正华也正带着一群人在"谋划"呢。

"一花独放不是春。怎样让神山村的经验走向全市，让一个神山村变成千百个神山村？这是我们今后努力的方向。前几年，虽然我们也做了一些探索，就拿开发旅游来说，神山村的'外溢效应'已经辐射到茅坪80%的区域。但是，这还远远不够啊！为了落实好总书记'要向革命先烈表示崇高的敬意，永远怀念他们、牢记他们，传承好他们的红色基因'的嘱托，我们要打造'大神山'。市里决定，进一步延展神山村红色旅游——红军药材库遗址整修、七烈士碑亭修建、红军挑粮小道修复，已纳入规划。届时，不独使神山村的旅游体验更丰富，还赓续了红色血脉，彰显了脱贫伟业，传扬了红色情怀。"傅正华满怀激情。

会上，还商议了一个重大事项：神山村村民们提议，七位红军烈士长眠神山，姓甚名谁、家在何方却已成了谜。能否为烈士们寻找亲人，让英烈魂归故里？

商议的结果是：一致通过，全力支持！

"小缩影"印证"大道理"

在我们多次采访神山村的行程中，2022年6月那一次是第一次，也是耗时最长的一次。

那些天里，我们手捧花名册，挨家挨户走遍了全村每一户人家。乡亲们的质朴、热情、坚毅，点点滴滴都刻在了我们的心头。

那次离开的时候，我们都有种依依不舍的感觉，有的人眼里还含着泪。

不舍啊，不舍这里的一草一木，不舍村畔的弯弯小溪，不

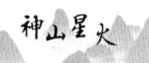

舍山坳里的流霞云影，更不舍乡亲们的一张张笑脸！

本想悄悄地离去，谁知走出农舍，台地上早聚满了送别的乡亲。

"记者同志，能不能请你们给总书记捎句话？"左秀发的眼神里，写满了期待。

老人拉着我们的手："神山村家家户户想念总书记，盼他再来看一看！大家都说，原以为神山村是一个藏在山坳坳里的小山村，没有多少人知道。哪里想到，就我们这样的一个小山村，总书记都记挂在心里嘞，大冬天来看我们。自这以后，我们感觉到与外面的世界再也不隔绝了，我们的心和北京贴得很紧，党中央跟我们老区人民始终心连着心！"

彭展阳也拉住了我们的手："习总书记，是我们的亲人。自从那年的农历小年他来过后，村里每年的小年过得比大年还热闹！现在，每天晚上，家家都看《新闻联播》，为的是想多看看总书记，看他在忙什么，又对乡亲们叮嘱了什么……"

和总书记打过糍粑的李宗吾也来了："多想陪总书记再打一次糍粑！我要告诉总书记，现在，我们神山村的糍粑可受欢迎了，天南海北的游客来了，都要抡起木槌打上一通，然后让我们蒸熟了吃。他们说，要好好品尝一下今天神山村的甜蜜滋味……"

左伟波也来了。恰逢高考成绩公布，他给神山人争了光：611分，超出省一本线100多分！

"习爷爷送的书包,我一直珍藏着。这些年,每当我读书遇到'爬坡期',就会想起那温暖的一幕。这种力量,能抵御一切彷徨懈怠。"少年眼神坚定,说:"大学里,我会选择生物化学,像习爷爷嘱托的那样,为祖国科技自立自强贡献力量。"

赖福洪争着说:"请一定告诉总书记,我们村的老百姓永远都会感念党的恩情。战争年代,你帮我,我帮你,血肉情深。今天,我们能过上幸福日子,也全是托了共产党的福。只要跟着共产党走,我们也就会越来越幸福!"

彭夏英挤到了我们跟前:"也请把我的话捎给总书记。这些年,我时时刻刻记挂着恩人。我家农家乐开张那天,我在门口竖起了国旗,还请人写了一副大红对联'翻身不忘共产党,脱贫全靠习主席',总书记上次来,只顾着访贫问苦,都没顾上吃饭。我天天琢磨呀琢磨,琢磨出了一份菜谱——炖土鸡、米粉肉、乡村蛋饼……等他再来,一定把拿手菜全部端上桌!"

"不如,我们一起唱首歌吧?就唱彭夏英写的那首《打起攻坚战》,给你们送送行,看看我们神山人的精气神!"老支书彭水生一声提议,众人纷纷叫好。

歌声,伴着一张张幸福的笑脸响彻晴空:

打起攻坚战,过起新生活。
唱起幸福歌,温暖暖心窝。
做个好人有好报,好花结好果。

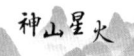

财富有多少，要靠自己去奋斗。
没有翻不过的山，没有蹚不过的河。
心中有梦无难事，苦辣酸甜都是歌。
……

汽车缓缓驶出了村子，村头墙上那首《神山村感恩奋进三字歌》映入我们眼帘：

乙未年，总书记，
携春来，送暖意。
神山村，仅一隅，
小缩影，大道理。
时代卷，共答题，
作答人，十四亿！

是的，"小缩影"足以印证"大道理"。当年的革命星火，已然燎原。那属于新时代的情怀与干劲，已映红了整个天宇。那对党和领袖的深深信赖，正化作奋进的无穷力量！

正如时任江西省委书记易炼红所说："我们要切实把习近平总书记的关心关怀转化为推进乡村全面振兴的强大动力，永远感恩、自强不息，听党话、感党恩、跟党走，加快推动高质量跨越式发展，努力把老区建设得更加美丽、把日子过得越来越甜。"

"山,快马加鞭未下鞍。"征尘未洗,神山村人又马不停蹄地奔向新的征程:乡村振兴,红色传承!

十 为红军烈士寻亲

求之不得的线索

"当——当——"

2022年7月5日——那是我们第一次赴神山村采访返回北京的第四天,一条微信便从神山村"追"了过来。

发微信的,是赖国洪。先是一行字:"今天在为红军烈士迁坟!"随后,一连串图片接踵而至。

拨通赖国洪的电话,那一头的背景声很是嘈杂,他正在迁坟现场。

口音,还是那么熟悉;嗓门,也依然洪亮。只是,说话声音微微有些颤抖:"几十年了,我们盼嘞、盼嘞,终于盼到了这一天……我们要给红军亲人一个'新家'……离原址不远,位置高了好几米,地质条件好很多,这下亲人会更安稳……老表们都来喽,看看能帮上什么忙……放心吧,我们一定……"听得出,赖国洪很激动。

聊了半晌,我们终于弄清了事情的来龙去脉——

我们的神山村之行,再一次唤起了乡亲们对红军亲人的回忆，思念之情也愈加浓烈。老表们一合计，一定要实现村里几代人的愿望：重新修葺红军墓，让更多来神山的人，知晓那段红色历史，和他们一道，凭吊革命先烈。

我们也很兴奋，在电话里问："新修红军墓，安排在什么地方？"

赖国洪在电话那头又激动得语无伦次地讲了起来："我家老宅的宅基地离掩埋红军亲人的小山包最近，地势高，也敞亮……我就和老爹商量了，把家里的宅基地拿出来，作为红军烈士墓的新址。"

"那么好一块地，你们父子俩舍得？"

"为了咱红军亲人，有啥舍不得？！我爹风格高着呢，让我抓紧向上级申请，可别让别人把这个'荣誉'抢了去。"

此时，电话那头的赖国洪仍在说个不停："真不知咋个感谢你们，你们请来的专家对红军墓做了确认，老表们都好激动、好兴奋、好开心哟……"

赖国洪这一番话，又将我们的思绪带回到十天前与文博专家一道，对红军烈士坟冢做的那次探访。

那是在神山村采访的第三天。我们试着拨通了井冈山革命博物馆副馆长饶道良的电话："在神山村，发现了一条无名红军烈士墓的线索，希望您能来帮忙鉴定一下。"

饶道良是研究井冈山革命斗争史的专家，当时正借调在吉安市委党史和地方志研究中心，写有关井冈山红军烈士的材料。

神山村红军的故事，在村民之间口耳相传了近百年，但由于时间久远，又缺乏文献的记录，很多细节需要得到专家的确认才行。

不承想，听到我们请求，电话另一头的饶道良竟说出这么一句话："真的吗？不可能吧？！"

和他在电话里聊了一会儿才知道，寻找到一具烈士遗骸、确定一位烈士的身份，是一件非常非常困难的事。

自1989年从兰州大学历史系毕业后，饶道良就一直在井冈山革命博物馆工作。30多年来，他几乎把所有的时间都投入到对井冈山革命史的研究中。井冈山的山山水水，哪处他没跑到？关于井冈山革命斗争历史和人物的专著，他就出版了好几本。

"神山村？"饶道良在头脑中反复搜索着这个地名，却始终无法将它与红军烈士联系在一起。

"井冈山革命根据地的范围其实并不大，而且，红军在这里展开革命斗争也只有两年零四个月的时间……"饶道良闭上眼睛，把当年发生在井冈山的大大小小战斗在脑海中又细细过了一遍筛子，仍然没有头绪。

不过，有线索，就让他格外兴奋。

"在博物馆工作，我们每年都会接待不少来井冈山寻亲的红军烈士家属。"说到这里，饶道良不自觉地放缓了语速，"但特别遗憾的是，看着那一双双热切期盼的眼睛，我们却几乎无法给他们任何有效的答复——时间已经过去了90多年，中间又经历了近20年的白色恐怖时期，对于那些牺牲在井冈山的烈士，我们掌握的资料，实在是太有限、太有限了……"

有限到什么程度？饶道良曾经花费十几年工夫，四处搜求关于井冈山红军战士的各种信息，在2011年，终于辑成一本"小书"——《井冈山红军人物志》。

那些年，他想尽办法收集所有能找到的材料，但这本书里收录的红军人物也只有430人。其中绝大多数红军指战员的生平，也只有寥寥几行……从那本书成书算起，又过去了十几年，他竭尽全力补充更多的内容，但到目前为止，也仅仅能补充几十位烈士的介绍。当年那些革命先烈、那些为革命抛头颅洒热血的年轻革命者，绝大多数都没有留下姓名或只言片语。在红军转战井冈山的近三年时间里，牺牲的烈士超过4.8万人，而今天能在井冈山革命烈士陵园纪念碑上看到姓名的，只有15744位……

因此，当听说有关于红军烈士的新线索，饶道良简直不敢相信自己的耳朵："这是多少年求之不得的事！"

稍微平复了一下激动的心情，饶道良立刻出发，与井冈山革命博物馆副研究员何小文等几位同事会合，急急赶往神山村。

我们则和村民赖仲芳、赖发新一道，早早迎候在村口。

事后来看，正是这一次实地探勘，才让我们有了出乎意料的重大收获。

不同寻常的墓葬

从市里到神山村、从神山村头走向后山，一路上，饶道良一边和老乡攀谈，一边仔细观察着周围的地理情况。

谙熟井冈山的他隐隐觉得，自己原先"不可能"的判断似乎是有些武断了。

"这附近，我隐约有印象。"饶道良边走边说，"当地好像有一条小路，是当年从柏露通往黄洋界的必经之路，也是红军到茨坪的挑粮小道。只是因为通了公路，山路就好些年没有人走了……"

"对着嘞！对着嘞！"饶道良话音未落，在前面带路的村民赖仲芳、赖发新便回过头抢着说："这条挑粮小路，就在我们村边，往上走走，路边还有一座六合亭。听老人说，当年红军战士挑粮经过，就在亭子里歇歇脚、喝口水。毛委员、朱军长都在那里休息过嘞……"

在赖仲芳、赖发新的带领下，我们沿着碎石铺成的山间小路，向老乡们说的红军墓一路寻去。

此时，正是盛夏，几场新雨过后，草木正盛。阳光透过树叶的缝隙洒在山路上，形成一片片斑驳的光影。身边小溪潺潺，水声在静谧的山林中回荡，似乎也在为我们指引着方向。远处山峦起伏，云雾缭绕，让我们仿佛置身于仙境。

"就是这里了！"走了不多时，赖仲芳停住脚步。顺着他手指的方向，透过深深草木，我们依稀可以分辨出坟冢的轮廓。

拨开横生的灌木枝条，沿着村民踩出的印记，我们来到坟冢前。

饶道良俯下身子，围着坟冢仔仔细细做了一番勘察。

"果然与众不同！"良久，饶道良才蹦出这样一句话。

"老表，刚才听你们说，你们神山村，大多是客家人？"

"是啊！"赖仲芳、赖发新异口同声。

"可是你们看，这坟冢，是咱们客家人的样式么？"饶道良这么一说，我们才知道，原来，他也是客家人。

"这个墓葬的形制，和客家人的完全不一样！"看出我们的疑惑，饶道良找块大石头坐了下来，给我们慢慢讲解。

"有啥不一样？首先，咱们客家人埋葬亲人，会依着山的斜坡，从外向内横向挖，将棺椁安放在山'里面'。但你们看，这个坟冢是在平地上直接竖着向下挖的。这种挖法，客家人称之为'当天窨'，不是遇到万不得已的情况，是不会这么做的……"

这番话，说得赖仲芳、赖发新连连点头。

"还有，客家人对棺木特别看重。一般过了40岁，就开始到山上寻找上好杉木，早早砍下来收在家里备用；60岁以后，就会琢磨着将木材做成棺材。按照我们客家人的讲究，棺材通体都要漆成黑色，只在棺木两头，描上漂亮的彩色花纹……

"不瞒你们说,我小时候,家里的老人就早早给自己准备了棺材,就放在屋子的当间。那时候,晚上黑灯瞎火,从棺材边走过,总吓得我心惊胆战……

"但是,老表,听你们说,村里老辈流传:这个墓里安葬时用的是'白棺材',也就是用没有油漆过的木板临时钉成棺木下葬的?还是那句话,正常情况下,咱们客家人是不会这么做的……"

这么一讲,赖仲芳、赖发新更是连声说是。

如此不同寻常,说明了什么?

沉吟了片刻,饶道良进一步分析道:"听你们说,当时神山村不大,村民也并不多,短时间内有七具遗体需要安葬,一定是发生了极不寻常的情况。而下葬得如此匆忙,也一定是特殊的形势所迫……"

顿了一顿,饶道良的表情愈发凝重起来:"事实上,类似的情况,我以前也遇到过。"他将双手合在面门前,努力控制着自己的情绪:"前些年,我们在小井村附近,发现过一处红军墓葬,和这里的情况极为相似。有文献资料可以佐证,当年,在那里,有130多位红军重伤员和医务人员被反动派抓住,并残忍杀害。当地党组织为了保全烈士的遗骨,紧急发动附近村里的客家乡亲,冒着白色恐怖的威胁,连夜将烈士遗体进行了掩埋,用的也是'当天窖''白棺材'……"

饶道良的话,让大家陷入了长久的沉默。

解开"成村"之惑

离开坟冢,村民带着我们循着当年的红军挑粮小道,继续向山岭深处走去。沿途,对红军药库、被服厂、造纸厂的遗迹,一一作了探访。

"从地理上来看,神山村这个地方,东连柏露乡,西接桃寮村,北邻坝上村,南毗大陇,是介于茅坪、黄洋界和茨坪之间的一个枢纽地带,同时,又隐藏在大山深处,是一个开展游击战的绝佳地带。就我们刚才看到的这些遗迹来说,这里,的确是当年红军活动较为活跃的区域。"此时,饶道良已彻底改变了自己此前的判断。

但仍然有一个疑问始终萦绕在他心头:"以前,我怎么就没听说过神山村和红军有关的事?"

饶道良对自己的记忆力很有信心,毕竟,井冈山的历史,他不知道研读过多少遍;井冈山的路,他不知道跑过多少里;井冈山的故事,他不知道整理过多少回……

从神山村回到井冈山革命博物馆,几天时间里,饶道良一直被这个问题困扰着。

像着了魔一样,一有闲暇,他就在博物馆里转悠,一边回忆着老表们给他讲的神山村红军故事,一边在嘴里不停念叨着这个地名："神山村，神、山、村，神—山—村……"

突然，脑中电光石火一闪，"难道是？！"他"哎哟"一声，急急忙忙地奔回自己的办公室，在书架上翻找起来……

书架上，密密麻麻的，都是有关井冈山革命斗争的书籍。指尖在各式各样的书脊上快速划过，饶道良终于找到了那一本——近20年前，自己写的一本小册子《血泊罗霄》。

飞快翻到"血山之祭"这一章，他仔细读了起来。

"死村·尸村·火村·绝村"这一节，记录了红军第三次反"会剿"失败，敌人闯进井冈山后，开始大肆屠杀革命群众的情形。

饶道良的目光，停留在最后一行文字上——"成村、周山两村原有房屋33栋……"

他清楚地记得，这段记述，来自《宁冈县志》。"'成村、周山两村……'"他反复咂摸着，"莫非，这段材料里的'成村'，就是神山村？"

饶道良知道，光有这个想法还不够，还需要深入考证。

考证，从神山村村名的由来开始。

神山村地处井冈山黄洋界脚下、罗霄山脉中段，平均海拔800多米的崇山峻岭中。因为四周高山环拱，状若城垣，因此，这个山村最早的村名叫"城山"。

"在客家话里，'城'与'神'发音相近，渐渐地，'城山'这个名字，就被'神山'所取代。当年县志记录的'成村'，就是'神村'——神山村。现在的神山村,是由神山、周山两个村民小组组成,当年,这是两个紧邻的自然村。在《宁冈县志》里,'成村'与'周山'被并列在一起,也从另一个侧面佐证了'成村'就是'神山村'!神山村的老乡不是说过,当年,神山村经历过反动派的焚烧屠杀么?正好和文献的记载都对上号了!"饶道良使劲拍了拍自己的脑袋,"我之前怎么就没有想到这一点呢!"

这个发现,为探寻神山村的红色历史打开了一扇大门。沿着这一线索,经过在各种文献中艰苦地爬梳整理,与神山村相关联的红军零星史料被一点点汇集起来。

在1937年出版的《宁冈县志》中,发现了一幅珍贵的手绘地图。图中清晰地显示,红军从柏露挑粮上黄洋界,神山村是必经之地。"由此可以想见,红军对神山村一带的地形地貌应该非常熟悉,将其作为战略后方要地,也就顺理成章了。"饶道良分析。

而根据《宁冈苏区志》中对"黄洋界保卫战"的描述,早在1928年8月,神山村就成为红军的重要据点。当时,袁文才带领三十二团一营埋伏在山下茅坪的桃寮、斜源、神山、周山一带,日夜袭扰敌人。"通过这个记载,我们就更加清楚,为什么神山、周山会被敌人恨之入骨——正是因为当年红军在这个地区活动十分活跃,国民党反动派对神山村的报复才如此丧心病狂……"

同样是在《宁冈苏区志》中，研究人员还发现了这样的明确记载：（第三次反"会剿"失利后）团县委率一个武装班，迅速赶到源头，相机营救在黄洋界遭重围的脱险人员……陆陆续续在桃寮、神山等地找到失散红军50余人……

就这样，神山村村民讲述的所有线索，在历史文献中逐渐有了对应。

通过查阅《宁冈苏区志》《井冈山革命根据地全史》，以及参加井冈山斗争的老红军何长工的《坚持斗争在井冈山上》、田长江的《在斗争中成长》、冯瑞田的《第三次反"会剿"前后》等大量党史资料，并经过分析、考证，文史专家最终确定了三个结论：一、神山村的确是当年红军主要活动区域之一，有重要的政治基础和军事基础；二、神山村曾接收过红军伤病员；三、曾有红军战士牺牲在这里，被乡亲们掩埋。

专家们的考证结果，很快传遍了神山村。

而神山村的乡亲们也有了新期待。

"能不能帮我们找到这些红军烈士的信息，让我们知道这些亲人他们是谁、来自哪里？"年过八旬的吴清娥，用颤抖的手，拉住我们的袖口，代表神山村村民，向我们提出了这样一个要求。

其实，这又何尝不是我们的心愿？

2022年7月21日，我们将第一次在神山村的所见所闻，写成长篇调研报道《神山村三日》，刊发在《光明日报》上。发生在神山村的惊人蝶变，引来更多人探访。

在报道神山村"蝶变"的过程中，我们的思想也在发生着"蝶变"——正是因为一头扎进了村里，与村民同吃同住同悲同喜，那风雨豪壮的过往、欣欣向荣的今朝，才鲜活生动地诉诸笔端。"脚上沾有多少泥土，笔下才有多少温度"，这次采访，让我们对这句话有了更深刻的体悟。文章刊出后，在全国引发了强烈反响，中宣部发文号召全国媒体学习，后来还获得了中国新闻奖一等奖……

络绎不绝的游客来到神山村，层层叠叠的远峰、如梦如幻的云雾、甘甜清冽的山泉令他们流连忘返。而我们在报道中首次对外公开披露的七位红军无名烈士魂依神山村的故事，更是引发了全社会的高度关注。

提灯，照亮烈士回家路

为国捐躯终不悔，追思先贤有后人。让英烈之魂得以归根，让红色血脉赓续不断，是我们肩上沉甸甸的责任。

2022年8月3日，光明日报社发出倡议，与井冈山市委市政府、井冈山报社联合启动为神山村七烈士寻亲活动。

《光明日报》头版开设了《提灯·为烈士寻亲》专栏，在报、网、端、微、屏各个媒体平台都开通寻亲热线、建立烈士寻亲专题。各发起方联合成立了寻亲活动工作专班，组建寻亲小分队，开展采访、调研、查核工作，《光明日报》寻亲专班由社长兼总编辑王慧敏亲自挂帅……

"积极扩散，让烈士安息，为他们寻找亲人！"

"向烈士和烈士家属致敬！"

"烈士为我们抛洒热血，我们都该为他们尽一份心意！"

……

来自全国各地的读者、志愿者，不仅在《光明日报》"帮井冈山神山村红军七烈士回家"话题下热情留言，还将活动信息转发到各大网络平台，扩大寻亲线索的征集范围……

寻亲热线电话不断："我是湖北省政府的一名退休干部，看到了为神山村七位烈士寻亲的报道，我也想加入进来。我大舅当年就是在井冈山……"

"我是湖南人，姓卿，在网上看到了你们的寻亲活动。不知道这些烈士里有没有我的太爷爷……"

每一通电话背后，都是一份浓浓的亲情牵挂。

为神山村红军烈士寻亲活动，也吸引了很多网络大V的关注。

程雪清，就是其中的一位。

年近50岁的他，精明干练、思维敏捷，是一位典型的江西

十　为红军烈士寻亲

汉子。从2014年开始，他就作为志愿者，积极投身为烈士寻亲活动，近十年来，已经先后为全国172位烈士找到了亲人。

"我的外公就是一名新四军战士。我们今天的幸福生活是烈士用鲜血和生命换来的，为烈士寻亲是我义不容辞的责任。"程雪清专门致电寻亲专班，将自己多年为烈士寻亲的经验倾囊相授，"我们可以先从广泛查阅记录井冈山革命斗争的回忆录开始，先对回忆录中提及的烈士进行摸排。而且，要及时与相关县市乃至外省建立跨区域的寻亲联动机制，这非常重要——有了当地相关部门的配合，才能更好收集各地烈士及安葬地的信息，通过比对，寻亲的成功率会大大提高……"同时，程雪清公开了自己的联系方式，呼吁更多志同道合者加入为烈士寻亲的队伍中。

程雪清的提醒，给寻亲专班很大帮助。文献检索，很快展开。

"井冈山革命斗争期间，红军官兵的组成非常复杂。这为我们寻找烈士线索造成了很大困难。"何小文曾经和饶道良一起，与我们一道对神山村烈士坟冢进行了实地探访。如今，他也是寻亲专班中重要的专家组成员。他分析："红四军，既有毛泽东率领的秋收起义部队，也有朱德、陈毅领导的南昌起义余部、湘南起义部队。而这些部队的前身，既有旧军队，也有湘鄂赣粤的农军，来自全国各地，甚至还有外国人！平江起义后，很多来自平江、浏阳、修水、铜鼓，甚至湖北通城通山的青年加入了红五军。而在第三次反'会剿'前，红五军和红四军又进行了混编……因此，需要查找的范围很大，需要查找的烈士数目可想而知！"

关键词透露的信息

"为烈士寻亲，工作量极大。这既是一项需要恒心耐力的'长跑'，同时，又是一项与时间赛跑的'冲刺'。神山村红军烈士，牺牲已近百年，他们的下一代亲人所剩无几，第三代也已经步入暮年。时间拖得越久，寻亲难度就会越大。"接到任务后，寻亲专班牵头人之一，井冈山市委常委、宣传部部长张艳华的一番话，道出了寻亲专班所有人的想法。

在寻找神山村红军烈士之前，大家都没有参与寻亲活动的经验。

就像大海捞针！大家有些一筹莫展。

"我想，我们先要确定他们牺牲的大致时间，由此，推断他们从属的部队，这样，尽可能缩小寻找范围。"还是何小文的话，打破了僵局。

线索，就在神山村村民的讲述中。

于是，神山村的村民们，又被寻亲专班请了回来。

十 为红军烈士寻亲

"听老人讲,那时节,山上下了好大的雪……"

"是冬天,我爷爷左桂林带了一队受伤红军来到村里养伤,就安置在赖家祠堂……"

"因为是冬天,草药都很难找到,负责给红军伤员治疗的赖章达很是着急……"

"据说,当年彭德怀带领红军突围之前,还在暴动队队长赖甲龙家里住过一晚……"

……

在村民们的碎片化讲述中,寻亲专班成员寻找着蛛丝马迹。

"冬天""彭德怀",这些反复出现的词,成为确定红军烈士牺牲时间的突破口。

"井冈山革命斗争时期一共经历了几个冬天?都发生了哪些战斗?"何小文把这行字记在自己的笔记本上,一头扎进资料库,对文献进行爬梳考证——

1927年底至1928年初的那个冬天,井冈山红军主要在遂川活动,战事很顺利,还在县城过了一个大年……

"应该不会是这一年!"何小文继续查找。

1928年底到1929年初的那个冬天,湘粤赣三省敌军对井冈山革命根据地发动第三次"会剿"。红军失利,1929年初,井冈山军事根据地失守,部分红军转战深山老林开展游击战争……

"会是这一年么?"何小文在1928年底到1929年初这个时间点上,用铅笔重重地做了一个记号。

1929年底到1930年初的那个冬天,是红五军重返井冈山后带领军民巩固和发展井冈山革命根据地的又一个兴盛时期。这段时间,红军不仅击溃了尹豪民及肖家璧、罗克绍等反动民团,还接连收复遂川、宁冈两县城。其兵锋一度至广东城口、南雄等地……

"这一年的可能性也不大。"何小文判断。

而1930年春,红军已经撤出井冈山,直到1949年8月,人民解放军南下解放江西后,红旗才重新插上井冈山……

"看来,肯定不会是这一年!"何小文确定地排除了这个选项。

由此判断,1928年底到1929年初的那个冬天,可能性最大。

从战斗的规模上,专家们也做了梳理。

"据神山村老表讲,那一次战斗中,有很多战士受伤,因伤牺牲在神山村的,就有七位之多。这说明,当时一定是发生了规模比较大的激烈战斗。在这几个冬天,哪些战斗有可能呢?"专家的搜索范围很快聚焦在当年的两场激战上——一场是1928年2月18日发生的新城战斗,另一场是1929年一二月间的第三次反"会剿"战斗。

"新城战斗的可能性很快被排除了。因为这场战斗只持续了一天,红军取得大捷。此后,按照毛泽东的提议,前委和宁冈县党组织负责人一致同意在砻市成立宁冈县工农兵政府。当年,

十　为红军烈士寻亲

砻市有'刘德盛'药店和'玉堂春'药店，茅坪还有攀龙医院，离攀龙医院不远处还有茶山源药库，医疗条件都要比当时的神山村好很多。因此，红军不可能在战事顺利的情况下，舍近求远，将重伤员往偏僻、路途较远的神山村转移。况且，当时的情况与村民讲述的'红军来到神山村后将伤病员安置在当地的祠堂和一栋民宅中，祠堂地上躺满了伤病员。当时神山村经济条件落后，又处于国民党严密的经济封锁中，药品、医疗器械十分紧缺，赖章达尽已所能悉心为红军伤员进行治疗……'也有很大的差异。"何小文解释。

再看井冈山第三次反"会剿"。

据1993年宁冈县委党史工作办公室编的《宁冈苏区志》记载：1929年1月，第三次反"会剿"失败后，黄洋界被攻破。团县委率一个武装班，迅速赶到源头，相机营救从黄洋界溃散下来的人员脱险。他们组织三五人一群……一股劲向山腰爬去，陆陆续续在桃寮、神山等地找到失散红军50余人，会合李灿所率红五军十几个战士，突出重围，与何长工所率红四军三十二团会合。何长工后来也将大致的情况写入了他的回忆录中。

"赖氏一家是中医世家，家中长子赖章达、三子赖文华是当地有名的中医，二子赖文邦毕业于吉州师范讲习科，是袁文才的同窗。赖章达是袁文才的姐姐袁金凤之夫，这是袁文才建议将队伍安置在神山村的主要原因。"赖福山提供的民国时期赖氏家谱以及《宁冈苏区志》佐证了以上部分内容。

在《宁冈县志》中，苏维埃时期红军战士、县乡干部名录中有赖章达。《宁冈苏区志》中也记载他们曾在红军医院工作过，可以认定神山村赖氏家族曾是中医世家，而清水庵药库的存在，更为参加第三次反"会剿"受伤的红军官兵转移到神山村接受医治提供了必要条件。

而彭德怀率领红五军在井冈山第三次反"会剿"中坚持战斗到最后一刻的史实，也进一步佐证了神山村乡亲们的讲述。

沿着这样的线索，寻亲专班找到了井冈山革命博物馆对当年守卫黄洋界哨口的大队长、开国中将周玉成的访谈资料。此外，1986年由解放军出版社出版的《星火燎原——井冈山斗争专辑》中，有当时作为黄洋界哨口号兵的田长江撰写的《在斗争中成长》，以及时为大队司务长的冯瑞田撰写的《第三次反"会剿"前后》等回忆文章。

"通过这些材料，我们大致可以还原村民讲述的，当年红军从黄洋界哨口撤离到神山村一带的战斗情景！"饶道良说，"也可以认定，那七名无名烈士是在1929年第三次反'会剿'期间身受重伤、牺牲并被乡亲们安葬在神山村的。"

这份厚厚的名单

那么，这些红军烈士又有可能来自哪些部队呢？

十　为红军烈士寻亲

这是缩小寻亲范围、确认烈士身份的又一个关键。

据史料记载，国民党军队对井冈山革命根据地的第三次"会剿"，是从1928年12月开始的，先在井冈山周围修筑据点，然后再向井冈山中心大小五井及茨坪合击，妄图将红军彻底消灭。1929年1月4日，红四军前委、湘赣边界特委、红四军军委、红五军军委在宁冈柏露村召开联席会议，讨论第三次反"会剿"的方针和部署，决定采取"攻势"的防御。

柏露会议决定，由彭德怀、滕代远率领红五军主力和红三十二团防守井冈山；红四军大部出击赣南，吸引敌人，返身从敌后打来，共同"破围"。

根据这样的线索，专家们找到了当时井冈山战斗具体部署的资料：以李灿率第一大队（一大队实际仅相当于一个连）、徐彦刚带领的三十二团一连和部分赤卫队员防守黄洋界，抗击湘敌王捷俊部；贺国中率第八大队和宁冈赤卫大队一部防守桐木岭的白银湖阵地；黄云桥率第九大队扼守桐木岭的犁坪，抗击赣敌周浑元第三十四旅和张兴仁第三十五旅之一部；彭包才率第十大队和教导队一部扼守八面山，抗击湘敌第八军吴尚部；黄龙率第十二大队及酃县赤卫大队、遂川赤卫大队一部把守双马石哨口和荆竹山一线；王佐率三十二团二连和遂川赤卫大队一部担任朱砂冲哨口的防守任务，抗击李文彬第二十一旅之一部和反动地方武装……

根据史料估计，当时坚守井冈山参加第三次反"会剿"的，既有红军官兵，也有地方赤卫队等武装人员，总人数大概2000人。

我们要寻找的神山村红军烈士，到底属于哪支部队？

别无选择，只能一支一支部队梳理，一位战士一位战士查证……

获取烈士相关信息的难度，远远超出想象。

"不仅烈士们牺牲已90多年，就是距离上一次全国革命烈士普查，也已经过去了近40年。当年大多数经办人员已经退休，加上机构变动等原因，有很多第一手证明材料已经很难找到。就连许多烈士的后人，也说不清楚自己祖父辈的事情，甚至连姓名及简单生平这些基本信息，都无法提供。"何小文解释，"即使有姓名留下，也不一定对得上——比如，不少红军战士会改名：那时老百姓普遍文化水平不高，父母起的名字不好听，参军后会改个新的；在白区，参加红军怕连累家人，也往往会改个名字，甚至连籍贯也换了……"

寻亲专班协调井冈山革命博物馆、井冈山市退役军人事务局、井冈山市公安局、中共井冈山市委党史和地方志研究中心、茅坪镇等相关职能部门，首先从井冈山有姓名的15000多名烈士查起，然后不断扩大搜寻范围。

到2022年8月，在短短两个月的时间里，寻亲专班通过与各地革命纪念馆、博物馆、退役军人事务局联系，分别从江西永新、永丰、铜鼓，湖南炎陵、安仁五地获取了4458、5200、

2600、1546、1220位烈士资料，加上前期在江西萍乡、宜春，湖南平江等地获取的信息，共对61209位烈士的基本信息进行了全面排查……

平江起义纪念馆、平江县红色博物馆、莲花一支枪纪念馆、遂川县博物馆、吉安县博物馆、万安县博物馆……相关各地革命纪念馆、博物馆都被动员起来，加入了寻亲的队伍。

"经过寻亲专班的初步筛选，在全部收集到的烈士名单中，明确记载牺牲在井冈山的有227位。"何小文表示，"其中，湖南平江籍红军在井冈山作战中牺牲的有199位，而确定在1928年12月至1929年4月在井冈山作战牺牲的共有11名，这11名均参加过井冈山第三次反'会剿'作战。而湖南炎陵县1546名烈士的名册上，明确标注有6位红军是在井冈山保卫战后期的黄洋界作战时牺牲的……"

随着寻访不断深入，越来越多的线索被排除掉。目标名单上的人，从几万个缩减到200多个——茶陵6个、莲花20个、平江180个。

当时，蔓延全球的新冠疫情严峻，但寻亲工作容不得丝毫耽搁。寻亲专班经过反复讨论决定：冒着风险、迎着酷暑，对这200多位烈士的后代逐一进行走访！

8月的湘赣大地，阳光炙烤，暑气蒸腾，平地里站上片刻，已是汗流浃背，但寻亲专班的调查队员，戴着厚厚的口罩，翻山越岭、涉水过溪、走村串户，敲开一扇扇深藏故事的大门，

面对一张张历经沧桑的面孔，倾听一段段饱含深情的讲述，探问一个个充满悬念的细节……

在这漫长的寻访过程中，我们邂逅了无数红军英烈的后人。

看那些饱经风霜的老人，用颤抖的双手，小心翼翼地拿出珍藏多年的发黄书信、磨损勋章、烈士证书；在充满骄傲、饱含思念的泪光中，听他们讲述先人顶天立地舍生忘死闹革命的英雄事迹……

每一次探访，都会听到无数个令人潸然泪下的故事；每一次倾听，都是一次触及心灵的洗礼。

我们深深知道，这一次为烈士寻亲，寻找的，不仅仅是神山村群众朝思暮想的红军亲人，更是涌动在革命老区生生不息的红军精神！

四个月过去了，到2022年12月，寻亲专班手中厚厚的寻亲名单，已经"瘦身"为薄薄一页——

江西萍乡莲花县四位，湖南平江县五位、茶陵县一位……

胜利在望？还是竹篮打水？暂时，还没有人知道答案。

十一　神山又有新变化

神山村来信

就在我们焦急等待井冈山寻亲专班实地探访结果的时候，2023年2月12日，我们收到神山村村民的一封来信。

尊敬的王社长：

您好！

我们是井冈山市神山村的村民代表。我们怀着激动的心情，想和您讲讲这半年来我们村里的情况。记得去年6月，您带着记者们来到我们村，顶着大太阳一家家地了解情况。我们都看在眼里、记在心里。

首先，感谢你们的报道。《神山村三日》登报之后神山村的名气更响亮了、游客也更多了。今年春节，村里的游客报（爆）满，大家伙很有干劲！还有，要感谢你们给村里的建议。你们走后，相关单位就来了，帮助我们村里新修了游步道护兰（栏），搞好了红军药库那块地方，还为七位无名烈士建了一座红军烈士墓。现在，有很多游客来到神山村，都会问起神山村七位红军烈士的故事，我们村民也都很关心为七位烈士寻亲活动。

客家话讲"一根丝唔成线，一棵树唔成林"，也是听了您的建议，我们村的"名人名嘴"组了一个神山农民宣讲团。已经在外面讲了几次，返（反）响很好，宣讲团的老支书常说："在井冈山讲几场还不够，我们的目标呀，是讲到北京。"

最后，我们彭夏英大姐想说："您什么时候再来我家，再来尝尝我们家的土鸡汤、腊肉。当时我们家客房条件那么不好，你们也住了好几天，真是辛苦你们了！我代表我们神山村民邀请您一定再来神山村！"

再次感谢您和《光明日报》对我们的帮助。祝您和单位的工作人员身体健康，工作顺利！

此致

敬礼

赖福桥、彭展阳、彭德良、
黄甲英、罗节莲、彭夏英、
赖发新、左从林、罗林根

2023年2月12日

纸短情长。

神山村今天是什么样？

乡亲们的生活有了哪些变化？

十一　神山又有新变化

他们又有哪些新想法、新愿望？

我们迫切想知道。

2023年8月，我们又一次回到神山村。

一切，依然是那样的熟悉：山，依然叠嶂流翠；水，依然清冽澄澈；竹，依然郁郁苍苍……

不过，一踏进村子，又是那样的陌生：扑眼是一座赭黄色金属圆管构成的巨大牌坊，上面"神山村"三个火红大字分外夺目；印象中错车都很困难的、凹凸不平的石板路变成了宽阔平整的柏油路，路两边还修了精致的护栏；村道上电瓶游览车穿梭来往，操着各地口音的游客在村舍间、小溪旁的游步道上悠闲漫步……

那新"长"出的一座座漂亮的二层小楼，那新植的一排排花团锦簇的景观带，那农家乐门楣上新装的别致的霓虹灯，都在告诉我们这样一个事实：变！神山村越变越漂亮，神山村越变越神气。

正在忙碌的乡亲们认出了我们，顷刻间，把我们围了起来，嘘寒问暖，有的还从自家的摊位上拿来了糍粑、米果。"再写写我们神山村吧，变化大嘞！"一张张质朴的脸上透着热络、写满笑意。

时任村第一书记罗军闻讯从村部赶了过来，脚步欢快，递过来的手透着劲道："欢迎欢迎！就盼着你们来督促我们的工作，再为我们'烧把火'呢。"

集思广益的"碰头会"

第一天,便赶上了村里的"碰头会"。

罗军提醒我们:"会上会有'交锋',你们可要多担待哟。"

他介绍:"别小看我们的'碰头会',这是'诸葛亮会'嘞!有关村里的发展大计,或是遇上了工作难题,你一言我一语,有时候还会吵得面红耳赤,就是在这样的争吵中,办法给'吵'出来了。"

今天的"碰头会",议的是有关景区的问题。

"有研学团反映,电瓶车跟不上趟,一等就是老半天。"

"第二批'蛋屋'的装修进度有些慢,得提提速。"

"农家乐,客流不均的老问题,必须拿出一个切实的解决方案。"

……

会议开了两个多小时,气氛相当热烈。在解决客流不均的问题上,发生了争执:有人说,客流不均很正常,就是要打破"大锅饭"。有人说,农家乐地界有好坏,这本身就是不公平竞争。有人认为,客流不均,村"两委"应该管。也有人认为,不该多干预,一切市场说了算……

火药味蛮浓嘞!

不过，所有的问题，最后都一一有了解决方案。罗军擦擦脑门上的汗水，长吁一口气："神山村，现在出了名，游客多了，研学团也一个接一个。人家可都盯着咱呢！压力好大哟！可不敢有丝毫松懈。"

他告诉我们，神山村脱贫，凝结着习近平总书记的心血。从脱贫攻坚到乡村振兴，面对的是新任务、新机遇、新考验，肩上的担子沉甸甸的。

压力还来自发展之后，村民们观念上的变化。

在经历了最初的"快步跑"之后，一些发展中新生的问题也一个一个冒了出来。村民们觉得，村里的发展节奏不如以前快了，新的问题开始滋生。

越是迈开了步子，遇到新的磕磕绊绊、坎坎坷坷也就越多。

发展中出现的问题，如何用发展来解决？

不满足于"小富即安"的神山村乡亲们在思考。从村干部到普通村民，"本领恐慌"日益强烈。

十八洞村的启发

为了化解"本领恐慌"，神山村"两委"班子专门到湖南湘西十八洞村"结结实实"考察了一回。

在神山村村民看来，十八洞村和神山村有很多相似之处。

十八洞村平均海拔700米，有4个自然寨，6个村民小组，共239户946人，耕地面积817亩。2013年，十八洞村人均纯收入1668元，仅为全国平均水平的18.8%，贫困人口占全村总人口的56.8%……

2013年11月3日，习近平总书记在十八洞村调研扶贫开发工作，首次作出了"实事求是、因地制宜、分类指导、精准扶贫"的重要指示。按照总书记的指示，十八洞村因地制宜发展特色种植、乡村旅游、山泉水、苗绣和劳务经济五大产业，成功探索出"四跟四走""党建引领、互助五兴"等可复制、可推广的精准扶贫经验。

2016年，十八洞村村民人均纯收入从2013年的1668元增至8313元，在全省第一批退出贫困村行列。2020年，十八洞村人均纯收入跃升至18369元，村集体经济收入突破200万元。

更让神山村干部艳羡的是，十八洞村引进外部资本，专门成立了湖南花垣十八洞文化旅游开发有限公司，对村里的旅游业进行专业化营运管理。游客服务中心、培训中心、停车场、溶洞景观、观光车、"地球仓"酒店……现代化的旅游服务设施从无到有，红色旅游和苗族风情乡村游风生水起。

已经"起势"的神山村，怎肯甘于人后？

随着调研的深入，大家脸上的表情愈发凝重。每个人都写了调研笔记，往往是白天调研，晚上回到驻地，饭都顾不上吃，就开始讨论总结，对照人家找差距、找办法。

"触动特别大！印象最深的，是十八洞村的产业发展，人家光生产销售山泉水这一项，每年就能为村集体增收60多万元！大家琢磨着，要想让村民们持续过上好日子，光靠老办法肯定不行喽，必须创新体制机制。"尽管距调研十八洞村已有一年多时间了，说起当时的情景，罗军仍深有感触，"与十八洞村的发展相比，神山村欠了好多'功课'，错过了几年发展机遇，但还为时不晚，还可以奋起直追。"

从十八洞村回来，村里的"机制创新大会"连着开了两天，旁听的群众把会场围了个里三层外三层。

村干部提出，向十八洞村学习，引进公司开发村里的旅游。这一下可炸了锅：就这么一个小山坳，自己开农家乐都不够，引进个"大户"，这不是跟我们争食嘛！

村干部把道理掰开了揉碎了讲：坐等客人上门，每家每户都吃不饱。要想吸引客源，配套设施就要跟得上；客流量大了，管理水平也要跟得上。这几年大家手头都有了几个钱，可要搞大型配套设施，那是"墙上挂竹帘——没门"！而现代化的旅游管理，村里又有几个人懂？好树结好桃，好葫芦开好瓢。咱找个专业公司，和他们绑在一起干，那就什么都有了。

经过好几轮激烈辩论，最终，村民一致同意：借鸡生蛋。于是，在井冈山市委市政府支持下，神山村引进吉安市旅游投资发展有限公司（以下简称"旅投公司"），成立了井冈山神山旅游发展有限公司——改变过去一家一户"各自为战"的打法，整体打造神山村旅游项目。

到底干出了什么名堂？

罗军建议我们到村里实地看一看。

浪漫的"树屋""蛋屋"

罗军带我们乘电瓶车朝山坳里驶去。

已是深秋，山上的林木因山势不同颜色从下到上由浅黄到深黄，再到嫣红，路边的小溪清流潺潺，鸟儿在枝头"啁啁""啾啾"。

不多时，眼前出现一座颇有气势的宽体建筑。"以前，碰上大的团队，村里没有能力接待。旅投公司建的这座多功能接待中心，有25间标准客房、2间多媒体会议室，还配套了能容400人就餐的餐厅。接待的层次，一家伙就上去了。"

沿小路往山上走，翠竹丛里掩映着一间间度假小屋。挺拔的修篁护卫着一座座尖顶"树屋"——平台悬于半空，宽大的落地窗外，竹枝竹叶伸手可触。每个平台上，还有一个观景茶座，秋景、秋风、秋阳无遮无拦地拥裹着你。你想一想，置身其间，耳旁风声若约，眼前秀色可餐，负氧离子一股脑儿地往鼻腔里灌，这时候，把一盏清茗凭几而坐，该是多么惬意。

地势平缓的山坡上，安卧着一座座通体浑圆的"蛋屋"——墙体和周围的山色浑然一体，朝天的一面，是类若太空舱的玻璃天幕。夜晚躺在床上仰望星空，顿时会进入御风遨游浩浩天、满屋清梦压星河的境界。如果碰巧遇上雪天，那你可就赚大发了：在这样的环境里，白雪扑面，会有一种我与青山同淋雪、青山与我共白头的感触……

"这都是旅投公司带来的新项目，很受欢迎。'树屋'刚一亮相，就被吉安的一对老夫妻包下一间，一签就是两个月！"罗军说。

旅投公司的加入，每年为村集体带来了几十万元的收入。"现在，游客越来越多，不少人流连忘返，来了想待，待了想住。"罗军很得意。

提质换挡的农家乐

村民罗林辉正在自己的"神山土特产"店里理货。2022年，我们在村里采访时，他的这间"人气店"面积还不到50平方米，各种土特产杂乱无章地摆在柜台上。现在可好，店面扩大了近一倍。鲜果区、干果区、加工食品区、文创产品区……条理分明，俨然是城里小超市的气派。

这位返乡"搞事业"的青年，在村支部的帮助下，贷款组建工程队、开起小商店，腰包很快鼓了起来。2023年春节前，为翻新升级店面，他一下子又投入了50万元。

"我爱人蛮心疼，埋怨我：'投入这么大一笔钱，啥时能回本呀？'我说：'现在人们的日子越过越好，出门旅游成了家常便饭。你没发现吗？村里从早到晚都挤满了游客。再看看村里的情况，基础设施越来越完备，各项支农政策越来越多。咱做生意，眼界要大些！'"

"眼界要大些！"这是神山村村民的普遍想法。

"既然做，就要做出个样子来，再不能走'粗手大脚'的老路了！"在采访中，一位村民拉着我们去看他家的新民宿。他自豪地告诉我们，"我可是取回了真经。为了搞出点名堂，我专门到搞得好的旅投公司做了深度调研。"他把"深度"两个字咬得很重。

他执意要带我们参观他的"名堂"：八间双人客房，窗明几净，每间都配有电热水器、抽水马桶、电吹风……"这段日子，天天都住满了人。暑假里，几个上海的学生仔来了就不想走，说住在我这里，'窗外是田园风，屋里是现代风，住下来别提有多拉风'！"他乐不可支。

我们走访了多处农家乐，家家都在自觉提质换挡——撤掉老电扇，添置变频空调；淘汰花被褥，换上纯白寝具；告别"烟雾山庄"，装上抽油烟机……

其实，升级的，不仅是"硬件"，还有"软件"。瞧，"茶老板"彭德良一门心思谋着打好"文化牌"呢。

他的小店门头上,挂着"井冈红"大招牌。这是茶业合作社的代售点。走进去,他正给三位游客泡茶。赭中透黄的叶片在杯中慢慢舒展开来,茶汤橙黄似金。随着叶片全部打开,香气也弥漫开来。"快尝尝,快尝尝,啧啧,好香巴香。"

品着香茗,生意很快谈成了。

从最初代售茶叶月收入2000元,到现在每年提成六七万元;从最初的腼腆内向,到现今的开朗健谈;从一心卖茶叶,到思考起神山"茶情茶韵茶文化"……"70后"彭德良让人刮目相看。

村里星罗棋布的果树、茶田,镇上红红火火的黄桃加工厂,家家户户脱胎换骨的农家乐,罗林辉的土特产超市,彭德良的茶叶代销点……看上去似乎都不起眼,但将神山村的农业、工业、服务业有机串联了起来,这在神山村的历史上,还是第一次!

神山村的高质量发展从此有了根基,神山村乡亲们的生活也是一天一个样!

饮水思源,村民们对寻找红军亲人的念想,愈发强烈了。

赖国洪一有空,就要到新建的红军墓前去转上一遭:"每次去看,墓碑都被擦得干干净净,地面也收拾得清清爽爽。这,都是老表们的心意嘞……"

时不时,就有人托他向寻亲专班打问打问:"咱们红军烈士的亲人,找到了吗?"

十二　寻亲，道阻且长

DNA检测带来新希望

寻亲工作，一刻也没有停止。

除了文献查证、实地走访外，寻亲专班还添了新的手段——DNA检测。

说起DNA检测，它的缘起，来自一年前一次父女间的偶然对话。

"大概是在2022年8月，我女儿回家吃饭。她在井冈山市委宣传部工作，聊天时无意中说起，神山村发现了无名红军烈士墓，但是烈士身份无法认定的事。我当时就随口说了一句：'做个DNA检测，这还不是分分钟搞定的事！'不知道是不是我无意中说的这句话起到了作用，不久，上级就要求我们着手对神山村烈士的遗骸进行DNA检测。"井冈山市公安局副局长许爱攀说。

他无意中说出的这句话，为烈士寻亲打开了另一扇大门。

2022年8月底，井冈山市公安局接到上级命令，要求他们对神山村无名红军烈士寻亲工作提供DNA检测技术支持。

任务，落在了井冈山市公安局法医朱东才身上。

朱东才清楚地记得那个日子——2022年9月2日，烈日将大地炙烤得冒了烟。在神山村无名红军烈士墓前，朱东才的装束与其他人格格不入——浑身上下紧紧裹着密不透风的隔离衣，大大的口罩遮住了他大半张脸。

穿着这身行头，仅仅几分钟，朱东才的衣服就已经湿透。

朱东才顾不上这么多，在众人期待的目光中，他擦擦额头的汗，戴上手套，深深吸了一口气，小心翼翼地开始搜寻烈士遗骸。

"从DNA检测的专业角度看，牙齿是最好的检材，几乎可以100%检测出DNA。但非常遗憾，我们在无名红军烈士墓中，没有发现牙齿。其次是'长骨'，比如四肢的骨骼，它的降解速度会比其他骨头稍微慢一些，提取DNA的成功率也会稍微高一点。但这次，我们仅发现了一段20厘米左右的长骨，像是上肢肱骨，但年代久远，已经渣化。其余的，就都比较零碎了，初步判断，可能是颅盖骨……"为了保险起见，他尽可能多地将可用的骨骸放进物证袋里。

提取DNA，对于朱东才来说，是日常工作。

"用于做DNA检测的材料，我们的专业术语，叫'现场生物检材'。理论上说，凡是人接触过的，哪怕是把手放在茶几上留下的痕迹，如果比较'新鲜'，都能提取出DNA。但是，生物检材的降解很快，并且随着时间的流逝，降解的速度会呈几何级数加快。"朱东才说。

此前，他提取过的骨骸中，时间最久远的，是一年。当时，被害人的遗体被抛弃在山上，一年后才被发现。发现的时候，骸骨已经白骨化。朱东才不仅成功地从骸骨中提取了被害人的DNA，还从现场遗弃的矿泉水瓶上提取了犯罪嫌疑人的DNA，一举锁定罪犯。这也是他职业生涯的得意之作。

然而，这一次的DNA提取，不寻常。

毕竟，无名红军烈士骸骨距今已有90多年！早已渣化的骨头里，还能提取出DNA吗？朱东才对此一点把握都没有。

"概率应该很小吧……"这是他当时最真实的想法。但是，他心里清楚，神山村的乡亲们对他的工作寄予了多么大的期望。

赶回实验室，朱东才立即对这些检材仔仔细细做了清理。

"DNA的提取过程，简单来说，就是先用工具将骨头表面清理干净，取其中一部分研碎，用DNA检测试剂溶液浸泡预处理后，再过滤离心，提取所需要的物质，加入营养液进一步培养，最后涂到检测片上，用仪器去'跑'……"

考虑到检材的特殊性和井冈山市公安局的检测装备技术水平，为了慎重起见，市局决定，将无名红军烈士墓中提取到的遗骸检材，由许爱攀和朱东才护送，直接送往北京，交由公安部物证鉴定中心的专家进行检测。

漫长的等待

公安部物证鉴定中心负责此次检测工作的，是国内物证DNA鉴定的权威专家涂政。

"我们之前因为其他案件曾向他请教过。在那个案件中，犯罪分子只是用手在液化天然气管道的开关上扭了一下。我们将提取到的检材送到涂政老师那里，他很快就帮我们提取出了DNA。真的很厉害！因此，这一次，我们还是第一时间向他求援。"许爱攀对我们说。

在电话里详细了解了神山村无名红军烈士骸骨的情况之后，涂政沉吟了很久。朱东才的担心在涂政那里得到了印证。

"按你们说的，这些红军烈士是在1929年初牺牲的，距今快100年了。而且，你们那边雨水多，烈士遗体掩埋的条件也不是很理想，这些都会影响DNA检测的效果。更何况，你们提取出的可用的检材数量也比较少啊……"涂政的这番话，让许爱攀和朱东才的心凉了大半。

"有多大检出的把握？"他们小心翼翼地问。

"这个的确不好说！可以类比一下。和你们的情况最相似的，是前几年我们对湘江战役中牺牲的烈士做的DNA检测。湘江战役发生的时间比井冈山革命斗争时期稍微晚一些，而且，当地提供了很多检材……就这样，检出率也只有20%！不过，你们放心，我们一定全力以赴、尽力而为！"

涂政的话，仿佛在黑夜中，让许爱攀和朱东才看到了一丁点亮光，有了些许希望。

正在许爱攀和朱东才迫不及待地要将检材送往公安部的当口，新冠疫情在吉安地区集中暴发，进京送检工作不得不搁置下来。

"但愿是好事多磨吧！我们只能这样安慰自己，在煎熬中期盼最终会有好事发生……"朱东才在心里默默地祈祷。

这一等，就是两个月。

2022年10月31日，许爱攀和朱东才接到通知，疫情稍缓，他们可以赴京送检了。第二天，相关检材就被送进了公安部物证鉴定中心。

此后，就是度日如年的焦急等待。

这一等，就是20多天。直到11月23日，终于等到了单位办公室的通知，说公安部物证鉴定中心有信息传来。

"我俩既紧张又兴奋，想看信息又不敢看，两个人你看看我，我看看你，最终，还是我去查看了信息。结果，兜头浇来一盆冷水：'DNA检验未检出分型！'之前我们对这个结果有思想准备。毕竟，当时送检的时候我们就预计结果可能不会太好，但真听到这个消息的时候，心里那个失落啊，整个人就像被抽走了魂儿……"许爱攀说。

怎么办？

他们再度和涂政取得了联系。经过仔细商量，他们共同商定：换一个部位再做尝试，将DNA检测继续做下去。"已经送到了公安部顶级专家手中，我们无论如何不能轻言放弃！"许爱攀说。

依然是度日如年的焦急等待。

一个多月过去了，就在2022年的最后一天，公安部物证鉴定中心再度传来信息反馈。好消息是：已经检测出了一些DNA片段；不那么好的消息是：还没有达到可以出报告的程度，结果还不能用，"分型不太稳定，还需要多次检验，再等等……"

这一下，许爱攀和朱东才的心又被提到了嗓子眼。

《光明日报》的寻亲专班

新年之后，新冠疫情起起伏伏，公安部的DNA检测工作不得不时断时续，许爱攀和朱东才的心情也像过山车一样忽上忽下。

我们《光明日报》的寻亲专班也和许爱攀、朱东才一样，焦急地等待着最后的检测结果。

寻亲活动发起后，不光是寻亲专班的同志们，我们《光明日报》的每一个员工都无时无刻不在关注着寻亲的每一个过程、每一个细节。

我们的寻亲专班，24小时接收寻亲线索，查询甄别信息，联络各界资源，并和井冈山寻亲专班保持着热线联系。

"张部长，今天有进展吗？"

"我们又接收到一条有价值的线索，请你们那边帮忙查证一下。"

"调查人员到哪儿了？昨天说的那个线索有没有眉目？"

……

《光明日报》寻亲专班的同志们，每天都要和井冈山那边通上几个电话。

《光明日报》还抽调了几名骨干记者，对寻亲工作进行跟踪采访，及时报道取得的每一步进展。整个报道的网络阅读量，累计超过2000万次。

公安部第二次检测结果出来，闻知仍然没有结果后，整个下午《光明日报》的办公大楼都沉寂无声，似乎空气都凝固了……

那天，已经下班了，《光明日报》寻亲专班的同志们没有一个人离开工位回家。夜深了，每个人还都默默呆坐着。

寻亲专班组组长劝大家先回家，可是没有人回应。过了半个多小时，他见大家仍没有离开座位，于是说道："大家心都揪着呢？来吧，那咱们就开个会，再想想办法。"

已近子夜了，《光明日报》四楼第一会议室的灯光又亮了起来，传出热烈的讨论声。

"有没有可能，请井冈山方面再提取一次检材？"

"据说已经提取到了极致……还是得在检测上下功夫。"

"对，检测，一定还有潜力可挖！关键是，怎么帮助公安部物证鉴定中心争取更大技术支持？"

"我认为，检材、检测要双管齐下。上次提取检材时，会不会有遗漏？"

……

讨论持续了三个多小时。最终，形成如下决议：

一、写一份信息专报，将寻亲进展和遇到的瓶颈详细汇报给中央领导。

二、发挥报社资源优势，通过各种渠道为寻亲工作提供更充分的信息源。请报社文艺部与中国国家博物馆、中央档案馆、解放军出版社等机构联系，尽可能调阅相关历史资料，尤其要加大井冈山革命斗争时期原始文献资料的查询力度，为寻亲提供历史文献支撑；请报社军事部与退役军人事务部联系，请他们协调相关地区的退役军人事务部门，为烈士寻亲提供更多档案信息，提供更多烈士后人线索。

三、恳请江西有关部门加大协调力度，尽全力配合鉴定中心提出的需求。请报社国内政治部与公安部联系，恳请进一步加大DNA检测力度，穷尽所有能使用的最先进的检测技术。

四、请江西、湖南等地记者站派专人和当地党委政府密切联系，随时掌握寻亲动态，并积极参与到寻亲活动中。

会议结束，已是凌晨。专班同志一鼓作气，接着撰写信息专报。晨曦初露，一份近2000字的报告也已拟就。

报告指出，动员更广泛的社会力量、征集更多有效线索。同时，提高寻亲工作统筹层级，建立跨区域寻亲联动机制，打通省际、部门阻隔，全面提升寻亲效率。

报告特别指出：这次寻亲活动意义重大，不但体现了我们党对英烈忠魂的高度重视、与人民群众的血肉深情，也将进一步培植矢志不渝爱党爱国的红色基因、弘扬大无畏英雄主义的革命情怀，凝聚起"一心一意跟党走、攻坚克难勇前行"的磅礴伟力。

社会各界密切关注

与此同时，社会各界均密切关注着寻亲进展。我们《提灯·为烈士寻亲》专栏电子版及报、网、端、微的寻亲热线，不断收到一个个满怀期冀的寻亲电话，相关网页也不断收到一条条热情滚烫的网络留言。

原红八军政委邓乾元长孙、年过七旬的邓明致电寻亲专班，声音颤抖地请求帮助寻找爷爷遗骸；91岁的抗美援朝老兵汤天福，盼着能查找到父亲汤永仁的牺牲情况……

大量读者动情留言：

我们今天的幸福生活是烈士用鲜血和生命换来的，为烈士寻亲是我们义不容辞的责任。

在饱含深情的找寻接力中缅怀英烈，就是对红色基因最好的传承。

为烈士寻亲，让英雄叶落归根，是我们表达敬意最好的方式。

正是你们的英勇无畏，为我们赢得了幸福安宁。红军精神永存。

在腥风血雨的岁月里，你们用坚毅和忠诚书写了人类历史上最壮丽的诗篇。休道岁月静好，皆因你们负重前行。

流星划过天际不会留下印痕，而你们的生命虽然短暂，却永远照亮历史的星空。

你们用生命捍卫了初心，今日我们的幸福生活，由你们的精诚凝成。不忘初心，是我们永恒的使命。

虽然不知道你们的名姓，但井冈山的红土地和青青的翠竹，将永远铭记着你们的忠诚。

……

由《光明日报》与井冈山市委市政府、井冈山报社联合开展的"为烈士寻亲 为天地铸魂"活动,一时间,演化成传承红色基因的全国大行动。

山东、安徽、河北、湖南、江西等地,数千名热心人士主动报名,加入志愿寻亲队伍。江西省萍乡市寻亲志愿者周敬田在粉丝中积极动员,联动起2000余名志愿者,在收到的大量信息中发现,有三条与烈士匹配度较高。

遂川县自发成立寻亲组,走红军路线、寻烈士遗迹,戴家埔乡和草林镇印发倡议书1500余份,先后收到各界回应1.3万余条……

我们的每一期报道,都会引发全社会的强烈反响。无数读者随着寻亲的进展而心潮起伏。我们每天都会收到这样的信件:"我把在网上看到的一条烈士信息发给你们,看对你们的工作有没有帮助?""给寻亲专班提个建议,能不能把搜寻范围扩大一点?""我们这里也有无名烈士墓,能不能一起纳入你们的寻亲范围?"……

来信、来电、网络留言,表达着全国各地群众对烈士寻亲的关心、牵挂、期盼、焦虑……

希望又一次落空

不久,好消息传来:为神山村无名红军烈士寻亲活动,得到了中央领导同志的关注,批示公安部、退役军人事务部和江西省委省政府,全力提供支持!

好事成双。

经过反复检测,2023年2月13日,江西省公安厅DNA实验室联合公安部物证鉴定中心正式发布消息:神山村烈士遗骸检测,有了结果!

结果,比预想的要好!"总体来说很清晰!检测出了常染色体、Y染色体和母系遗传的线粒体DNA。它们各有所用!"朱东才在电话那一头给《光明日报》报喜。

他进一步解释——

除同卵双胞胎外,每个人的常染色体都是不一样的。因此,在刑事侦查中,警方将在作案现场采集到的常染色体,与犯罪嫌疑人的进行比对,就可以精准判断其是不是罪犯。"我们没有神山村无名红军烈士的常染色体资料,无从比对。因此,常染色体信息,在我们烈士寻亲的过程中用不上……"

而通过母系遗传的线粒体DNA,可以比对烈士下一代的DNA确定烈士身份。"但从年龄上推算,神山村无名红军烈士即使有子女,恐怕也已去世,在烈士寻亲的过程中,或许用处不大……"

"关键是Y染色体!"朱东才说,"Y染色体是男性独有的染色体。在遗传过程中,男性会将他们的Y染色体遗传给他们的儿子。也就是说,只要是一个家族的男性,其Y染色体都是一样的。这也就意味着，如果我们能找到与神山村无名红军烈士相匹配的 Y 染色体，我们就找到了与烈士有血缘关联的那个家族！"

顿了一顿，朱东才继续说："不过，这也决定了，通过 Y 染色体寻亲，有一定的局限性——它只能锁定与烈士有血缘关系的'家族'，而有共同血缘关系的家族可能有很多，仅靠 Y 染色体，我们无法精确到是'哪一个'家族，更不能确定是'哪一个人'。目前，在神山村七位无名红军烈士中，我们只检出了其中一位的 DNA……"

尽管如此，这个重大的进展，还是令寻亲专班欣喜若狂："通过 Y 染色体的比对，再结合井冈山革命斗争史、中国共产党史以及我们收集到的民间口述资料，相互印证，会大大提高我们寻找无名红军烈士后代的准确性和科学性。"

很快，前期通过文献研究和实地走访寻找到的、最有可能的烈士亲属，被列入了第一批 DNA 比对对象。

2023 年 3 月，井冈山市公安局会同退役军人事务局，专门到江西省莲花县，湖南省平江县、茶陵县，对寻亲专班前期筛选出最有可能是烈士后代的村民进行血样采集。

随后，17 份采集到的血样被送至吉安市公安司法鉴定中心。

"如果这些人中有一位的血样能和 DNA 检测结果对得上，我们的红军亲人就找到嘞！"神山村的村民奔走相告……

消息传回《光明日报》，许多人激动地流下了热泪。

然而，希望还是落了空。

2023年3月25日，江西省公安厅DNA实验室、吉安市公安司法鉴定中心反馈了检测结果：采集到的全部17份血样DNA分型与烈士遗骸DNA分型容差很大，可以排除亲属关系……

不过，这次《光明日报》寻亲专班的同志们并没有悲观失望，有中央的支持，有地方同志们的努力，有先进的检测手段的支撑，最终，一定会为无名红军烈士找到亲人。

在又一次的寻亲专班会上，有同志提出了这么一个设想："现在这个结果，只能说明检出DNA的那位烈士，不在我们目前筛查的范围内……"

"是啊，如果扩大筛查范围试试呢？"

……

很快，大家达成了一致意见："文献梳理结合实地寻访的工作不能放弃，DNA寻亲的筛查范围要继续扩大！"

我们把这个意见，和井冈山有关部门进行了沟通。

"拉网式"DNA比对

2023年7月25日，井冈山市公安局将公安部物证鉴定中心出具的无名红军烈士DNA检验数据，录入全国DNA数据库进行检索比对。

这是一次全国范围的"拉网式"DNA比对。

"我们在烈士遗骸中提取的Y染色体标记了28个点位，然后将其与全国DNA数据库中的所有采集样本进行比对。我们设定的最低'门槛'是：容差率不超过两个。也就是说，至少要有26个以上的点位能够完全匹配！"

按照这样的标准，1080个符合条件的家族被筛选出来。

又一次到井冈山采访时，我们在朱东才手上看到了这份长长的家族名单。

"这么多人的一份名单，怎么能判定哪位是烈士的亲人呢？"

"你看看，名单有个规律——80%以上，姓何！"

说到这里，朱东才微微一笑，岔开话题，先给我们讲了一个插曲。

在这份疑似亲属名单上，来自井冈山市光明乡的一个廖氏家族最先引起了寻亲专班的注意。

在光明乡，有一位廖国让烈士，是被明确收录在井冈山烈士名录中的，而基因库中代表家族接受基因检测的成员，正是廖国让兄弟的孙子！

这让寻亲专班大喜过望——莫非，廖国让就是大家正在苦苦找寻的神山村无名红军烈士之一？

寻亲专班即刻赶赴光明乡查证。

查证的结果出乎所有人的意料。这位廖姓村民的父亲，并非廖国让的兄弟亲生，而是从母系家族的亲戚中过继来的。也就是说，这位村民的Y染色体基因，并非来自廖氏家族。

但，寻亲专班有意外发现。

"你猜怎么着？这位廖姓村民的父亲，也就是当年过继给廖氏家族的孩子，本姓——何！"兜了一大圈，朱东才终于点到了正题。

"你们觉得，这个家族名单上的绝大多数都姓何，是巧合吗？"朱东才似问非问。

十三　神山再上新台阶

为民解忧的村"两委"

我们为寻亲一时没有着落而着急，神山村的乡亲们和我们一样着急。

我们这次的采访，本来是冲着有关DNA检测这个专题来的。听说我们在井冈山，彭展阳、赖国洪等人从神山村赶了过来，一是打问寻亲的最新进展，二是希望我们再到神山村看看。

"我们早已把你们当作神山人。你们是我们的亲人。"

我们再一次来到了神山村。

神山村的变化，实在令人惊叹。这不，才短短几个月，又是一副崭新的面貌：

茅坪河上新建了石桥；农家乐门口有了统一的停车场，白线画成的方框里，一辆一辆小车井然有序地泊着；山里的健步道架上了围栏，造型典雅别致，绿的色调与山野融为一体；清水庵药库、挑粮小道、造纸厂遗址也都竖起了标识，担心游人走累了，还在标识前设置了石凳、石桌。最让我们惊奇的是，新开了一间红色书屋，十几位村民凭几而坐，正拿着书看得津津有味……

村道上占道摆摊现象不见了,道旁增设了垃圾分类站、旅游公厕;除了一家家农家乐,村里还出现了几家咖啡屋,咖啡浓浓的香味扑鼻而来……

刚从大巴车上接了一单生意的彭夏英大姐,看到了我们,高兴地跑了过来:"天天盼着你们来嘞,现在,我们正在讨论如何宣讲神山村的经验,记者同志,你们水平高,给我们好好参谋参谋……"

"变化可真够大了!"我们感慨。

彭展阳说:"你们看到的只是一个侧面,其实,神山村的面子、里子都在发生很大变化。"

79岁的胡玉保正忙着晾晒黄桃干。老人清瘦清瘦的脸上透着慈祥,一笑,眉头、眼角的皱纹挤挤挨挨成了一团。

上次来时,他曾给我们谈起"种桃经"。这次一见到我们,大老远就向我们报喜:"今年的黄桃比去年还要好嘞!"尽管牙掉了几颗,他嗓门还是那样大。

他抓起一大把果干使劲往我们手里塞:"比去年多赚了好几千块。千把斤桃子,不到半个月就卖光了!桃树,真成'聚宝盆'喽!"他又稍带些遗憾地说:"你们早来几天,能吃到鲜桃呢。日子好了,咱的嘴也就刁了,专门留了几十斤桃子,晒了桃干。来,快尝尝!"

他告诉我们，桃树能成"聚宝盆"，首先得感谢政府。去年以来，村里投入400多万元，整修加固了村道。如今，从神山开车去茅坪，只需要15分钟，比老路省了大半时间。"别小看这十几分钟，黄桃销售旺季，分分钟价格都会不一样！为了大家卖果方便，邮政还在村里设了快递收取点，派人上门来取。"

正聊着天，村医张永忠背着药箱进了门："没打断你们吧？今天又该抽血了。"

他边给胡玉保抽血边对我们说："按照要求，每隔一段时间，要给全村65岁以上的脱贫老人做一次抽血检查。去年，村里还对脱贫户里的慢性病患者进行了全面普查，建档立卡。"

胡玉保接过话茬："庄稼人，以前就害怕生个病，一场病下来，拉一屁股饥荒。现在，大病小病政府都给咱兜着，老年人可有福了！"

有福的老年人，赖福桥肯定算一个。他正坐在自家院子的凉亭里和一帮老伙伴慢悠悠地品茶。凉亭周围，一丛丛不知名的花儿开得正闹，一条小溪从亭旁"哗哗"流过。

"我泡茶喜欢用直引下来的山泉。以前，夏天雨水多，泉水浑得很；冬天，水量又不足。去年，村里新修了山泉供水站，管网通到了各家各户，一年到头泉水清亮清亮。生态好了，水质也越来越好！现在游客走家串户，都喜欢喝上一瓢，直喊'甜呀'。"

赖福桥和茶友们说起了一桩桩政府为他们办的"甜事"：通

了5G网、装了新路灯、垃圾定时清运……

"啥叫为人民服务？就是为群众办些实事。村民们的'心头盼'，就是我们的'任务书'。我们给自己提了为人民服务的七字诀：勤学、紧干、快提升！"和村支书彭展阳聊起这些"甜事"，他说得很实在。

干部争当"山小二"

在以前的采访中，我们了解到，早年间，神山村有过基层组织不"给力"的时候。对当时的情况，村民大致归纳为以下两条：一、发展经济的办法不够多；二、带头作用发挥得不够充分。

后来，镇里配强了村"两委"班子，一切有了大的改观，村民们的日子，便如"芝麻开花——节节高"。不过，这两年，新的问题又出现了：村子的名气越来越大了，村民们兜里的钱越来越多了，可大家也越来越不满足于现状。发展的步子怎样才能迈得更大一些？干部们一时还找不到门径。

彭展阳，2016年放弃了陶瓷厂20多万元年薪的高管职务，回村发展。他憋着一股劲儿："要让神山村一年变一个样。"

把神山村建得比城里的小区还美，一直是他的梦。可村民们当头给了他一棒："还小区呢，做梦去吧。'鸡上房、狗跳墙、牛啃青草、猪逛荡'，这才是农村。"

他跑断了腿，磨破了嘴皮子，村民们就是不理解。

怎么办？彭展阳决定从自家做起。

旱厕改水厕，是他改变村容村貌的第一步。没想到，老父亲第一个反对："祖祖辈辈还不都是这样上茅厕……你个臭伢崽，出去打了几天工，成精嘞！敢动茅厕，你就试试！"

他决定来个"智取"：把老父亲"骗"到外乡亲戚家住了一段日子。老人家回来一看，旱厕不见了，一蹦三尺高。可是用了一段时间水厕后，他不吭声了，还在老伙计们面前说起了水厕的种种好来。

这下，许多村民也跟了上来。

村民们不理解的事儿，干部就干出个样子，走在前面带个头。可是，一碰上好事儿，干部们就心甘情愿往后躲。

农家乐火了，村里家家都想开。村干部们约定：不与民争利，咱们放到最后一批。

山上翠竹根连根，干群就得心贴心。村干部们自发组成了一支"代办服务队"，每个人都是"山小二"——为村民跑腿办实事，让日常生活中那些"不好办"桩桩件件变成"有人办"。譬如，春耕季节，帮村民从山外带回种子、化肥；黄桃收购季节，帮村民联系客户；开农家乐的生意忙顾不上送伢崽上学，就自觉当起车夫；哪家老人有个头疼脑热，紧赶慢赶往医院送……

和村民们聊起现今的村"两委"班子，老年人会说："这些伢崽，我们没有看错！处处为老百姓着想，和当年的苏区干部一个样。"年轻人的评价更简洁，用的还都是时髦的词："我们村的这些干部，棒棒哒！"

群众纷纷争"最美"

在神山村村部那座小楼里，我们看到荣誉墙上那些牌匾已摆不下了："全国文明村镇""全国乡村治理示范村""全国乡村旅游重点村""全国民主法治示范村""国家森林乡村""美丽休闲乡村推广试验站""省级红色名村"……

让彭展阳谈谈新获了哪些荣誉，他却转了话头说起村里的"跌古"（丢人）事："刚吃上'旅游饭'那会儿，有客人就有钞票。一看有旅游车进村了，大家互不相让，你抢我抢他也抢。还有的人不断压价，宁可自己亏本也不让别人赚。现在想起来，真让人脸红呐！"

那么，是什么让风气发生了变化？

走进村委会，村妇女主任黄娜正打开积分册，给两位村民算分。积分册红色封面上，印着"乡风文明积分银行"八个大字。

"10个矿泉水瓶，1斤纸壳，这次可以给你积5分。"

"你家农家乐被游客表扬了,加10分;你家卫生搞得好,也算分,这次积分15分。继续保持呀!"

两位村民很开心,互相"斗"了起来,年长的那位大嫂说:"比一比,看年终,咱两家谁先上光荣榜!"

另一位毫不示弱:"比就比,谁怕谁呀,现在也只比你少20分。"

黄娜告诉我们,为提高村民的文明意识,村"两委"制定了"文明指标"规章,包括爱护环境、遵纪守法、和谐邻里等方面,并给每位村民开设了"文明账户",做得好加分,做得差减分。村民可根据积分兑换一些日用品。每隔一段时间,还要进行"红黑榜"公示。

"大家把'张榜'看得更重!人的脸,树的皮,让人家背后指指戳戳,谁脸上挂得住啊?!"黄娜说。

同样起到大作用的,是一年一度的"最美"评选。

71岁的村民邹长娥,堂屋正中的桌子上端端正正摆着一张大红"荣誉证书",翻开的内页上"最美脱贫户"几个字格外醒目。因为内生动力足、热心助人,她成了乡亲们纷纷竖大拇指的"神山楷模"。

"前几年看人家彭夏英捧了奖状,眼气得很。回来我就跟家里人讲,咱又不比人家矮半头,她能拿咱也能拿。你看,现在拿到了,心里比喝了山花蜜还甜哟!"老人珍爱地抚摸着证书。

"每年的'最美神山人'评选,是全村的一件大事。比过年还热闹嘞!"黄娜绘声绘色地告诉我们,村里召开互评会,无论干部还是群众,都一律平等,有时为了一分半分会急赤白脸争上半天。

除了评"最美",村上还会评"不美"。这个会就更热闹了,大家彼此"揭短"嘞:你家鸡鸭圈养还要规范;你家环境卫生比上个月下降了;你家的子女对老人不够孝顺;你家搞发展不够主动……"揭短",越是碰撞得火花四溅,被指出问题的农户改得也越痛快麻利。

最是环境能塑人

我们问彭展阳:"村民精神面貌有变化,你都使了哪些高招?"

有多年乡村基层工作经历的彭展阳,讲起话来一套一套的,还净是新词、热词:"涵育乡风,除了制度约束,环境浸润也必不可少。你们刚才看到村部不远处那个书屋了吧?这是这个中秋节我们送给村民的'书香大礼包'。"

我们信步走了进去。屋里一排排书架上,摆放着各类图书,阅读空间宽敞亮堂,还配套售卖茶饮。原木色的阅读桌前散坐着不少人,年过七旬的左秀发佝偻着腰背,正在书架前上上下下地挑选。见了我们,热情地过来寒暄:"哪见过这么多书!还

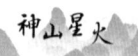

让免费看！现在，我一有空就来，小麻将也不搓了！"

走在神山村，抬头低头都能得到"浸润"：瞧，墙头上的村规民约，从"爱国守法、生活文明、孝老爱亲"等八大方面，把"该做""不该做"写得明明白白；看，村旅游协会的规章，对规范竞争、文明经营、有序礼让都有明确要求。即使进了自己家，不被"浸润"都不行，堂屋里挂着家训呢，"宁向直中取，莫向曲中求""不欺人，守信义，知荣辱，明事理"……

"涵育乡风，我们神山村有自己独特的优势。"彭展阳告诉我们，"那就是革命年代传下来的红色基因！"

"这么多年了，乡亲们对党的热爱，从来没有变过。'红色'，始终刻在村民的心里！大家都有强烈的荣誉感。譬如，有人做下了不好的事儿，不用干部出面，人人都会规劝，'咱这可是红军住过的神山村啊！'这种氛围，促使大家向好向善。"彭展阳深有感触。

涵育乡风的种种举措，带来了什么样的效果呢？

村部旁边那面"笑脸墙"很能说明问题：数十张彩色照片构成一个巨大的爱心。爱心，表达了淳朴乡风涵育的历程。爱心背后是一个个感人肺腑的故事：村里评定低保户，彭夏英主动把指标让出来；邹有福、罗节莲老夫妻，七十好几岁的人了，扫帚不离手，街上一有垃圾马上扫去；游客的车坏在当路，村民争先恐后帮着修；外地学生仔进山迷了路，全村男女老少连夜去寻……

在这张"笑脸墙"上,写有"中国梦""小康梦""神山梦"的三块牌匾组成一个方框,里面是村民们一张张生动的笑脸,这些"最美脱贫户""身边好党员""致富能手"用灿烂的笑容展示了对党的脱贫政策的礼赞、对美好生活的满足。

"这张'笑脸墙',可是我们村的'网红打卡地'!我问游客,为什么你们都爱和它合影?很多人回答:'因为你们神山人的笑容,是我见到过的最清亮、最阳光、最有感染力的笑容……'我想,是啊,如今,我们神山人再也不用因吃不饱肚子发愁,再也不用担心生了病没有人管,再也不用担心'辛辛苦苦一整年,一夜回到解放前'!所以,才会笑得如此无拘无束,如此天真烂漫!"彭展阳说,"现在的神山人,热心、诚心、齐心、暖心,人人过得开心!"

十四　首位烈士终确认

柳暗花明

手中长长的走访名单不断缩短，寻找神山村无名红军烈士后人的工作却一无所获。

寻亲专班设想了一种又一种可能，制定了一个又一个方案。可是，何小文有一个"执念"：对黄渭波这位烈士，要格外关注。

"我承认，黄渭波这个名字，始终在我脑海里挥之不去！"每次专班开会研讨，何小文总这么说，"在走访的过程中，黄渭波烈士，老乡能说出明确的部队归属、作战地点和牺牲时间！这在我们查证的六万多位烈士中，是唯一一个啊……"

尽管如此，在长达半年多的寻亲走访中，黄渭波这条线，却始终接不上。在与黄渭波烈士家乡湖南省茶陵县相关部门的多次联系中，寻亲专班得到的答复总是：没有找到黄渭波的后人。

没有找到后人，查证工作就很难向前推进。

其实，在为烈士寻亲过程中，这样的情况并不鲜见。井冈山革命斗争时期，不少红军战士还很年轻，许多人都没留下后代。即使有后代，因为年代久远，也很可能搬离了原来的住所……

多次查证无果，寻亲专班的同事提议，不要浪费时间，还是把黄渭波移除查证名单。但在何小文几次极力坚持下，最后还是将他保留了下来。就这样，"黄渭波"这个名字，一直"悬"在查证名单的末尾。

2023年4月12日，寻亲工作一度陷入僵局，井冈山寻亲专班又一次召开"神仙会"，群策群力想办法。

在这次会议上，何小文再一次"执拗"地提出，希望再做一次努力，与茶陵县联系，"重点，就放在查证黄渭波烈士信息上！"

似乎也没有更好的办法，寻亲专班决定，"再试最后一次"。有了上几次的遇挫经验，大家合计着，这一次，渠道还得拓展。能用上的关系，都要用上，各显神通。

各显神通，立竿见影。仅仅两天后，转机出现了。

"14日下午1时半，时任井冈山市退役军人事务局王江平局长给我打来电话。他特别兴奋，说通过朋友，不仅查到黄渭波有后人，而且已经电话联系上了！"得知这一消息后，何小文欣喜若狂，当即赶到退役军人事务局，会同王江平、朱东才一道，匆匆赶往茶陵。

两个半小时后，他们来到茶陵县桃坑乡虎塘社区。社区书记邝宏兵告诉他们,黄渭波烈士的外孙黄永红是他的亲姐夫,如果需要,随时可以把他找来。

很快,在社区会客厅,寻亲专班见到了黄永红。一问才知,黄永红并不是黄渭波真正的嫡外孙,而是黄渭波哥哥黄渭涛二儿子黄坤元的外孙。当年,因为黄渭波没有儿子,哥哥黄渭涛就将自己的儿子黄坤元过继给了弟弟。

几十年前的一处修改

这样的结果,显然不像期待中那样令人满意,但,这位黄家后人,提供了一条非常重要的线索——茶陵县人民政府曾在1983年12月20日,签发了一份黄渭波的烈士证明。

这份烈士证明显示,黄渭波生于1898年9月7日,1927年11月参加革命,生前曾任江西省宁冈县茨坪苏维埃政府秘书。证书不仅明确了他"1929年12月在江西省井冈山(八面山)作战牺牲",还特别做了"备注"——"安葬在江西省宁冈县三保严头村"。

这份烈士证明上记载的信息,与专家认定的神山村无名红军烈士相比,有两处明显的差异。

一是时间差异。证书记载,黄渭波是1929年12月牺牲的,而此前,专家认定神山村无名烈士牺牲在1929年一二月间。这

十四　首位烈士终确认

中间，有近一年的时间差。

二是埋葬地有差异。证书备注中特别注明，黄渭波牺牲后被安葬在宁冈县"三保严头村"。

这个牺牲时间准确吗？

"三保严头村"和神山村有关系吗？

带着这些疑问，寻亲专班首先对烈士证书中写明的"八面山战斗"做了一番考证。

八面山位于湘赣边界，是井冈山五大哨口之一。对于发生在这里的战斗，有着相对详细完备的记录。

但寻亲专班仔细核对《井冈山斗争全史》后竟然发现：1929年12月，八面山根本就没有发生过较大规模的战斗！

问题出在什么地方？寻亲专班求教于井冈山党史专家、井冈山市委原党史办副研究员刘晓农。

经过反复研究，刘晓农道出了他的结论："证书里记载的导致黄渭波烈士牺牲的战斗，指的应该是发生在1929年的八面山战斗！这场战斗，是当年守山军民五大哨口阻击战之一。但这场战斗不是发生在1929年12月，而是发生在1929年1月26日至29日。"

刘晓农进一步分析，现存资料表明，当年守卫八面山阵地的是红五军第十大队。包括第十大队大队长彭包才在内，第十大队共百余人，大多是湖南人。"此战打得极为惨烈，红五军伤亡很大，有很多湖南籍红军战士牺牲在这场战斗中。"

至于为什么证书记载的时间会出现偏差，刘晓农推测，"1929年12月"应该是对"1928年12月"的误记。"是年份记错了。而'12月'，应该是当时人们普遍使用的农历十二月，也就是公历的第二年的一二月间。"

那么，"三保严头村"与神山村有什么关系吗？

"有！我认为，'严头村'，应该是'源头村'的谐音错讹。当年在宁冈境内，有两个'源头村'：一个是与坝上相邻的柏露'源头'，距离今天的神山村大约有10里路；另一个是大陇'源头'，距神山村不到10里。"

"所谓'三保'，与保甲制度有关。"刘晓农详细解释说。保甲是民国以前社会组织的基本单位。民国成立之初，保甲制度已被明文废止，但当时割据一方的"实力派"，为了强化对自己地盘的严密控制，仍然沿用了类似的制度，这样的称呼，也就被保留了下来。

"清末民初，宁冈地区分为九保。"刘晓农找出一幅1937年《宁冈苏区志》手绘地图给我们看，上面清晰显示，"三保"所辖范围，包含源头、神山、周山一带。"无论是哪个'源头'，都与神山村毗邻，而且名气一向比'神山'大。所以，将神山村一带笼统称为'三保源头'，大致也是不错的。"

刘晓农的分析，有理有据。但是，这毕竟还只是推测，需要更坚实的证据支撑。

幸运的是，没让寻亲专班等待太久，这样的证据，便出现了。

三天后，4月17日，茶陵县退役军人事务局副局长苏莫仔带队到茶陵县档案馆调阅黄渭波的档案资料，带回了新发现——在茶陵县民政局第3555号革命烈士档案中，有一张1952年颁发给黄渭波亲属的《中南区湖南省茶陵县革命牺牲烈士家属光荣纪念证》。

在这张纪念证上，黄渭波牺牲年月一栏，有当年颁证时更改的痕迹："民（国）十八年12月"中的"18"，被更改为"17"！而民国十七年农历十二月，正是公历1929年1月至2月间，与井冈山第三次反"会剿"时的八面山战斗时间吻合！与刘晓农之前的推测，丝毫不差！

不仅如此，在这张纪念证上，还留有一处至关重要的信息——在"安葬情况"一栏中清晰写着："用白棺材埋的。"这与神山村村民间流传的历史讲述，完全一致！

黄渭波的身世

即便如此，出于对烈士寻亲这件事情的高度负责，寻亲专班仍然没有轻下定论。

井冈山市退役军人事务局对包括源头、桃寮周边在内的茅坪和大陇一带，进行了一次极为细致的全面排查，最终确认，除神山村外，这一地区没有发现其他红军烈士墓地。

直到此刻，寻亲专班才最终确认：黄渭波，就是神山村七位无名红军烈士中的一位！

这段寻亲，不仅让黄渭波与后人实现了"团聚"，更揭开了一段一门三忠烈的红色往事——不仅黄渭波，他的父亲黄道宏、哥哥黄渭涛也都是革命烈士！

黄道宏，本是湖南省茶陵县江口乡春风村宽岭村人。当时在井冈山大陇乡开了家小药店。早在1927年，黄道宏和他的二儿子黄渭波就参加了革命。黄家小药店由此成为红军联络点。黄道宏是红四军第三十二团情报联络员，而黄渭波则在江西省宁冈县茨坪区苏维埃政府任秘书。1929年，黄道宏的大儿子黄渭涛也参加了革命，任红四军第三十二团特务排班长。

1929年1月，黄渭波在第三次反"会剿"战斗中与敌人激战于八面山，身受重伤，撤至神山村后终因伤势过重，壮烈牺牲。当时，黄渭波新婚不久，怀有身孕的妻子一直住在娘家。直至牺牲，黄渭波都未能见到女儿一面……

红军撤出井冈山后，黄家遭到白狗子的疯狂报复。1930年5月2日，黄道宏在前往宁冈县东上乡执行任务途中，被"挨户团"抓住，惨遭杀害。黄渭涛则于1931年7月22日在宁冈县长岭被杀害，年仅38岁。

那一天，知晓了黄渭波烈士的身世，和他全家为中国革命付出的巨大牺牲，神山村的乡亲们无不落泪。他们采来山间最艳丽的花朵，静静安放在烈士墓前，肃立许久，不肯离去。

庄严肃穆的认亲仪式

2023年8月5日。沐浴在夏日艳阳下的山山岭岭一派金辉，从漫山修篁间拂过的风儿轻手轻脚，飘过山脊的云彩如水洗般洁白。清澈的茅坪河浅吟低唱，倾诉着对革命先烈的无尽思念，歌唱着他们开创的无量伟业。

那山岭，那翠竹，那白云，那溪水，都在见证着一个庄严而又激动人心的时刻——一场跨越94年的"团圆"。

由光明日报社、井冈山市委市政府、井冈山报社联合举办的"井冈山市神山红军烈士认亲仪式"在神山村七烈士墓前隆重举行。

湖南省茶陵县的红军战士黄渭波的后人，在烈士墓前，实现了与亲人的"团圆"。

携一株白菊端放在墓前，陈银洪鞠下深深一躬："外公！我终于找到您了！"他的这声呼唤，让现场所有人潸然泪下。

"仗剑出乡关，血染井冈山；杳踪近百年，今日终'团圆'。"苍翠的林木环抱着新落成的红军烈士墓，碧空如洗，骄阳轻抚着山川原隰，庄严肃穆的墓碑上方，一颗红星在阳光下熠熠闪耀……

认亲仪式上，谈起外公等亲属的英雄事迹，陈银洪几度哽咽。

"要牢记你外公献身革命就是为了今天的幸福生活，要倍加珍惜，走正道、务正业、干正事，要紧跟党组织走。"母亲的嘱托，成为陈银洪烙印一生的信仰。

"外公，我们终于找到您了。您放心，后辈们一定会秉承您的遗志，将革命精神发扬下去。"认亲仪式结束后，陈银洪站在墓前久久不愿离去。

"我的太爷爷也是一位红军烈士，他的事迹和精神对我们几代人影响很深。所以，特别能体会您此时的心情！"仪式结束，一位少年的身影穿过人群，激动地握住了陈银洪的手。

说话的人，是左桂林的后人左伟波。这位四川大学生命科学学院的在校生动情地说："为共和国牺牲的英雄们，永远值得我们铭记。生活在盛世，我们唯有努力奋斗，才能不负先烈！"

年过八旬的吴清娥，扶着堂屋的木门看完了整个仪式。她家老宅离墓地不足百米。当年，正是她，指引记者找到了忠骨的掩埋地。

"终于找到了！终于找到了……"她反复念叨着，泪水扑簌簌地滚落下来。

十五　神山星火正燎原

神山仍在谋攀爬

祭奠了革命英烈，我们回到村里。

在村部那座办公小楼里，我们见到了时任村第一书记罗军、村支书彭展阳、村监委会主任赖国洪、村委会副主任黄晓兰等一众村干部。大家还一直沉浸在对红军亲人的缅怀之中……

中午，我们在办公室里稍事休息。这时，就听隔壁会议室里传来了说话声。我们屏息静听，窥见了这些基层干部心中的一个秘密：尽管神山村已发生了翻天覆地的变化，但这些神山村的当家人们，心里没有丝毫的放松。

"越是发展势头好，越要加把劲；上坡，就得弯着腰不停往前迈。丝毫停不得歇不得，一停一歇，就会往下出溜！真是那样，我们怎么对得起全村父老，怎么对得起红军亲人……"这是罗军的声音。

"是啊，咱们一定要在顺境中看到险境。其实，当前神山村发展已经遇到了瓶颈。乡村振兴，没有产业不行。可神山村产业的层次还很低，村民增收主要靠种黄桃和开农家乐。咱神山村黄桃种植起步较早，前几年不愁卖，可最近几年，周围的村子都种起了黄桃。人家交通便利，离城镇又近，单靠卖鲜桃，神山村没有任何优势……"这是彭展阳的声音。

"长远看，要想把黄桃产业做强做大，必须进一步延长产业链条。越往前延伸，附加值越高。而要进一步延长产业链条，资金、技术都是制约因素……难呐！"这是赖国洪的声音。

"尽管村里这些年尝试着延长产业链条，可咱们实事求是地分析一下，无论做果干、罐头、果汁，哪个真正做大了？这才刚有点起色，附近的村子也做起了这些产品。转型升级，迫在眉睫啊！"这是黄晓兰的声音。

……

开完会的村干部们，发现了我们，让我们也谈一谈对村里下一步发展的建议。我们便把在村里采访时发现的问题讲了出来。

旅投公司有人向我们反映：村里的干部太保守了，"树屋""蛋屋"生意这么火爆，为什么就不多建一些呢？周边村子的旅游都起来了，再不做大，就来不及了！

罗军听后说了他的想法："主要是考虑到当前和长远的关系。神山村是个小村，环境的承载量有限，如果急功近利建那么多的旅游设施，可能一时会得利，但破坏了环境，从长远看得不偿失。"

旅投公司和群众利益分配方面，也产生了分歧。不止一位开农家乐的村民向我们反映：旅投公司的软硬件设施都比他们的好，游客一比较，肯定都去了旅投公司开的店。"山是我们的山，水是我们的水，这样做，我们想不通！"

说到这个问题，罗军和彭展阳都表示，就眼下情况看，村民说的不是没有道理。村"两委"的本意是，通过旅投公司的高层次开发，带动整个村庄旅游业的高水平发展。目前，村民的积累确实有限，高水平发展还不现实。对于村民提出的这个问题，他们已开始认真研究。如何让旅投公司和村民达到"双赢"？村里需要制定出合理的分配机制。

深入聊下去我们发现，对于神山村下一步的发展，村"两委"已进行了深层次的思考。

罗军说，要想让神山村的旅游产业可持续发展，必须具备"行、游、住、食、购、娱"六大要素。而目前，神山村的旅游还基本停留在食、住两个基础层面。五百里井冈，处处风景如画。神山村旅游腹地很小，又没有特殊的名胜。游客来后，两三个小时就走了个通透。要想留住游客，必须扩大旅游腹地。经过一次次村民大会讨论，神山村决定下一步全方位打造红色旅游，把井冈山革命斗争时期红军在这里留下的红色印迹，譬如被服厂、药库、养伤遗址、挑粮小道、红军洞、烈士墓等串珠成线。这条线，没有两三天走不下来。"旅游景点，要想吸引游客，必须有特色。'红色'就是神山村的特色。"

……

面临新挑战

当晚,我们再次借宿神山村。

入夜,随着白日里的喧嚣渐渐散去,神山村再次归于宁静。在院坝里和乡亲们攀谈,我们分明能感觉到,虽然日子一天比一天好过,但他们的内心并不平静。

谁都清楚,旅投公司的入驻给神山村带来了新机会,但村民们的心思也由此发生了微妙的变化,就像一块投入静水中的石子,激起层层涟漪。

"以前咱神山村发展旅游,去哪家,完全是游客自己说了算。可如今,旅投公司掌握了大部分客源,如何安排,得他们和村上说了算。另外,村里对游客的管理也有些混乱,哪一个和村干部关系好,就能多得些照顾……"一位不愿意透露姓名的村民说。

这时候的神山村,我们已经是熟门熟路。就村民们谈到的这个问题,我们直接找村里负责客流分配的赖国洪"问罪"。

赖国洪也有一肚子"苦水"。他说,他的家在村里交通最便捷的位置,地势高、风景好。这些年,有不少人劝他也做农家乐,但他总是摆摆手,因为村里让他管分客,生怕群众有意见。就是因为戴了这顶小小的乌纱帽,他自己、他的亲戚没有一人干农家乐和民宿。"得避嫌啊！"他的话很苍凉。

"可就这样，仍然有村民说我'偏心眼'。谁能听听我诉苦——村里各家接待能力参差不齐，有的卫生不达标、有的饭菜就是瞎对付，把游客分到这些家，不是砸了我们神山村的牌子吗？可我告诉他们要提高饭菜质量，有的村民比我火还大：'我做了几十年饭，要你教我！'"

十个手指头，不一般齐。站在不同的角度看问题，也会各自有各自不同的结论。这，就是生活原本的样子。

……

过去，神山村发展的道路上，横亘着一道一道的难题。今后，仍会有不少难题在等待着他们。

正如改革进入深水区后，碰到的都是一块块难啃的硬骨头。解决了温饱、奔跑在乡村振兴大道上的神山村，往前迈，每一步都是跨向更高的层面，当然，面对的坡峰也会更陡更峭。

既然过去的一道一道难题，神山人都一次一次攻克了，相信，未来遇到的难题，神山人也会一一攻克。

迎难而上，神山村的前景会更加绚烂！

"神山效应"处处显现

2023年的盛夏，在参加完神山村红军烈士认亲仪式后，我们曾对赣鄱大地进行了系统采访。惊喜地发现：跨向更高层面的，不独是神山村。

井冈山市委书记傅正华为我们展示了这样一幅图景："我们正在倾力打造'大神山'。神山村党群同心、感恩奋进的精神极其可贵。只要有了这种精神，就没有甩不掉的'穷帽子'，一定会冒出一个又一个'新神山'。"他说，在2022年制定的《井冈山夯实共富基础推进乡村振兴实施方案》中，神山村被作为样板写进"发展目标"。

井冈山市委市政府把播撒神山"星火"，作为实现这个目标的重要步骤。2022年，神山村的左香云、彭水生、彭夏英等村民自发成立了"神山村农民宣讲团"，到附近村子畅谈神山村脱贫的体会。市委市政府因势利导，成立了多支志愿宣讲队伍展开宣讲，厦坪、龙市、拿山、碧溪、黄坳……一个个村镇"星火"熠熠。

"星火"播撒处，一个又一个"新神山"不断涌现。

"给钱给物，不如给个好支部。神山村这些年能迅速发展，基层党组织工作得力是一个重要因素。就像村干部自己说的那样：村'两委'不是干部，而是'山小二'，主要任务就是为群众'跑腿'。不辞劳苦、不怕牺牲、一心一意为百姓谋福祉，是当年红军在井冈山留下的好作风。从脱贫攻坚到乡村振兴，建强基层党组织至关重要！"井冈山市委书记傅正华说。

如何建强基层党组织？

以神山村经验为样本的大讨论，在井冈大地持续展开。

"我们要像神山村那样，破除'等靠要'的依赖，主动谋划，把'不能'变成'可能'，把'可能'变成'定能'。"

"今天的井冈山正处在爬坡过坎、加速赶超的重要时期，等不起、坐不住、慢不得！抱着老皇历看待新问题，打不开思路，放不开手脚。神山村能行，我们咋不行？"

"神山村干部不简单，不仅自己带头，还有办法激发起全村上下团结奋斗的热情，齐心协力一起干。"

"千招万招，不抓落实都是'虚招'；千难万难，不去拼搏都是困难。关键是得钉得'准'、钉得'狠'、钉得'牢'！"

……

讨论之后，是行动紧紧跟上。

强健基层党组织——

选优配强全市所有村党组织书记，致富能手的比例要超过90%。2022年7月，井冈山还成立了红色名村党建联盟。采用"N对1"结对帮扶的方式，组织全市机关单位、红色教育机构与红色名村"结对子"，壮大村级党支部的力量。

推广党建好经验——

"两张清单"工作法、"红灰台"评比法、党建工作"月督查调阅"……一项项能用、好用、管用的党建工作方法被积极推广开来。

监督考核跟得上——

"我们要求，对软弱涣散村党组织进行常态化排查整顿，德不配位就去位、才不适岗就调岗、状态不佳就换人。"傅正华说得斩钉截铁。

"泥巴路变成了致富路，黄桃树变成了摇钱树，土坯房变成了农家乐……神山村发生的变化，值得我们深思。当干部，就得多接一些'烫手山芋'，多当几回'热锅上的蚂蚁'，啃最硬的骨头、挑最重的担子，练就扛得重活、打得硬仗、经得住磨砺的肩膀！"时任吉安市委书记王少玄说。

为了让党员干部发挥先行引领、示范带头作用，吉安市推行"支部建在产业链上"，实现人才聚在产业链上、活动串在产业链上、群众富在产业链上。同时，2023年，吉安市推出"揭榜破难题，争当'吉'先锋"激励机制，找准痛点堵点，引导党员干部打破思维定式，以有解思维攻克高质量发展瓶颈制约。第一批43个攻坚项目一经发布，44名干部主动揭榜……

"这些年，经过脱贫攻坚的淬砺、在迈向全面振兴的道路上，老区人民的精神状态又有了质的飞跃，无论是党员干部还是普通百姓，大家都憋着一股劲：革命年代，在党的领导下，老区创造了那么多丰功伟绩；今天，在走向共同富裕的大道上，老区不仅不能拖后腿，而且还要赶争先、做贡献、闯新路！"长期在一线从事农村调查的江西省社科院党组书记蒋金法对近年来赣鄱大地发生的变化深有感触。

赓续血脉学神山，因地制宜赶神山，突出特色超神山，比

十五　神山星火正燎原

学赶帮超，带来的是一个个各具特色的"红色研学村""生态旅游村""避暑康养村""休闲漂流村"……

从神山村向东南，在山间绕行30多公里，便来到了茨坪镇白银湖村。这里，与神山村相比，仿佛是另外一个世界。

那明镜般的白银湖，看上一眼，就让人着迷。湖水清澈见底，湖面如同一面巨大的镜子，将蓝天白云、山峦绿树、村落房舍尽收其中。微风拂过，湖面闪动粼粼波光，将那些倒影装点得金光闪闪、愈加婀娜。

湖畔，郁郁葱葱的树木间，一栋栋别具特色的民宿鳞次栉比。阳光透过树叶，将斑驳的光影洒在房墙上、院门口，像是泼洒出一幅幅天然水墨画，愈加衬托出乡村生活的恬静与适意。

"我们村几乎家家户户都开民宿，要说经验，还是从神山村那里学到的。"一边带着我们在湖边散步，白银湖村村支书朱海强一边向我们介绍起村里的情况，"和神山村一样，过去，我们村里的民宿，也都是各家自己经营，小、散、乱，始终做不起来。事实证明，这条路肯定走不通。交给企业运营，发展肯定快，经营也更规范。但村子就这么大，企业分走一部分利益，留给村民的还能剩多少？"

"经过好多次村民大讨论，大家觉得，既然'二选一'很难，不如索性'二合一'，既走专业化道路，又能让村民自己说了算。于是，我们在村里成立'农家乐协会'，把它作为全村农家乐和民宿的'大管家'。"朱海强说。

这个"大管家",可不简单。

先是了解每家每户的特长和短板,让村民自己拿主意,量身定制发展策略——既有180元一间的豪华房,也有100元出头的经济型房;既有标间、三人间,也有自助公寓。有的建了棋牌室,有的配了茶室、咖啡座;有的能唱歌跳舞,还有规模更大的,能开篝火晚会、进行队列训练、放映露天电影……这下子,来到白银湖村,有不同消费需求的客人都能找到适合自己的住宿。

至于客源组织和分配,这个"大管家"给同档次的农家乐、民宿"排上队"——这次排到10号房,下一次就从11号开始。因此,村民们有了底气:自家的民宿,从来不愁客源!

不愁客源,会不会就此"躺平"?

"'大管家'也想到了这问题。"朱海强笑着说,"所以,会定期对各家民宿、农家乐的设施状况、服务水平、安全管理进行打分评估。"

他摊开一本记录册给我们看:"你瞧,这是评估结果,还打了星级。这样,游客还没进村,就对各家民宿、农家乐的情况了然于心,不论是吃还是住,都放心、安心、称心!"

打分评估也激起了村民们力争上游的劲头!

"看看,我家评上了'美丽庭院',不但每年给2000块钱奖励,而且牌子挂在大门上,脸上有光!分配客源的时候,评分高,客人也分配得好!"白银湖村民宿"顺源居"主人兰国华打心眼里赞同这个机制，"干起活来有动力！"

"大管家"把全村民宿和农家乐整合在一起，不仅统一管理，还一同宣传、一同营销，在很多网络平台整体打广告、做介绍。

全村一体化发展，不仅让白银湖村休闲旅游的名气越来越大，共建、共享的氛围，也让全村人紧紧团结在了一起。"谁家有个大事小情，不用招呼，大家都抢着来帮忙……"说这话的时候，朱海强脸上满满都是幸福感，"游客来自全国各地。旺季的时候，村里的民宿经常供不应求；就算淡季，也有一半的入住率。经营民宿已经成了村民的主要收入来源。"

神山村在葛田乡古田村老乡心中的地位，在村口的村史馆里就能看出来——在展墙最醒目的位置，挂着习近平总书记在神山村看望老区群众的照片。

"神山村是我们学习的标杆嘞！当年，我们村里的口号就是——'脱贫攻坚看神山'！"果然，古田村党支部书记张玉荣的话印证了我们的看法。

不过，把神山村当成标杆的古田村，并没有亦步亦趋模仿神山村的做法。

在村部坐定，张玉荣向我们细细道来。

"和神山村一样，我们村也不大——100多户、616口人。都是省级贫困村，神山村从2016年开始加速发展起来，起步比我们早三年。这些年，到神山村'取经'，我不知去过多少次……"

谈起神山村，张玉荣了如指掌。

"但是，我们村和神山村还有很大不同。"张玉荣话锋一转，掰着手指头给我们算起来："和神山村相比，无论是红色资源还是绿色资源，我们村都不充分。放眼整个井冈山，我们村也没有什么特别之处。但我们也有我们的两个优势。一个是交通便利，就守在高速公路的进出口，四通八达；另一个优势是有专门人才——村里有两位乡贤，多年来一直从事红色教育培训，经验丰富……"

将这两个优势组合起来，古田村筹划着"借鸡生蛋"：自身红色资源不足，就借用龙江书院、茅坪八角楼这些周边的红色文化遗存；绿色资源不足，不足以留住观光客，就打造红色研学产业，将民居改成别样民宿——研学宿舍。

在比较了多种模式之后，古田村选择了"联营民宿"——由民营企业出资，对愿意出租的村民房屋进行装修和运营，收入按照一定比例分成，同村民共享；如果村民不愿联营，也可以直接将房屋租给公司经营，每年收取固定租金。

"更重要的是，我们将全村的产业都围绕红色研学展开。"在张玉荣的提议下，我们到村里去看看。

古田村是沿花冲河河谷形成的狭长村庄。脚下平整洁净的柏油路蜿蜒，向河谷深处伸展。路的一侧，潺潺河水、青翠山峦；另一侧，则是仿照革命战争期间土坯房样式，统一改建的土黄色房屋，高高低低、错落有致，每家院子里，都种着各类瓜果蔬菜，低矮院墙边一丛丛鲜花盛放……

"改造之前，可不是这样！这些老房子破败不堪，有些马上要倒掉了。你看，经过装修加固，是不是焕然一新了？还有专人负责卫生、维护，村民们都很开心！"张玉荣说。

走进这些研学宿舍，每个房间都是整整齐齐的架子床、方方正正的被服"豆腐块"。

最有特色的，是临街的房舍墙壁上，彩绘着一幅幅红军故事，重现了当年峥嵘岁月的场景，让人瞬间穿越回那个烽火连天的年代。

"这是红色驿站、这是红色书屋、这是豆腐作坊、这是竹编手工坊……它们，既有实际使用功能，同时还是学员们研学的现场教学点。另外，河对岸的那些农田、荷塘，也是学员们体验务农的实践基地。"一路走过，张玉荣一路介绍，"自从建立起红色研学基地，村里百姓每年户均增收超过15000元。就这样，盘活了村里的老房子、边边角角的土地，既扩大了红色文化的影响力，又激发了红色旅游的市场活力，还让村民获得了可持续的收入来源，可谓一举三得。"

"在我看来，神山村最值得我们学习的地方，是对村民内生动力的激发。我们在红色研学基地的开发过程中，修村道、建房舍、改庭院，有些村民要做出很大牺牲。我们拿神山村做例子，让村民们看长远，为了过上更好的日子，克服眼前的困难，积极行动起来。有神山村榜样在前，大家都很支持，工作就好做了……"

学神山，赶神山，超神山。此言不虚！

确实，在某些方面，有的村子已经超越了神山村。神山村是不是也该来这些村子看一看？！

瞧，赣鄱大地那一个个"新神山"

神山村乃至井冈山的旅游产业发展，是江西旅游业的一个缩影。

早在20世纪六七十年代，江西旅游就开始起步。但长期以来，江西主要以红色景区旅游为主，业态单一，加上很多景区在崇山峻岭之中，交通不便、基础设施底子薄、档次不高……进入新时期，这些成为江西旅游发展的瓶颈。

近年来，随着机场、公路、铁路的快速拓展，"硬件"上的瓶颈被迅速突破。在红色革命传统教育愈加红火的同时，体验绿色自然风光已经成为江西旅游蓬勃发展的新增长点。如何让"红"与"绿"相互映衬、相得益彰？丰富旅游业态、改善"硬件"条件，深挖文化资源、开发文创产品……如何将"软件"搞上去，成为发力的主方向。

"神山村的蝶变所引发的效应，看上去，似乎只是如何引进社会力量，如何因地制宜带动红色传承、乡村旅游、民宿发展等细枝末节的'小事'，但事实上，它的意义极为深远——它表明，即使当年如此闭塞、贫穷、落后的小山村，在今天，也已经打开了思想解放的大门，融入了中国式现代化的总体进程。他们的努力，也许在很多人看来，只是一餐一宿、一村一户，是那么的微不足道，但对于他们而言，已经是前所未有的创新和创造。他们在用自己的实践，突破陈规、跨越障碍、积累经验……这，难道不正是中国式现代化建设所最需要的点点星火吗？"说起神山村，时任吉安市委书记王少玄情不自禁激动起来。

神山村发展特色农业、延长产业链条富了村民。井冈山市委见贤思齐，典型引路，将2023年定为全市"产业培优年"，要求各村镇选准主导产业，精心培植产业链条，把"拳头产品"打出去。

和神山村相比，遂川县汤湖镇南屏村当年的境况如出一辙——基础设施缺失、人居环境不理想。2017年的时候，还被列入省级深度贫困村，建档立卡贫困户足足有113户388人……

和神山村不同的是，南屏村是捧着金饭碗却没饭吃——遂川县汤湖镇是江西名茶"狗牯脑"的核心产区，南屏村坐拥4300余亩茶园，却始终被贫困的阴影所笼罩。

"产业发展水平低、村里没有加工厂、销售渠道不畅，就靠卖茶青和散茶，农民能赚几个钱？""80后"制茶能手兰桥林回忆道。

2020年，汤湖镇注册成立了南屏茶厂，按照遂川"狗牯脑"茶的工艺要求，建立了生产线。南屏村成立茶叶专业合作社，将113户脱贫户全部吸纳其中。

有了产业化支撑，南屏的资源优势变成了经济强势——4300亩茶园，摇身一变，片片叶子都有了"金魔力"。"我们采的鲜叶，南屏茶厂以高出市价5%的价钱收购。农户每卖100元鲜叶，还可以兑换1个积分，年底分红时，1分等于20元嘞！"兰桥林告诉我们。

如今，茶厂年度利润的60%至70%用于分红，2022年度，茶厂给乡亲们分红18万元。"现在，村里投资76万元的茶青交易市场也建成，投入使用了，以后茶农们的收入一定会越来越高！"展望未来，兰桥林的话里透着自豪。

如果说南屏村是靠延伸产业链条，将自身的特色产业优势发展了起来，那么永新县高桥楼镇拿溪村则是将产业链条铺展成网，将第一、第二、第三产业全部融合在一起。

在井冈山地区，地理条件与神山村相仿的村子有很多，山多田少，发展农业，就像"螺蛳壳里做道场"，而拿溪村就在这"螺蛳壳里"做出了大名堂。

2015年，村里成立中蝶种养专业合作社，承包了500亩农田，通过"鱼稻共生"生态有机种养，实现"一田双收"。"当时，我们出产的有机大米能卖到15元至18元一斤，比过去产的普通大米价格不知贵了多少倍！而且，产出的鱼、鳖、鸭，都是附近大大小小餐馆的抢手货!"村支书胡海云说。

但拿溪村人并不满足,在合作社基础上,他们又成立农旅基地,打造集餐饮、娱乐、研学于一体的田园综合体。

如今,在这个农旅基地,人们可以在高耸入云的松林间徜徉,在碧波荡漾的水塘边垂钓,在工厂化的育秧中心里,见证科技种植的力量,感受颗颗种子的神奇。

从"单一种植"到"生态种养"、从"看天吃饭"到"科技种植"、从"售卖粮食"到"农旅融合",这些产业融合带来的变化,为拿溪村带来了无穷活力。村民们年收入10万元,已不再是梦想。

神山村坚守绿色发展,带来经济增长、生态保护"双赢"。这让井冈山市委市政府对"绿水青山就是金山银山"这一理念有了更深刻的认识。井冈山市委市政府定下铁律:无论多赚钱的项目,只要损害生态环境,就绝不允许上。

这不,前两年有一家上市公司计划在井冈山市建设一个投资超过50亿元的项目,这对一个县级市来说,诱惑着实不小。但在洽谈中发现,这家公司看重的是井冈山的矿产资源,开发矿产可能会在当地造成环境破坏。市委市政府毫不犹豫,婉拒了这家企业的进驻。

不靠牺牲环境获得眼前利益,那么,井冈山的工业靠什么发展壮大?

"靠新兴业态的'链式发展'!"井冈山市委副书记颜卓洲颇

为自豪。

走进井冈山产业园碧溪园区，一幢幢标准化厂房宽敞整洁，一条条生产线运转繁忙。

"这里原来是一片荒山，2020年开工、2021年开园，集中发展电子信息和智能制造产业。两年多来，我们开启了'链式招商'，已经有100多家企业签约落户，总投资超过了前五年的总和！"颜卓洲说。

"去年9月，我就和园区确定了入驻意向，因为这里聚集了我们上游产业链的很多客户。今年3月，公司正式投产，预计年产值能到两亿元。"谈起落户园区的选择，井冈山市鸿威光电科技有限公司总经理周良华连说："选对了！选对了！以前我在东莞办厂，回来后成本节约了很多，配套又成熟，再加上方方面面的政策红利，让你感觉到，咱老区就是值得托付！"

有了榜样带动，有了不断攀登的精神，有了创新开拓的意识，赣鄱大地的蝶变是必然的：新兴业态蓬勃发展，传统产业转型升级。

在井冈山的"老产业园"——古城园区，云集着许多日用陶瓷厂家。近年来，一股技术升级浪潮席卷而来，带动企业降低能耗、提高附加值。

"没想到，我们的厂房面积翻了一番，能耗却降了三成，产值是原来的三倍还要多！"井冈山市瓷福实业有限公司业务负责人谢富善感慨不已："政府引导我们技术升级、煤改气，换上了先进的辊道窑，还调整了产品线。我开始还担心搞不成反而折了本，现在我举双手赞成！"

"过去，井冈山工业发展滞后，尤为突出的是发展重点不明晰、缺乏产业链概念，导致品类散乱、技术落后、上下游配套不足，市场竞争力自然上不去。怎么办？首先明确定位，然后转型升级，该抓的全力抓起来，该退的彻底退出去。"

颜卓洲为我们详细介绍了全市的工业"家底"和发展思路："彻底退"的，是妨害生态的落后产能；"全力抓"的，是绿色环保的电子信息、智能制造、食品加工"1＋2"主导产业。

井冈山的发展之路，是吉安的一个缩影——单位地区生产总值能耗值保持全省最低，战略性新兴产业、高新技术产业占规模工业增加值比重位居全省第一；生物医药大健康、先进装备制造、绿色食品、先进材料四大主导产业蓬勃发展，5G应用、数字经济、智能制造等新业态齐头并进。

吉安的努力方向，与全省发展工业的理念高度一致——全力发展绿色产业，坚决摒弃"冒烟产业"，绝不为经济上的短期利益而损害千金不换的生态环境。

……

其实，何止井冈山！畅行生机勃勃的江西大地，欣访莺歌燕舞的赣鄱山乡，我们发现，神山村的"外溢效应"处处显现。

宜春市靖安县港背村，一个森林覆盖率达95.7%的小山村，村民们一度把五万亩山林当成"摇钱树"。然而，无节制的砍伐，使得生态不断恶化。"神山故事"让他们茅塞顿开，村里把索取变为保护……终于，万木葱茏的景象又回来了。

走进井冈山市拿山镇沟边村渥田组，一条正中"落"着红黄蓝三色"彩虹"的悠长村道点亮视线。路两旁，既有农趣盎然的"南瓜部落"、碧波荡漾的乡村湿地，又有创意十足的咖啡厅、奶茶店、私房菜，还有一座清新洁净、半露天式的"星光夜市"。

"晚上坐在这里吃吃小烧烤，吹吹小山风，抬头看看小星星，别提这小日子过得多轻松！"村民杨玲得意地对我们说。她是个巧手媳妇，常年在外打工，最近被焕然一新的家乡吸引回来，在星光夜市摆了个烧烤摊位。"现在，在家门口赚的钱比在外面打工还多，想想都要笑出声。"

旁边摊位上，两个年轻人吃着烤串，喝着啤酒，悠然自得地唱歌："三送红军到拿山，山上苞谷金灿灿，苞谷种子红军种，苞谷棒棒咱们穷人掰，紧紧拉着红军的手，红军啊，撒下的种子红了天……"

沟边村支书张玉培的介绍，自豪中透着掩饰不住的兴奋："这两个伢崽唱的拿山，就是我们这里。去年10月，我们对原有乡村旅游点进行了提升改造，整治人居环境，纳入时尚气息，精细规划管理。游客成倍增长！他们说，这儿既有乡村的天然，又有创意的趣味，很特别，很够味！当年的红军，如果知道今天拿山的模样，心里该会有多高兴！"

江西这块红色土地，有无数个村庄都像神山村一样有着红色印迹。如今，忠勇而质朴的老区人民，怀着和神山人一样的情怀，让"红色"更加鲜亮——上饶市横峰县司铺乡的"红色文明实践服务队"，处处为民解忧，乡亲们发自内心地表示："最亲的永远是咱共产党！"

赣州市寻乌县长宁镇三二五村，也是一个"红色村"。1928年3月25日，这里曾爆发过震惊粤闽赣的武装斗争——"三二五"暴动。这里处处是红色革命遗址：寻乌县苏维埃旧址、"三二五"暴动指挥部旧址、原红四军指挥部旧址、红军独立三师攻克寻乌战斗旧址、碉楼遗址及战壕遗址……

"红色文化是凝聚老百姓的精神纽带，也是推动村子发展的引擎，深入挖掘、活化用好红色资源，能激发村民感恩奋进、攻坚克难的内生动力。"三二五村党支部第一书记张哲瑜说。

由村里党员、烈士后代、革命历史事件亲历者后代组成的"红色宣讲队"应运而生，在民意收集、治安巡逻、调解纠纷、政策宣传等方面发挥了重要作用。如今，矛盾化解"能进祠堂不上公堂，能在村组不上县乡"在当地已成为共识，矛盾纠纷明显减少，党群干群关系日益密切。

"'红色传家宝'守住了，老表们心里的道德标线也就守住了。咱革命当初为的啥？想明白了，那就要把心劲儿都用在正道上，乡里乡亲携起手，齐心协力朝前奔！"张哲瑜激动地说。

站在稻浪滚滚、一派丰收景象的田头，南昌县泾口乡东莲村种粮大户涂传弟脸上满是舒心的笑。

他告诉我们："虽然传感器能实时传回数据，但我还是忍不住到地里看看。"涂传弟说话间，一架植保无人机腾空而起，按照预定线路在稻田上低空飞行，机身下方的药壶喷出丝丝水雾，飘洒在水稻秧苗上。

涂传弟打开了话匣子："从一家一户分散种植到集中连片规模经营；从人力耕种到机种机收，这十多年来，农业变化可以用翻天覆地来形容。咱农民'靠天收、甩汗珠、拼体力'的时代已经过去了！现在，用手机App发号施令，就能把水稻生产全过程'智慧管控'起来，又快又准又轻松！"

多彩雅致的庭院墙绘，游人如织的诗画长廊，欢声笑语的露营基地，简约时尚的艺术会客厅……走进萍乡市湘东镇江口村，宛如来到一个充满艺术气息的"世外桃源"。

近年来，江口村依托两河交汇、烟雨迷蒙的独特景观，打造了鸬鹚烟雨艺术景区，引进了海绵城市植物培育基地、油葵草花基地、百合基地等农旅融合产业，闲来书院、"艺·江源"研学空间等系列休闲研学产业，让如诗山水嵌入文旅产业，推动江口步步有美景、处处有生机。

"以前我们是'0产业'，现在是'N产业'，这从0到N的质变，来源于文化赋能。"江口村党总支书记、村主任杨文群说。

村落因文化而华美蝶变，村民因艺术而幸福满怀。"做梦都没想到，握了40年泥刀的手，还能拿起画笔画画！"60多岁的村民陈云发感慨地说。在全村艺术氛围的熏陶下，这个大半辈子连油画都没见过的老泥瓦匠，竟放下了泥刀拿起了画笔。几年后，他还大大方方开起了画展。

"明月别枝惊鹊，清风半夜鸣蝉。稻花香里说丰年，听取蛙声一片。七八个星天外，两三点雨山前。旧时茅店社林边，路转溪桥忽见。"南宋词人辛弃疾这首《西江月·夜行黄沙道中》描绘了昔日赣鄱大地一幅恬静安然的乡村图景。如今，口袋鼓囊囊、脑袋亮堂堂的老表们，把赣鄱大地的乡村图景演绎得更加绚丽多彩。

赣州市石城县屏山镇长溪村，有一座300多年历史的赖氏宗祠。脑袋亮堂堂的村民们，把这座先前用来祭祖的场所，变成了社区活动中心。这里，飘荡的不再是缭绕的祭祖香火烟雾，而是悠悠的胡琴声、款款的戏曲声和村民从心底油然而生的欢笑声。长溪村党支部书记赖小滨说："用红色传统和文化活动引领社会文明，村民间越来越亲，心气儿越来越高，以前高价彩礼等陈规陋习现在不见了。"

"神山村的蝶变以及它给井冈山、吉安乃至全省带来的溢出效应，其实反映的是新时代，我们对广大乡村的重构。"谈到神山村，中共江西省委党史研究室副主任刘津有很多话要说。在他看来，这样的"重构"，体现在诸多方面。

这是政策的重构——推动乡村振兴的政策要由点到面，由

面成网,从重点针对贫困村、贫困户,转向面向更广阔农村的政策普惠。

这是产业的重构——脱贫攻坚,主要依靠产业扶贫,集中在农村产业上,而农村产业扶贫的重点在第一产业上,走上乡村振兴之路,焦点则是如何从第一产业向第二产业、第三产业延伸,变成支持全产业链发展。

这是乡村空间的重构——如何将生态扶贫和乡村生态环境治理结合起来、与宜居宜业的环境打造结合起来,通过总体规划,对乡村水电、路网、居住、餐饮等进行重构,使其更适宜村民居住、更适宜消费者休闲体验。

这是乡村文化的重构——将红色文化与新时代创新创业文化融合在一起。像神山村这样,越来越多村民返乡创业,这种文化的传承与创新,就更加重要了。这种文化的再造本身,就是文化振兴。

这是人才结构的重构——像神山村一样,随着乡村发展,会有更多村民回到家乡,还有可能出现新乡民、新农人、新能人。在这样一个复杂的人口构成里,需要通过人才振兴来凝聚乡村振兴的力量。

这是对集体经济的重构——它既是脱贫攻坚中的一个重点,也是乡村振兴中的一个难点。在井冈山地区,群众创造性地探索出了"城投公司+合作社+村集体经济"的模式。神山村正是通过这种模式,实现了乡村蝶变。

"每一个'重构',都是一次创新。革命老区不是落后的代名词,井冈山是中国敢闯天下的代表!"刘津对这片红色热土充满信心。

在井冈山采访期间,我们遇到了在此调研的江西省委书记尹弘。

听了我们关于"从小神山到大神山"的见闻与感受,他动情地说:"的确,神山星火正在赣鄱大地燎原!神山村父老乡亲身上体现的,正是'坚定执着追理想、实事求是闯新路、艰苦奋斗攻难关、依靠群众求胜利'的井冈山精神!精神不朽,传承永远!"

后记　薪火相传　生生不息

一转眼，旧岁已去，新年又来。

甲辰龙年前夕，习近平总书记在基层调研时，向全国各族人民拜年，祝福大家："把日子过得更好！"

多么真挚温暖的话语！我们共产党打江山、守江山，可不就是为了人民幸福！

回望过去一年，确实是不平凡的一年：在习总书记的领导下，我们果断实行新冠疫情防控转段，街巷的烟火，市廛的繁荣，告诉我们已走出了那段艰难！

甲辰年的春节分外热闹。我们《光明日报》紧傍着珠市口大街。路两旁的路灯杆上，挂起了中国结和大红灯笼；所有的店铺早早就贴上了春联；被新冠疫情"憋"了三年的人们，购起物来分外带劲儿，从报社的窗子往外望去，马路上，迈着慢悠悠步子走过去的人们，手里大都拎着大包小包；都说北京的姑娘飒，这才刚过了五九，很多姑娘已换上了裙装。

我们《光明日报》寻亲专班的几位同志，节日期间纷纷要求值班，想通过我们的值班大平台，更多地了解甲辰龙年新春各地的新气象。当然，神山村肯定是我们最关注的对象之一。

后记　薪火相传　生生不息

这不，新年的钟声刚刚敲过，我们便接到了彭夏英大姐打来的拜年电话。

我们急切地问她，今年乡亲们是怎么过年的。彭大姐满嘴都是喜庆："咱神山村别提有多热闹了！满村都是大红灯笼，到处都是打糍粑的'吼嘿'声。可惜是在电话里，你们要是来到咱村里，都能闻见米果的香气呢！小年夜那一天，大家伙儿沿着木栈道摆起'长龙宴'——你们当然也知道咱们为什么在那天摆宴席，咱忘不了国家对咱的帮扶，忘不了习总书记对咱的关心！亲人们，大家盼着你们能和我们一起过年呢！"这句"亲人们"，叫得我们心里热乎乎的。的确，这几年我们也已经把神山村的乡亲们当作亲人了。

黄娜第二个打来了电话，一张口，三句不离本职工作："猜猜我们为迎新春搞了哪些活动呀？嘿，可不少呢！'百姓舞台大家唱''客家美食请您尝''点赞雕塑全民赞'……村民是主角，好多都上台亮了嗓、跳了舞、献了才艺；我们还请了一些文艺角儿、书法家，和村民一起庆祝。主题是啥？那还用说——点赞咱们党的好政策、国家的大发展，尤其是赞总书记对神山、对咱千千万万农民的关心爱护！"

赖国洪，是我们主动给他拜的年，连续打了三次他才接了电话。电话一接通，他马上来了几句："抱歉抱歉抱歉！今年来村里过年的游客特别多。我不是负责村里农家乐的游客分配嘛，咱得让每家每户都满意啊。今年是啥情况？进了腊月，游客来了一拨又一拨！住不下呀。这几天，我不但要分配游客，还得规划旅游线路。你们对村里的情况熟，帮我参谋参谋，这样规划是否合适：上午春踏毛竹林，走一走红军挑粮小道；中午喜品农家风，打糍粑、吃农家菜；下午体验红色情怀，去红军烈士墓，听咱村民讲讲革命年代的那些故事；晚上呢，深度体验乡村的滋味，烧烤、土菜任你吃，'蛋屋''树屋'随你住，吹吹山风，放放鞭炮，看看星空……"

村支书彭展阳是用微信给我们拜的年，毕竟是村里的当家人，他的拜年，像是为神山村画了一幅"新年蓝图"："《光明日报》的亲人们，首先祝大家新年阖家安康，事事顺遂！龙行龘龘，龙腾虎跃。在大家的关心下，今年的神山村，将在乡村振兴的大道上迈出更大的步子。我们准备增种100多亩黄桃，打响'神山农夫'品牌，推出更多深加工产品，把'旅游饭'吃得更香甜，把红色文化传播得更广更远。我们也希望，烈士寻亲能获得更多进展……"

也真巧，正在这时候，饶道良的拜年电话打了进来，说了几句例行的拜年话后，他马上转入了正题："告诉你们一个好消息，又一位烈士的寻亲有了眉目。这位烈士的家，有可能在湖南平江。寻亲专班已经两次前往。寻亲专班已经查明，这位烈士生于1911年，1928年10月参加革命，曾任红五军班长，1929年1月在井冈山黄洋界战斗中牺牲……"

闻听这一喜讯，《光明日报》寻亲专班的同志们，想笑又想哭，人人眼睛都有些湿润了："太不容易了！"

为这位烈士找到亲人，是我们漫漫寻亲历程中的第三次重大收获。

就在不久前，我们替烈士何连钰找到了亲人。其过程，与为黄渭波烈士寻亲一样，跌宕起伏，荡气回肠，催人泪下：

在为黄渭波烈士找到亲人后不久，通过对DNA检测筛选出来的1080位疑似亲属逐一查证，另一位烈士的身份高度指向江西省遂川县碧洲镇安子前村的何氏家族。

安子前村，在万安县和遂川县交界。井冈山革命斗争时期，这个家族曾有12位父子兄弟参加了革命，短短几年间或牺牲或杳无音讯……结合历史文献的佐证，专家认定，何连钰就是神山村七烈士中的一位。

在查访中，何氏家族的故事，深深震撼着寻亲专班同志们的心。随着何连钰烈士的故事逐渐被整理清晰起来，红军在遂川的一段历史，也重新回到人们的视线中：红军在井冈山建立革命根据地后，遂川大部分地区成为根据地的重要组成部分。1928年1月，毛泽东在首占遂川城期间，指导成立了湘赣边界的第一支地方武装——遂川赤卫队。何连钰和父亲何荣达就是在这个时期，加入了革命队伍。何连钰任伙夫班班长。

"黄坳驻扎，县城做客，一个月来三次，看你土豪劣绅怕不怕。"这是当年老百姓用来描述县赤卫队的一段歌谣。1929年1月，第三次反"会剿"期间，遂川赤卫大队二中队、三中队留守井冈山。何连钰和其他一部分赤卫队队员被安排守卫黄洋界哨口。战斗中身中数弹的他,被转移至神山村养伤,不久壮烈牺牲……

何氏家族一门十二忠烈中,至今还有三位身份没有得到确认……

"在寻亲过程中,像安子前村何氏家族这样的红色故事,我们寻访到了太多太多。在革命战争期间,井冈山的各个村寨基本上都发生过战斗,几乎每家每户都有红军烈士,尽管他们中的大多数从未被正式确认……"饶道良感慨万千。

他说:"从2022年8月开展为红军烈士寻亲活动以来,不到两年时间里,寻亲专班走遍了湘赣鄂三省边境,查阅文史、户籍资料和党史军史史料两万余册,实地走访、甄别认证烈士61209名,留下了近百万字的工作笔记……有人问,你们费了这么大劲,难道就是为在烈士名录里补记'牺牲后埋葬在井冈山神山村'短短12个字吗?的确是这样。但我们觉得,自己所付出的一切,值!因为他们每个人都留下了可歌可泣的动人故事。每一次寻访,我们都受到了一次精神上的洗礼。"

电话结束时,饶道良说出了自己心里的遗憾:"随着时间的流逝,与红军烈士有关的当事人正在一个个离去:2022年寻亲专班人员初次在湖南平江县寻访时,曾得到该县红色博物馆负责人苏东明的大力协助,没想到,2023年春第二次寻访时,他已谢世;黄渭波烈士的后人黄永红,在接受专班人员探访后不久也去世了……我们得抓紧寻访啊,否则会留下太多太多的遗憾……"

听完这番话,刚才欢呼雀跃的我们,看看彼此,神情一个比一个凝重……

不知谁播放了那首我们在神山村采访期间经常听到的歌曲:

啊呀嘞,
红军阿哥你慢慢走嘞,
小心路上就有石头,
碰到阿哥的脚指头,
疼在老妹的心里头……

图书在版编目（CIP）数据

神山星火 / 劳罕等著. — 杭州：浙江人民出版社，
2024.4
　ISBN 978-7-213-11445-8

　Ⅰ. ①神… Ⅱ. ①劳… Ⅲ. ①报告文学-中国-当代
Ⅳ. ①I25

　中国国家版本馆CIP数据核字（2024）第070702号

神山星火

劳罕　邢宇皓　王斯敏　卢泽华　著

出版发行：浙江人民出版社（杭州市环城北路177号　邮编　310006）
　　　　　市场部电话：(0571)85061682　85176516
策　　划：芮　宏　叶国斌
责任编辑：钱　丛　余慧琴　等
营销编辑：童　桦
封面设计：今亮新声　王　芸
责任校对：何培玉　陈　春
责任印务：程　琳
电脑制版：杭州兴邦电子印务有限公司
印　　刷：浙江新华数码印务有限公司
开　　本：710毫米×1000毫米　1/16　　印　张：20.75
字　　数：198千字　　　　　　　　　　　插　页：2
版　　次：2024年4月第1版　　　　　　　印　次：2024年4月第1次印刷
书　　号：ISBN 978-7-213-11445-8
定　　价：78.00元

如发现印装质量问题，影响阅读，请与市场部联系调换。